터널의 밤

터널의 밤

지은이 안나 볼츠 | **옮긴이** 나현진 | **초판 1쇄 발행** 2025년 5월 23일 | **펴낸곳** 문학과지성사 | **펴낸이** 이광호 | **주간** 이근혜 | **마케팅** 이가은 허황 최지애 남미리 맹정현 | **제작** 강병석 | **등록번호** 제1993-000098호 | **주소** 04034 서울 마포구 잔다리로7길 18(서교동377-20) | **전화** 02)338-7224 | **팩스** 02)323-4180(편집), 02)338-7221(영업) | **홈페이지** www.moonji.com | **전자메일** moonji@moonji.com | **저작권 문의** copyright@moonji.com

ISBN 978-89-320-4399-9 43850

편집 문지현 | **디자인** 조슬기

터널의 밤

안나 볼츠 소설 | 나현진 옮김

문학과지성사

먼저 전하고 싶은 말

우리는 셋이다.

원래 넷이었지만 한 명이 죽었다. 이야기를 시작하기에 앞서 여러분이 그 사실을 알고 있는 편이 나을 것 같다.

우리 중 한 사람이 죽기는 했지만, 그게 중요한 건 아니다. 그로 인해 많은 변화가 있었으니 그거면 됐다. 어쨌든 우리 중 셋이 살아남았다는 사실이 중요한 것이다.

우리 셋은 모든 걸 견뎌 냈다. 폭탄과 화재, 그리고 숱한 밤들. 우린 아직 그곳에 있다.

우리의 삶은 이제 막 시작되었다.

우린 넷이었지만, 때때로 혼자 있는 듯한 기분이 들 때도 있었다.

밤마다 머리 위로는 세상이 무너져 내리고, 그동안 땅속

5

아래 터널에서 어둠을 벗 삼아 무시무시한 철근에 기댄 채 기다려야만 한다면, 나한테 다른 사람이 무슨 소용일까?

가끔은 별 소용이 없기도 하다.
그러나 또 가끔은 도움이 되기도 한다.

우리가 넷이었다는 사실은, 나에게 도움이 되었다.

1

길 맞은편에 한 소년이 서 있다. 소년은 주머니에 손을 밀어 넣고 벽에 기대어 있다. 해진 셔츠 소매가 말아 올려져 있고, 팔에는 거뭇거뭇한 때가 덕지덕지 묻어 있다.

소년이 나를 바라본다.

나는 이백 명 정도가 줄지어 있는 곳 사이에 서 있지만, 그것만큼은 확실하다. 소년이 날 보고 있다.

군인이라기엔 많이 어려 보이지만, 그렇다고 학생이라기엔 또 나이가 꽤 들어 보인다. 꾀죄죄한 바지에 눈을 거의 덮고 있는 갈색 머리칼.

이제 소년은 내 옆에 서 있는 로비를 본다. 내가 남동생 로비를 챙기는 척했지만, 사실 그 반대라는 걸 우리 둘 다 잘 알고 있다. 다시 말해, 로비가 나를 챙겨 준다.

지난 일 년간 내가 침대에 누워 있는 동안 로비는 바깥으로 돌았다. 그래서 로비는 모든 상인들과 떠돌이 개, 골목길을 빠삭하게 알고 있다.

조금 전 그 소년이 갑자기 휘익 휘파람을 불었다. 짧고 강한 휘파람이었다. 로비가 고개를 들자 소년이 우리 쪽으로 눈을 찡긋한다.

"가만히 있어."

내가 속삭였다.

그러나 남동생은 곧장 저쪽으로 넘어갈 기세다. 로비는 전쟁이 정말로 시작될 때까지 일 년을 기다려야만 했고, 드디어 때가 왔다. 매일 밤 폭탄이 떨어졌다. 런던 어디에서나 거센 불길과 무너진 집들이 늘비했고 가끔 죽은 사람도 길바닥에 널브러져 있었다. 이제 우리는 뭘 어떻게 해야 할까? 우리는 벌써 네 시간이 넘도록 베개와 담요가 잔뜩 실린 손수레를 끌며 길고 긴 줄에 서 있었다.

"쟤한테 가지 말라니까!"

내가 씩씩대며 입속말을 했지만, 로비는 이미 길을 건너고 있었다.

나는 그 자리에 그대로 서 있다. 다른 사람들 사이에 오롯이 혼자서. 지난밤, 밤새 잠을 자지 못했다. 온 세상이 유리로 만들어진 것 같다. 단 한 번의 잘못된 움직임만으로도 모든 게 와장창 무너져 버리니까.

나는 꼼짝 않고 가만히 서 있다. 여름 원피스 위에 니트 재킷만 걸쳐서 다리에 한기가 느껴진다. 공기 중에 타는 냄새가 난다.

히틀러가 모든 신문을 빠짐없이 읽기 때문에 신문사들은 군사 포격에 대한 기사를 쓸 수 없다. 그러나 항구에서 얼마 떨어지지 않은 곳에 산다면 굳이 신문이 없어도 알 수 있다. 해 질 녘마다 그저 태양이 잘못된 곳으로 저무는 것처럼 보일 테니까. 그리고 밤이 새도록 동쪽 하늘은 주황빛으로 번쩍이고 있을 테니까.

우리는 전부 알고 있다. 항구가 불에 타고 있다는 걸 말이다. 그리고 지금 이 순간 어느 창고에 불이 났는지 냄새만으로도 정확히 알았다. 결국 통후추 알갱이가 가득 채워진 뱃짐은 불꽃 속에서 하염없이 흩어지기 위해 지구 반 바퀴를 돌아 여기까지 온 셈이다. 시럽과 찻잎, 럼주도 마찬가지다.

길 건너에 있는 소년이 나를 가리키자 로비가 웃기 시작한다. 찰나의 순간 나는 로비가 소년에게 데이트를 잡아 주겠다고 한 건 아닐까, 생각했다.

잠시 뒤 남동생이 신이 나서 돌아왔다. 하마터면 이층 버스에 치일 뻔했고, 소방대원 여럿이 탄 소방차가 시끄럽게 경적을 울려 댔지만, 로비는 전혀 개의치 않았다.

"엘라 누나, 저기 저 형이 누나 좀 보재!"

우리 둘 사이에 침묵이 내려앉았다. 내가 서 있는 이 줄에는 대부분 여자들과 아이들이 줄지어 있고, 허리가 굽고 이

빠진 늙은 남자도 드문드문 있었다.

당연히 이 줄에서 나가면 안 된다. 그랬다가는 우리 자리가 사라져 버릴 테니. 이 줄을 벗어나는 건 어리석은 짓이다. 로비가 나를 한쪽으로 살짝 당겼고, 나는 몸을 앞으로 구부렸다. 이런 식의 데이트를 어떻게 하는 건지 나는 전혀 모른다. 게다가 이 데이지 꽃무늬의 파란색 원피스도 많이 짧아졌다. 그러니까 일단 치마 밑단을 먼저 풀어야 한다.

"저 형이 누나 다리 봤대."

로비가 숨죽여 말했다.

"그리고 누나 얼굴이 창백한 거랑 안색이 얼마나 형편없는지도 다 봤대."

로비가 내 얼굴을 살폈다.

"음, 미안. 어쨌든 저 형이 그렇게 말했어! 내가 한 대 때려 줄 걸 그랬나?"

나는 한숨을 훅 내쉬었다.

"후우, 아니야. 알았어. 계속 얘기해 봐."

"저 형 이름은 제이고, 열여섯 살이래. 저 형한테 계획이 있더라고. 역무원한테 말만 잘하면 누나 이렇게 오래 서 있을 필요도 없고, 우리가 앞쪽으로 갈 수도 있어. 곧바로 역 안으로 들어가서 제일 먼저 우리 자리를 맡을 수 있다니까!"

머리가 어질어질하다. 뭐, 평소에도 자주 있는 일이긴 하다.

"제일 좋은 건 아직 얘기하지도 않았어."

로비가 귓속말을 시작했다. 로비는 눈을 반짝였고, 순간 나도 로비처럼 아홉 살이면 좋겠다는 생각이 들었다. 그러면 나도 길 위를 뛰어다닐 수 있을 텐데. 도시 위를 날아다니는 우리의 스피트파이어*를 보면 정말 행복할 텐데.

"제이 형이 그러는데, 우리가 돈을 왕창 벌 수 있을 거래. 늦게 오는 사람은 항상 있으니까. 일을 꼭 해야만 하는 사람들은 결국 여기에 늦게 올 수밖에 없잖아. 그 시간에는 자리가 다 차 버리고. 우리가 지금 몇 자리만 더 추가로 맡아서 이불을 깔아 놓는 거지. 그리고 조금 있다가 늦게 오는 사람들한테 자릿값을 받는 거야! 그렇게 돈을 벌 수 있어!"

"지금? 정말?"

내가 물었다.

"그러니까 저 애가 자리를 먼저 확보하고 사람들한테 자릿값을 받는다고?"

로비가 고개를 끄덕였다.

"어제도 그렇게 했대. 어떻게 하는지 형이 알아. 만약에 우리가 제이 형이랑 같이 누나 다리 덕분에 역 안으로 들어가게 되면, 번 돈을 나누자고 했어. 저 형이 정말 그렇게 말했어!"

나는 숨을 깊이 들이마셨다.

---

* 제2차 세계 대전 때의 영국 전투기이다. 전쟁 중 영국의 하늘을 지킨 영국의 자부심으로 지금도 영국인들의 기억에 남아 있다.

공습경보는 언제든 울리고 또 울릴 수 있다. 그래서 다들 늘 경계하고 있다. 사람들이 마음을 단단히 먹고 있는 모습이 보인다. 런던 전체가 꼭 불발탄 같다. 나는 일주일 전에 불발탄이 뭔지 알게 되었다.

진작에 폭발해야 했지만 아직 폭발하지 않은 폭탄. 그리고 언제 터질지 모르는 폭탄.

"어때?"

로비가 물었다.

나는 헛기침을 했다.

"으흠, 안 돼."

"그래도……"

"말도 꺼내지 마."

갑자기 줄이 움직이기 시작했다. 지하철역 철문이 열린 모양이다. 드디어 안으로 들어갈 수 있다.

다들 담요와 베개 보따리, 샌드위치와 보온병이 든 가방, 짐이 잔뜩 실린 유모차를 끌며 어기적어기적 움직인다. 모두 어쩔 수 없이 자기 순서를 기다리고 있지만, 속으로는 당장 저 계단을 뛰어내려가고 싶어 한다는 게 느껴진다. 모든 사람이 태양 아래에서 벗어나, 뻥 뚫린 거리에서 벗어나, 땅속 깊은 곳으로 들어가고 싶어 한다.

나는 제이가 아직 거기에 서서 지켜보고 있다는 걸 안다. 역 입구까지 이어진 긴 거리를 절뚝이며 가야 한다. 네 시간 동안 서 있었더니 몸이 뻣뻣해졌다. 뒤에서 사람들이 다급하게 밀어 댄다.

나는 출발한다.

내 왼쪽 다리는 오른쪽 다리의 버팀목이다. 한 발 한 발 내디딜 때마다 반대편 발을 뒤쪽에서 질질 끌어야 한다. 의사는 나더러 믿을 수 없을 정도로 운이 좋다고 했다. 목발이나 뭐 그런 건 필요 없고 특수 신발만 있으면 된다고 했다.

불발탄. 내 생각에 그건 저주다.

믿을 수 없을 정도로 운이 좋다니, 그게 무슨 말도 안 되는 소리?

나는 이제 열네 살이다. 대체 특수 신발을 앞으로 얼마나 더 신어야 할까?

옆에서 로비가 우리의 짐이 실린 손수레를 밀고 있다. 로비는 머리끝에서 발끝까지 화가 그득그득 들어찬 모양이다. 고집불통인 덥수룩한 머리, 걸을 때마다 위로 퉁퉁 올려치는 무릎, 기장이 짧은 멜빵바지까지도.

"에잇. 진짜 짜증 나."

로비가 코를 훌쩍이며 계속 말했다.

"그 돈이면 새로운 비행기를 사고도 남았을 거야. 제이 형이 그러는데, 어제는 7실링*이나 벌었대. 진짜 큰돈이잖아!"

---

* Shilling. 과거 영국에서 사용되던 화폐 단위. 1971년까지 통용되었다.

나는 로비의 팔을 꽉 움켜잡았다.

"너 진짜 못 알아듣겠어?"

내가 속삭이듯 다그쳤다.

"내가 누나보단 많이 알아들었거든."

로비가 곧바로 받아쳤다.

나는 고개를 털레털레 저었다.

"우리가 전쟁에서 지면, 그건 제이 같은 사기꾼들 때문이야. 잘 생각해 보라고! 하루 종일 열심히 일하고 온 사람들이 여기 이 지하에서 자릿값을 꼭 내야겠니? 저런 애들은 하루 종일 빈둥거리는데?"

"그러면 그 형은 왜 일 안 해?"

"그거 아주 좋은 질문이네. 내 말이 그 말이다. 진짜."

내가 받아쳤다.

리버풀 스트리트역으로 내려가기 전에 나는 마지막으로 뒤쪽을 흘긋했다. 검은 택시 무리와 군인이 모여 있는 곳, 그리고 앞에 모래주머니가 쌓여 있는 술집 쪽을. 오후 네 시. 일단 내일 아침이 되어야 밖으로 나올 수 있다. 내일도 이 도시가 온전하게 머물러 있을지는 아무도 모른다.

그때 옆에서 씩씩한 목소리가 들렸다.

"수레 미는 거 좀 도와줄까?"

나는 고개를 돌렸다.

제이였다.

2

제이는 나보다 머리 하나가 더 컸다. 그 애의 두 팔은 근육이 울룩불룩하고, 눈동자는 우리 머리 위에 떠 있는 방공 기구와 같은 색이다. 초록빛이 도는 회색의 거대한 방공 기구들이 묵직한 쇠사슬로 바닥과 연결되어 런던 상공 전체를 둥둥 떠다닌다.

저 거대한 방공 기구들을 여름 내내 하늘에서 볼 수 있어서 다행이다. 어쩐지 동네마다 하나씩 데리고 있는 반려동물 같은 느낌도 든다. 저 하늘에서 폭격기로부터 우리를 보호하는 용감한 반려동물.

그러나 최신 폭격기는 방공 기구보다 더 높이 날 수 있다.

"우리한테 신경 좀 꺼 줄래?"

내가 제이에게 말했다.

뒤에 있는 사람들이 밀치기 시작했다. 저 뒤에, 내 뒤로 백

명은 거뜬히 넘는 사람들은 우리가 여기에 멈춰 있는 걸 당연히 알지 못한다. 나는 역의 가파른 계단을 보고 깨달았다. 손수레를 밀고 있는 로비를 내가 도울 수 없다는 걸. 게다가 제이를 제외한 다른 사람들은 각자의 짐을 잔뜩 싸 들고 있다.

여느 가족이든 상황을 좀 알아보라며 가족 중 한 사람을 줄 앞쪽으로 보내곤 한다. 별 쓸모없는 할아버지나 더 나은 할 일이 딱히 없는 이모 또는 고모, 그리고 절름발이를. 그리고 그 외 나머지 가족은 뒤따라 온다.

"고마워. 정말 친절하구나, 보통 누가 도와주면 그렇게 말해."

제이가 수레를 앞으로 밀며 말했다.

녀석의 볼에 피딱지가 앉아 있다. 제이는 마침내 자기 뜻을 이룬 뒤 나를 보며 싱긋 웃었다. 제이는 지금까지 단 일초도 줄에 서 있지 않았다. 그런데도 지하철역 안으로 들어갔다. 절름발이 소녀와 소녀의 남동생을 도와주고 있으니 아무도 그에게 뭐라고 하지 않았다.

나는 이를 꽉 깨물었다. 한 걸음 한 걸음 계단을 내려갔다. 문득 제이가 내 얼굴을 돌아보지 않았으면, 하는 생각이 머릿속을 스치고, 나는 이런 나 자신이 우습게 느껴졌다. 쟤가 내 얼굴을 보든 말든 그게 대체 무슨 상관인데? 다리가 아프다는 걸 쟤가 알게 된다 해도 그게 뭔 상관?

계단 아래에 티켓 자동판매기와 개찰구가 길게 늘어서 있다. 다른 지하철역을 가든, 밤새 이 지하철역에서 머물든 표가 없으면 안으로 들어갈 수 없다.

내가 비틀대며 걷자 로비가 벽에 있는 작은 벤치를 가리켰다.

"저기 가서 앉아. 내가 표 사 올게."

정말이지 바보 같다. 몇 달 내내 침대에 있었더니 세상이 전보다 빠르게 돌아가는 느낌이다. 사람들도 더 급하게 움직이고, 조명도 더 날카롭게 내리쬐고, 소음도 더 까랑까랑하다. 나는 벤치에 앉아 손을 들여다봤다. 여전히 흑과 백이다. 그리고 갑자기 세상이 그 색으로 물들어 버린다.

나는 기진맥진하여 벽에 머리를 기댔다. 그러자 그때의 난리통이 다시 떠올랐다.

지난밤 로비와 나는 열 시간 동안 계단 아래 벽장 안에서 웅크리고 있었다. 엄마는 벽장 안으로 들어오지 않았다. 벽장 앞 바닥에 앉아만 있을 뿐 내가 자리를 바꾸자고 해도 싫다고 했다.

몇 시간이 지나도록 우리는 한마디도 하지 않았다. 대공포대의 총격 소리가 우리 주위를 맴돌고, 폭격기가 포효하고, 귀를 먹먹하게 하는 폭발음이 도시 전체를 뚫고 지나갔다.

그다음 그 폭탄이 터졌다. 귀가 찢어질 듯한 고음이 우리 바로 위에서 날아다니고 있었다. 나는 확신했다. 이 폭탄이 우리에게 떨어질 거란 걸. 진짜 그럴 것 같았다. 그때 문득 나는 이렇게 생각했다. 이리 와라. 오라고, 이 나쁜 자식아!

하지만 폭탄은 우리에게 오지 않았다. 두 블록 떨어진 곳에, 우리처럼 계단 아래 벽장에 웅크리고 있는 아이들 위로 정확히 떨어졌고, 그 아이들은 오늘 아침 잔해 더미 아래에서 죽은 채로 꺼내졌다.

그래서 우리가 지금 여기에 있는 거다.

로비가 표를 가지고 돌아오고, 우리는 에스컬레이터를 타고 아래로 내려갔다. 제이는 어디에도 보이지 않았다. 뭐, 내가 나의 비극적인 운명을 씩씩하게 짊어지고 살아가는 것처럼 제이 역시 내 눈에 보일 필요는 없다. 더군다나 에스컬레이터에서는 그 애 없이도 잘 내려갈 수 있다. 한 손으로 수레를 꽉 붙잡고 다른 손으로는 난간을 더 꽉 붙들면 되니까.

나는 내 옆을 천천히 지나가는 벽보를 쳐다봤다. 벽보에 뺨이 불그스름한 아이 둘이 있고, 그 그림 아래에 이런 광고 문구가 적혀있다. 아이들은 땅 위에서 더 안전하다…… 아이들을 그곳에 남겨 두자. 두통에 효과가 있는 토닉 워터 광고다. 또 다른 벽보는 사람들에게 채소를 직접 키워 보라고 권하고 있다.

그런 뒤 어쩌다가 저 아래쪽을 보았다.

악몽 같은 장면이다. 우리는 엄청나게 큰 관을 따라 꼼짝없이 땅속 아래로 미끄러지고 있다. 지금 우리는 웅웅대는 금속관과 전깃불로 이루어진 세상으로 내려가고 있다. 이 지

20

하철역을 마지막으로 와 본 게 일 년 전이다. 당시 병원에서 나왔을 때 나는 내 현실이 도저히 믿기지 않았다. 그러나 지금은 땅속 아래의 세상으로 가는 이유를 정확히 알고 있다.

에스컬레이터가 아래에 도착하자마자 사람들이 하얀색 타일이 붙은 복도로 우리를 연신 밀어냈다. 우리는 모퉁이로 꺾은 다음 또 다른 모퉁이를 돌아갔다. 어느 순간 폭이 좁고 기다란 센트럴 라인 승강장에 들어와 있었다. 승강장 옆쪽에 선로가 있고, 그 선로를 따라 전류가 끊임없이 흐르고 있다. 저 위로 떨어지면 아주 제대로 튀겨지겠지.

"저기 봐!"

로비의 목소리가 소풍 온 것처럼 들떠 있다.

"저기 벽 쪽에 한 자리 남았어."

로비가 그쪽으로 쏜살같이 달려가 손수레 밖으로 이불을 힘껏 끌어당기기 시작했다.

"여기에 아빠가 누우면 되겠다. 저기엔 엄마, 나는 여기. 삼촌이랑 숙모는 저기에 있으면 되겠고…… 누나는 어디 할래?"

나는 주먹을 불끈 쥐었다.

지난 일 년간 진절머리 나도록 연습해 왔고, 뜨거운 압박 붕대가 내 몸을 또 짓누르면 볼 안쪽을 피가 날 정도로 꽉 깨물었었다. 원래 지금쯤이면 나는 거의 어른이나 마찬가지인 어엿한 여자가 될 계획이었다. 직장을 구하고, 비밀스러운 이야기를 쓰고, 친구들과 전쟁 쿠키(전쟁 중에 먹을거리가 넉넉지 않아 거친 곡물과 물, 설탕만 섞어 만든 쿠키)를 구울 계획이었다.

이런 숨 막히는 선로는 내 계획에 없었다. 여기 이 땅속 아래에서 엄마―아빠―아이 놀이나 하자고 집안 살림 절반을 질질 끌고 나온, 낯선 이들로 가득한 이 선로는 정말 내 계획에 없었다. 매일 밤 온 식구와 함께 자는 것 역시 내 계획이 아니었다.

하지만 지금 현실은 절대 변하지 않는다. 나는 자리에 앉아 삐삐 마른 두 다리를 담요 위로 쭉 뻗었다. 역무원이 앞으로 몇 시간 동안은 열차가 계속 운행될 예정이니 열차 이용객 자리를 비워 주어야 한다고 으름장을 놓았다.

옆에서 로비가 계란과 마가린이 든 샌드위치를 허겁지겁 먹어 치우더니 갑자기 어디론가 고갯짓을 했다. 담요 다섯 개 너머의 어떤 꾀죄죄한 작은 남자애가 고갯짓으로 답했다.

"쟤도 우리 학교 애야."

로비가 입에 샌드위치를 가득 물고 답하고는 자리에서 일어섰다.

"나 쟤한테 갔다 올게! 알았지, 누나?"

학교는 벌써 일 년째 문을 닫고 있고, 나는 이제 아예 학교를 가지 않는데도 로비는 아무렇지 않게 '우리 학교'라고 했다.

"여섯 시에는 돌아와야 해!"

내가 로비에게 소리쳤다.

"다른 가족들 올 거니까 그때는 여기 이 선로에 있어야 한다고!"

로비는 한 번을 돌아보지 않았다. 나는 숨을 천천히 내뱉었다.

아무래도 나는 씩씩한 장애인 역할을 잘 소화하지 못하는 것 같다.

오늘 아침 수레 깊숙한 곳에 찔러 넣은 공책을 서둘러 꺼냈다. 엄마는 이야기를 지어내는 걸 이제 그만해야 한다고 생각한다. 차라리 양말이나 뜨는 게 낫지 그깟 글쓰기가 무슨 소용이겠어?

하지만 나는 여기를 벗어나고 싶다. 내 손에 있는 이 공책은 나만의 사다리이다. 이 공책은 나에게 침대보가 줄줄이 매듭지어져 길게 늘어진 밧줄이고, 열기구다.

몸에 감겨 있는 이불에서 나프탈렌 냄새가 확 풍긴다. 열차들이 덜컹대며 어두운 터널을 지나는 소리를 더는 듣고 싶지 않다. 열차 이용객들은 밤이 되면 떨어질 폭탄으로부터 몸을 숨기기 위해 여기 이 땅속 아래에 앉아 있는 수많은 사람들이 내어준 길을 따라 지나다닌다. 나는 더 이상 그들의 구경거리가 되고 싶지 않다.

이제 더 이상 사람들이 지나갈 때마다 고개를 획획 쳐들

23

며 제이인지 아닌지 확인하고 싶지 않다.

나는 연필을 들고 글을 쓰기 시작했다.

3

나는 내 몸을 싫어하게 될 거라 생각했다. 그러나 여기 이 땅속 아래에서 하룻밤 보내고 나니 확실히 알겠다. 다른 사람들 몸이 더 심각하다는 걸.

우리는 여기에 누워 있다. 눈이 부실 정도로 쨍한 조명이 내리쬐는 승강장에 낯선 사람 삼백 명 정도가 모여 있다. 원래 지하철역 안은 언제나 쿰쿰한 냄새가 진동했지만, 이렇게 많은 사람들이 오랜 시간 동안 밀폐된 공간에 모여 있으면, 공기 질은 볼 것도 없이 더 엉망이 될 거다. 땀 냄새와 찌든 불 냄새, 피시앤칩스 냄새, 소변 냄새가 마구 뒤섞이겠지.

거대한 통조림 캔 안에 든 비쩍 마른 정어리처럼 우리는 승강장 바닥에 나란히 누워 있다. 머리는 벽에 바짝 붙어 있고 발은 선로를 향해 있다. 마지막으로 들어오는 사람은 남들 발아래에 가로로 누울 수밖에 없으니 운도 참 없는 셈이다.

나는 바둑판 무늬 이불 아래에 누워 있고, 머리 아래에 돌돌 말린 조끼를 베고 있다. 내 옆에 한 어린아이가 가방을 침대 삼아 열린 가방 안에서 웅크려 잠을 자고 있고, 그 뒤에 이제 막 태어난 아기가 엄마 젖을 먹고 있다. 아기 엄마는 승강장 한가운데에서 가슴 반쪽을 내놓고 앉아 있지만 아무도 뭐라 하지 않는다.

지하철은 밤 열 시 반까지 운행한다. 그러나 운행이 끝난다 해도 조용한 순간은 단 일 초도 없다. 사람들의 기침 소리와 바스락대는 뒤척임, 쌕쌕이는 숨소리, 드르렁 코 고는 소리. 몸은 또 어찌나 벅벅 긁어 대는지, 분명 온몸에 벼룩이 있을 거다.

그리고 이 승강장에 우리 가족도 있다.

내 공책 위로 그림자가 드리워졌다. 고개를 들었더니 우리 엄마가 있다. 엄마는 손가락에 침을 바르고 내 위로 몸을 숙여 내 볼에 묻은 무언가를 슥슥 닦아 냈다. 나는 아무 말 없이 공책을 꼭 덮고 구멍 난 양말을 신었다.

지금 우리 가족은 내 주위에 누워 있다. 나무처럼 키가 크고 항상 기분이 좋은 큰삼촌과 말을 거의 하지 않는 숙모. 그리고 잠을 잘 때도 피로 때문에 얼굴이 회색빛인 우리 아빠.

폭격 이후 아빠는 매일 밤 인근 지역 경비대, 즉 동네 경비대원으로 일하고 있다. 다들 안전한 곳을 찾고 있을 때 아빠는 길 위로 나선다. 아빠는 빛이 새어 나오는 창문이 없는지 확인하고, 폭탄을 제거하고, 폭탄이 떨어진 집으로 가장 먼저 달려간다.

밤마다 아빠 같은 경비대원들이 도시 전체를 돌아다니기 때문에 안전하다는 느낌이 들 수는 있다. 하지만 밤중에 폭탄 사이를 누비는 경비대원 중 한 사람이 우리 아빠다. 여기 이 승강장에서의 밤이 아빠한테는 유일한 자유 시간이고, 내일 아침이면 우리는 다시 여기에서 나가야 한다.

내 바로 옆에 로비가 바짝 붙어 누워 있다. 무릎을 세우고 누워 있는 로비의 텁수룩한 금발 머리가 눈부신 조명을 받아 반짝인다. 집에서 로비와 나는 방을 같이 쓴다. 로비는 같은 방을 쓰는 누나, 벼룩이 붙어 있거나 구멍 난 신발 밑창, 덩어리처럼 뭉친 죽 등 많은 것들을 견디고 있다. 그런 것들을 견디고 있듯이 로비는 나의 존재도 견디는 중일 거다.

그런데도 로비는, 지금 여기에서도 내 옆에 찰싹 붙어 있다.

지하철역에서 처음 맞이한 밤에, 나는 단 일 초도 잠을 자지 못했다.

지상에서는 폭탄이 떨어지고, 땅속 아래에서는 코 고는 소리가 공간을 가득 메우고 있다. 자정이 조금 넘은 시각, 어떤 두 사람이 입을 맞추기 시작한다. 둘이 쩝쩝대는 소리가 너무 선명하다. 의지와 상관없이 고스란히 엿듣고 있다. 왜인지 내 입술이 간질간질거린다. 나는 이런 나 자신이 정말 싫고 짜증 난다. 내 모습이 어떤지 나는 너무 잘 아니까.

사람이 반 불구가 되는 건 금지되어야 마땅하다.

새벽 두 시가 되기 십 분 전, 나이 많은 남자가 선로에 소변을 본다. 눈에 띄지 않게 모퉁이에서 보는 게 아니라, 정확히 이 거대한 기차역 시계탑 아래에 싸고 있다. 이마에 땀이 송골송골 맺히고 눈이 타들어 갈 것 같다. 소리를 지르고 싶지만, 당연히 그렇게 하지는 않는다. 소리를 지르려면 힘이 많이 든다. 나는 그걸 병원에서 배웠다.

세 시 십오 분 전, 제이가 다시 모습을 드러냈다.

제이는 피난민들이 차지해서는 안 되는 승강장의 좁다랗게 난 길 위를 걸어갔다. 헝클어진 머리로 이따금 잠든 이들의 팔다리를 넘나들며 지나가다 갑자기 몸을 숙여 어떤 작은 소녀의 어깨 위로 이불을 덮어 주었다.

그러고는 나를 알아보고 그 자리에 멈춰 섰다.

조금 전에 제이가 어떤 낯선 여자아이에게 이불을 덮어 주었다. 문득 나는, 녀석이 다른 애들과는 다르게 사람의 내면을 들여다볼 줄 아는 아이인가? 하는 헛된 희망을 품었다.

녀석이 예전의 나의 모습을 볼 수 있을까?

나만의 색을 가지고 있던 나를 본 건 아닐까?

제이가 바지 주머니에서 무언가를 천천히 꺼냈다. 나는 숨을 참았다. 내가 뭘 바라는 건지 나도 잘 모르겠다.

사다리. 침대보가 줄줄이 매듭 지어져 길게 늘어진 밧줄.

반짝반짝 빛나는 동전들. 제이가 의기양양하게 동전을 높이 쳐들고 가파른 계단에서 그랬던 것처럼 씨익 웃었다. 그의 웃음이 이렇게 말하고 있다. 내가 다 해냈어.

그러니까 녀석은 또 그 짓을 한 거다. 누울 자리를 확보해 놓고 평범한 사람들의 돈을 빼앗아 간 거다. 나는 비난하거나 질책하는 눈으로 녀석을 쎄려보려 했지만, 녀석은 이미 가고 없었다.

제이의 발걸음 소리가 차디찬 둥근 천장에 닿아 메아리를 만들어 냈다. 그 뒤 그 일이 벌어졌다. 갑자기 녀석이 왼쪽 다리를 안쪽으로 돌리더니 절뚝이는 척하며 걸어갔다.

그러고는 휘파람을 불며 모퉁이를 돌아 사라졌다. 나는 옴짝달싹하지 못하고 그냥 앉아만 있었다.

리버풀 스트리트역을 나온 뒤에야 나는 다시 숨을 들이마시고 내쉬었다. 아침 여섯 시 십오 분이고 날이 서서히 밝아졌다.

공습경보가 끝났다는 올 클리어 신호*가 울리자마자 역무원이 우리를 밖으로 내보냈다. 그들은 이제 열차가 다시 운행하기 전에 번개처럼 빠르게 기차역을 깨끗하게 치울 것이다.

이런 런던의 모습은 처음이다.

* 공습경보 해제 신호. 민간인이 대피소를 떠나도 된다는 의미를 담고 있다.

하늘에 회색 벨벳 천이 깔려 있는 듯하고, 이제 폭격기는 자취를 감추었다. 대공 포대도 잠잠하다. 이 고요 속에서 모두들 보따리와 수레를 끌고 적막이 내려앉은 길을 따라 집으로 돌아간다. 곧장 일터로 가야 할 필요가 없는 사람은 곧바로 침대에 몸을 던진다.

기차역에서 우리 집까지 걸어서 십 분 정도 걸린다. 이제 우리에게 익숙해진, 은은하게 배어 있는 탄 냄새. 저 멀리의 먼지 구름도 절대 우리를 해칠 수 없다. 우리는 숨을 들이마시며 어디에서 불꽃이 막 타오르는 냄새가 나는지 맡아 본다. 그리고 어디에서 연기구름이 자욱하게 피어오르는지 살핀다. 어디에서 사이렌 소리가 들리는지 귀 기울인다.

집에 가까워질수록 발걸음이 점점 빨라진다. 이윽고 마지막 모퉁이를 돈다.

아직 있다.

우리 집이 아직 그대로 있다.

4

잠에서 깨어나 보니 집이 조용하다. 침대 옆에 놓인 쪽지가 눈에 들어왔다.

엄마가 또 기차역 앞에 줄을 서 있겠다는 내용이었다. 내가 두 시 반에 교대해 주면 엄마는 자원봉사자 부녀회 모임에 간다고 했다.

드디어 엄마가 다시 봉사를 나간다.

내가 병원에서 나온 뒤 엄마는 나를 몇 달 동안이나 보살펴 주었다. 그때 아무도 나를 보러 오지 않았다. 의사는 내 병이 그 누구에게도 전염되지 않을 거라 했지만, 의사가 뭘 아는데? 어쩌면 내 방에 무언가 이상한 것이 둥둥 떠다녔을 수도 있다. 당분간은 그 누구도 나의 숨결을 폐로 빨아들이지 않는 게 나을지도 모른다고 생각했다.

수개월 동안 나는 우리 아빠랑 엄마, 로비 말고는 아무도 만나지 않았다. 그사이 나는 도서관 전체를 읽었고, 내 이야기 공책에 글을 썼다. 처음에는 친구들이 그리웠는데, 나중엔 그마저도 없어졌다.

부엌으로 가 손과 얼굴을 씻었다. 숟가락으로 냄비에 있는 차가운 죽을 덜고 공책에 글을 쓰기 시작했다.

잠시 후 부엌을 나가면서 서둘러 겉옷 주머니에 공책을 밀어 넣었다. 하늘에 구름이 끼어 있고 바람이 분다. 가을이 성큼 다가와 있다.

지하철역 입구에 도착하려면 일단 기차역을 먼저 지나가야 한다. 유치원생들이 기차를 타기 위해 줄지어 서 있다. 곰 인형과 자그마한 가방을 든 채 방독면을 쓴 아이들의 몸짓이 들떠 있다. 군인 무리가 서로 투닥거리며 웃음을 참지 못하고, 어떤 여자는 사과가 잔뜩 실린 수레를 덜덜 밀고 있고, 신문 배달 소년은 이렇게 소리치고 있다.

"국왕의 라디오 연설 전문입니다! 전쟁 영웅의 훈장도 있어요!"

그런데 그때 누군가 내 코 바로 앞에 멈춰 섰다.

"저기 미안한데, 뭐 좀 물어봐도 될까?"

내 눈에 가장 먼저 들어온 건 그녀의 다리였다. 그녀는 원피스나 치마를 입고 있지 않았다. 허리 부분에 벨트를 둘러 매게끔 되어 있는 파란색 남성복 바지를 입고 있었다. 바짓단이 말아 올려져 있으니 넘어질 일은 없겠네.

바지 위로는, 그 모습이 마치 무슨 영화배우 같았다. 연한 파란색 블라우스를 입은 그녀의 짙은색 곱슬머리 위에 모자 가 비스듬하게 얹혀 있고, 팔에는 지금 막 은행을 털고 나온 것처럼 불룩한 가방 하나가 걸려 있었다.

"나 좀 도와줄 수 있을까?"

그 애가 물었다.

"병원을 찾고 있거든."

그 애의 말투는 어디 라디오에서나 들어봄 직한 말투였다. 보통 일상생활에서 그렇게 또박또박 말하는 사람을 본 적이 없다. 나는 얼굴에 붙은 머리칼을 재빨리 쓸어 넘겼다.

"의사한테 가려고? 여기 모퉁이를 돌아서……"

그 애가 웃기 시작했다.

"오늘은 의사를 만나려는 게 아니야. 의사는 우리 언니들 이 잘 찾아 주거든. 난 전혀 아프지 않아. 그런데도 의사들 이 나를 직접 찾아오지. 내 인생 십오 년을 살면서 말에서 떨 어진 적이 세 번이나 돼. 직접 만든 배를 타다가 익사할 뻔 한 적도 있고. 지붕에서 굴러 떨어진 적도 두 번 있는데, 그 중 한 번은 성질 고약한 쥐한테 물렸었어. 그나저나 이 근처 에 병원이 어딨니?"

나는 그 애에게서 눈을 떼지 못했다. 그 애는 내 주변의 어 깨가 축 처지고 얼굴은 잿빛인 사람들과 완전히 달라 보였 다. 자기 앞길을 씩씩하게 헤쳐 나가는 것처럼 보이진 않지만, 어쨌든 지금 이 하루만큼은 즐기고 있는 듯했다.

"화이트 채플에 런던 병원이 있어."

갑자기 나도 오늘 하루를 즐기고 싶어졌다. 손가락으로 동쪽을 가리키며 덧붙였다.

"걸어서 삼십 분 정도."

"아하. 이 방향으로. 고마워."

그러고는 그 애는 가만히 서 있었다.

그 애가 아틸러리 레인을 내다보며 눈을 끔뻑였다. 그 좁은 길은 곧장 꺾어지는데, 그 뒤로 이어진 골목길은 더욱 좁고 이리저리 뒤틀려 교차되어 있다. 초행길이면 들어서자마자 길을 잃기 십상이다.

나는 우물쭈물했다.

지금 엄마가 줄을 서 있다. 엄마는 내가 올 줄 알고 있을 테니 가서 엄마와 교대해야 한다. 내가 가지 않으면, 엄마는 자원봉사자 모임에 가지 못한다.

그럼에도 나는 그 여자애에게 이렇게 말했다.

"내가 같이 가 줄게."

"세상에 친절해라! 그렇지만……"

여자애가 내 다리를 본다.

"네가 가기에 너무 먼 거 아니니?"

"아니야."

나는 그렇게만 답했다.

그 애는 여전히 내 다리를 보고 있다.

"태어날 때부터 그랬니?"

"일 년 전만 해도 채소 가게에서 나오는 남자애들 셋보다
도 빨리 뛰었어."

"다시 예전으로 돌아갈 수 있는 거야?"

"아니. 달리기 시합은 못해."

"안타깝다."

이 말은 진심이었다. 그 애가 나에게 손을 쭉 뻗으며 말
했다.

"내 이름은 크윈이야."

나는 소녀의 손을 못 본 체했다. 몇 달째 누구의 손도 잡지
않고 있다. 이젠 손을 어떻게 잡아야 하는지 모르겠다.

"나는 엘라야."

우리는 좁다란 인도로 접어들었다. 누구라도 크윈이 걸어
가는 모습을 본다면 길바닥에 탄력성이 있나 싶을 거다. 아
니면 크윈의 발 자체가 최신 고무 재질로 만들어졌다고 생각
하든지. 지나가는 사람들이 크윈의 바지를 가만히 쳐다보고,
젖꼭지가 튀어나온 어떤 남자가 신발을 신지 않은 말라깽이
청년에게 고래고래 소리를 지르지만, 크윈은 오히려 그 남자
에게 유쾌하게 손을 흔들었다.

"전쟁 중에는 꼭 바지를 입어야 한대."

크윈이 내게 말했다.

"바지를 빌릴 만한 사람이 마구간 남자애밖에 없었거든. 그래서 바지에서 밀짚 냄새랑 말똥 냄새가 조금 나기는 해. 그래도 이제 폭탄이 떨어질 때 치맛자락이 높이 날아오른다고 나한테 뭐라 할 사람은 없어."

크윈이 주변을 두리번거렸다.

"그런데 여기는 왜 난장판이 되지 않았을까? 라디오에서 나온 얘기들은 선동이었나? 진짜 폭탄이 떨어진 게 아니었으면 그냥 집에 있을걸 그랬네."

"진심이니? 너 그럼 폭탄 때문에 여기로 온 거야?"

내가 놀라서 물었다.

"왜? 그게 이상하니?"

크윈이 침착하게 되묻고는 말을 이었다.

"당연히 폭탄이 떨어지지 않은 게 더 좋지. 그런데 여기도 우리 집 주변처럼 폭탄이 떨어지지 않은 거라면, 집에 있는 편이 더 나았을 거라는 뜻이었어."

우리는 폭이 너무 좁아서 차와 마차가 도무지 지나다닐 수 없는 아주 오래된 골목길을 따라 걸었다. 상점들은 저마다 외관을 화려하게 꾸며 놓았고, 머리 위로 금색 글자가 적힌 간판들이 기우뚱 흔들리고 있었다.

"와, 진짜 예술이다!"

크윈이 신이 나서 외쳤다.

"다 벗겨진 페인트와 꼬리 없는 고양이, 그리고 고약한 냄새가 나는 쓰레기통……"

"잠깐 잠깐."

내가 끼어들었다.

"이 골목이 우리 동네에서 가장 좋은 구역이야."

"집들도 진짜 오래되어 보이네."

크윈이 잠시 멈칫했다.

"아니면 그레고리안 풍처럼 고상한 그런 느낌인 건가?"

나는 그런 거에 대해 정말 조금도 알지 못한다. 엄마에게서 한 발짝 멀어질 때마다 나는 숨을 푹 내쉬었다.

엄마는 화가 났을 거다. 그리고 걱정도 엄청 하겠지. 그럼에도 나는 계속 발을 내딛었다.

더 이상은 나를 계단 아래 벽장에 처박아 놓을 수 없다는 걸 엄마도 이제 알아야 한다고 속으로 되뇌었다. 나는 이제 더 이상 애가 아니라는 걸 엄마는 배워야 한다.

그렇다면 이제 앞으로는 내가 누구인지 나 자신도 곰곰이 생각해 봐야 한다.

내 옆에서 크윈이 보통의 거리를 생애 처음 보는 엘리자베스 공주처럼 두리번거리고 있다.

"와, 저 좁다란 집 좀 봐 봐! 저기 비스듬하게 달려 있는 창문 앞 덧문도……"

그러더니 이내 말을 멈추었다.

다음 골목길에는 비스듬하게 매달려 있는 것들이 없었다.

그저 거대한 구멍들만 나 있을 뿐.

죽 늘어선 집들 사이에 한 집이 사라져 있었다. 옆면이 완전히 뜯긴 상태로. 방이 훤히 들여다보였다. 일층에는 철제 침대가 거의 뒤집힌 채 가장자리에 기우뚱 기울어져 있고, 그 가장자리에 축 늘어져 있는 빨랫줄에는 양말이 걸려 있었다.

온 천지에 돌이며, 부러진 나무 막대기며, 먼지들이 널브러져 있었다. 헬멧을 쓴 남자들은 잔해를 치우는 중이고, 일 미터 앞에는 여자 두 명이 유리 파편들을 비로 쓸고 있었다.

여자아이 둘과 손을 잡고 있는 한 남자가 그 집 앞에서 나란히 서 있는 집들 가운데 텅 빈 공간을 멍하니 보고 있었다. 남자의 옷은 갈가리 찢긴 상태고 머리에는 먼지가 푹 얹혀 있었다. 아이들은 울고 있었다.

구멍 난 저 집에 살던 가족인 모양이다.

"선동이 아니었네."

크윈이 조용히 입을 열었다.

"여기에 정말로 폭탄이 떨어졌구나."

고개를 돌리자 크윈의 눈에 차오르는 눈물이 보였다.

"나쁜 놈들."

크윈이 주먹을 불끈 쥐었다.

"내가 남자였으면 바로 군대에 갔을 거야."

"이제 막 열다섯 살 된 거 아니야?"

"그게 무슨 상관이겠니? 군에서는 나한테 고추가 없다는 걸 가장 큰 문제라고 생각하는데."

나는 그녀를 가만히 응시했다.

"진짜 말도 안 되는 소리지."

크윈이 계속 말했다.

"온 세상이 사람한테 고추가 있는지 없는지에 열중하고 있잖아. 만약에 너한테 고추가 있잖아? 그러면 너도 총을 받고 마구 쏘아 댈 수 있지. 그런데 없잖아? 그러면 집에 웅크리고 앉아서 가만히 기다리기만 해야 해. 전쟁에서 승리하는 데 정말 비효율적인 방법이지, 안 그래?"

내가 멀뚱멀뚱 쳐다보고 있자 크윈이 킥킥댔다.

"미안. 내가 길 한복판에서 생식기에 대해 이야기해서 좀 거슬렸나 보구나?"

"나는 그냥…… 조금 거북했을 뿐이야."

나는 크윈의 고상한 말투를 흉내 냈다.

"언니 셋이 있는데, 나한테 뭐든 다 말해 주거든. 그리고 난 책도 많이 읽어."

크윈이 말했다.

"책은 나도 읽어. 네가 읽는 책이랑은 다르겠지만!"

나는 살짝 다급하게 받아쳤다.

"가자."

크윈이 앞으로 걸어갔다. 잔해와 유리 파편들 한가운데로.

"우리 병원으로 가야지. 거기에서 내가 할 일이 있거든. 내

일부터 난 간호사야."

"열다섯 살이라며!"

"그게 뭐? 우리 집 선생님한테 똑똑히 들었어. 가능하다고. 물론 불편한 일부터 시작해야 하겠지만, 분위기가 무척 사교적인 간호사 기숙사에서 다 함께 지낸대. 지금 병원으로 들어가서 얘기해 놓고 나중에 내 짐 가방 가지러 갈 거야."

"그렇지만……"

나는 말끝을 흐렸다.

이해가 가지 않았다. 하긴 조금 전 기차역에서 크윈은 런던 병원이 어디냐고 물었던 건 아니었다. 근처에 가장 가까운 병원의 위치를 물었다.

"병원에서 네가 가는 거 알아?"

"아니."

크윈이 씩씩하게 답했다.

"지금 가서 말할 거야. 전쟁 중이잖아. 난 환자용 변기를 비우고 상처를 깨끗이 닦고 울고 있는 군인을 호되게 꾸짖을 준비가 되어 있어."

크윈은 나를 바라보며 말을 이었다.

"여기서 기다려 줄래? 나 나오면 같이 택시 타고 가자. 그러면 너는 걸어서 되돌아갈 필요가 없고, 나는 짐 가방을 가져올 수 있어. 짐 가방을 어떤 소년한테 맡겼거든. 조금 전에 끔찍한 폭격에서 살아남은 것처럼 생긴 남자애한테. 그 애

볼에 핏자국도 있더라고."

나는 그 자리에 꼼짝 않고 멈췄다.

"뭐라고?"

"정말 괜찮더라! 짐 가방을 들고 열차에서 내렸는데, 바로 앞에 그 애가 서 있었어. 나보고 기차역의 짐 보관소가 꽉 찼다면서 내 가방을 보관할 수 있는 다른 장소를 알고 있다고 했어."

"그래서 그 말을 믿었고?"

나는 화가 나 따지듯 물었다.

"나 걔 알아. 제이, 걔 사기꾼이야!"

크윈은 그제야 무언가 잘못되었음을 알아챘다.

"나도 조금 걱정되긴 했어. 그래도 뭐, 다행히 그 가방에 있는 옷들은 별거 아니야."

크윈이 킥킥대기 시작했다.

"헤헤. 물론 뭐, 집중력이 좀 떨어지긴 했지. 그 애 정말 매력적이더라. 이 세상 모든 고추들이 그렇게 잘생겼으면, 내 인생은 아마 통제 불가능이었을 거야."

5

나는 바람 드는 담 위에 앉아 크윈이 병원에서 나올 때까지 기다렸다. 몸이 으슬으슬 춥다. 담 넘어 반대쪽 길에서 비루 오른 개 두 마리가 으르렁댄다. 엄마는 아직도 줄 선 채로 불안해하며 나를 기다리고 있겠지?

나는 그걸 알면서도 돌아가지 않았다.

몇 달 만에 처음으로 나 자신이 다리 불구자 그 이상이라는 느낌이 든다. 사람들이 좀처럼 혼자 두지 않는 창백한 소녀 그 이상이라는 생각이 든다. 환자들이 가득 들어찬 암울한 구급차가 내 앞을 지나간다. 나는 어깨를 휙 움츠렸다.

몇 달 만에 처음으로 이제부터 무슨 일이 벌어질까, 하는 기대감이 생겼다.

저 멀리에서 크윈이 모습을 드러냈다. 그 애가 곱슬머리를 바람에 휘날리며 서둘러 내 쪽으로 다가왔다. 그러고는 발개진 볼과 번득이는 두 눈으로 내 앞에 멈춰 섰다.

"저 멍청이들!"

크원이 화가 나 소리쳤다.

"나보고 너무 어리대. 그래서 간호사가 될 수 없대. 내가 사고 현장에서 일하고 싶든 말든 그딴 건 상관없고, 전쟁이든 뭐든 다 상관없대. 그냥 규칙이 그렇대. 이럴 줄 알았으면 그냥 바이올렛 언니의 신분증을 갖고 올걸 그랬어. 다들 언니랑 나랑 진짜 닮았다고 하거든. 나 열아홉 살이라고 할 만하지 않니?"

택시 한 대가 지나가자 크원이 주저 없이 손가락 두 개를 입에 찔러 넣고 귀가 먹먹해질 정도로 휘파람을 끼익 불었다.

"마구간 소년한테 배웠지."

크원이 자랑하듯 말했다.

"이리 와!"

크원이 나를 택시 쪽으로 당겼다. 택시 기사가 우리에게 뒷문을 열어 주었다. 크원의 마구간 바지와 절룩이는 내 다리의 조합이 아무렇지 않은 모양이다.

"너 자신 있어?"

나는 택시에 타는 일이 완전 평범한 일이라고 생각하며 크원에게 속삭여 물었다.

"열아홉 살이라고 하는 거 말이야. 다른 사람인 척할 수 있어?"

"나는 무엇이든 다 자신 있어."

"정말?"

아무 데나 널브러진 불발탄으로 인해 거리가 통제된 바람에 택시는 우회로로 갔고, 그동안 크윈은 곰곰이 생각에 잠겼다.

"나는 위험한 일도 뭐든 다 할 수 있어. 그리고 긴장감 넘치는 일도. 다른 사람들이 감히 하지 못하는 그런 것들 말이야. 내가 자신이 없는 일은, 나중에 결혼하는 거, 애 서너 명 낳는 거, 내 남은 인생 동안 정원 일이나 관리하고 차나 마시는 거야."

순간 침묵이 내려앉았다. 우리는 먼지를 뒤집어쓴 채 심란한 얼굴로 길 한구석에 우두커니 서 있는 사람들 앞을 지나쳤다.

"가난하면, 정원 같은 거 없어."

내가 어깨를 으쓱했다.

"그리고 다리를 절룩이는 사람이랑은 아무도 결혼하고 싶어 하지 않아. 차 마시는 거, 그건 어렵다. 그건 정말 누구나 다 하는 거니까."

크윈이 나를 쳐다보더니 킥킥대기 시작했다.

"너는 내가 무슨 특권을 갖고 있다고 생각하는구나."

"나는 그게 뭔지도 모르거든!"

"미안. 그러니까 너는 내가 특권이 있다고 생각해. 버릇없고. 철딱서니 없는."

크윈은 내 답을 기다리지 않고 계속 말했다.

"오늘 밤 어디서 자야 할지도 난 몰라. 하지만 집으로는 돌아가지 않아! 그 저택에서 레이디 크윈타나가 되는 건 정말 지긋지긋하거든. 나는 그냥……"

"정말? 너 정말 레이디야? 귀족이라고?"

내가 물었다.

크윈이 한숨을 폭 내쉬었다.

"후, 우리 아빠가 백작이야. 나는 정말이지 그 장단에 맞추고 싶지 않아."

그 애가 절박한 눈으로 나를 바라봤다.

"아무한테도 이야기하지 말아 줘, 알았지! 여기에서 나는 그냥 크윈이야."

"집에서 도망쳐 나온 거야?"

"당연히 도망쳐 나왔지."

크윈이 갑자기 열을 냈다.

"설마 엄마랑 아빠가 막내딸을 혼자 런던으로 보냈겠니? 그게 말이 된다고 생각해? 이미 여러 번 말썽을 피웠던 마구간 소년의 바지를 입혀서? 가방에 보석을 잔뜩 넣어 주고 런던으로 가서 간호사가 되라면서?"

크윈이 고개를 저었다.

"우리 엄마랑 아빠는 불쌍해. 하나뿐인 아들을 잃었고, 이젠 나까지 가출했어. 그러니까 우리 엄마 아빠는 오래된 풍습에 너무 집념하지 말았어야 했고, 지나치게 엄중하지 말았어야 했어."

"음……."

내가 머뭇대자 크윈이 웃기 시작했다.

"우리 집 선생님이 매일 나한테 사전에서 새로운 어휘 세 개씩 배우라고 했어. 그래서 이제 그 어휘들이 내 머릿속에서 춤을 추고 다녀. 가끔씩 입 밖으로 그냥 튀어나오곤 하지."

택시가 기차역 앞에 멈추었다. 크윈은 별 생각 없이 기사에게 요금을 냈고, 우리는 축축한 보도 위에 함께 섰다. 가느다란 보슬비가 바닥을 적셔 땅 위에 윤기가 흘렀다.

"일단 오늘 밤은 어디에선가 자야 하지 않아?"

내가 물었다.

크윈이 주변을 둘러봤다.

"응. 짐 가방을 가져와서 택시 타고 사보이 호텔로 가려고. 엄마랑 여기로 쇼핑하러 오면 늘 거기에서 잤거든. 분명 그 호텔 안에 괜찮은 대피소가 있을 거야."

"아니면 나랑 같이 가도 되고. 오늘 밤 지하철에서 잘 거거든."

"지하철?"

크윈이 웃기 시작했다.

"거기 이름 진짜 웃기다. 그런 호텔은 처음 들어 봐. 거기 좋아? 내가 머물 방이 아직 있으려나?"

나는 기운이 쭉 빠졌다. 걷고 또 걸었던 날들과 지난 수많은 밤들, 책에서 한 번도 본 적 없는 낯선 어휘를 쓰는 낯선 여자애와의 대화 때문에. 그러나 동시에 내면에서 무언가 꿈틀대기 시작했다.

"호텔 아니야. 진짜 지하철이야. 지난밤에는 센트럴 라인 승강장에 있었어. 사람들 수백 명이랑 같이."

"거기서 어떻게 자니?"

충격을 받은 듯 크윈이 물었다.

"그런 승강장이라면 완전 힘들지! 그러면 그 많은 사람들이 밤새 조용히 있는 거야? 거기에 뭐 칸막이 있어? 아니면 그냥 마구잡이로 있는 거야? 서로 예의는 지키고?"

나는 고개를 저었다.

"아니. 그렇게 안 해. 난 눈도 감지 못했는걸."

"진짜 끔찍할 거 같아."

크윈이 말했다. 보슬비가 추적추적 내리는 길 위에 서 있는 그녀의 눈이 번득였다.

"나도 같이 가도 돼?"

6

"여기가 확실해?"

내가 속삭여 물었다.

크윈이 고개를 끄덕였다.

"그 남자애가 저기 쭉 늘어선 집들을 가리켰어. 43번. 그리고 통로 저 끝에."

크윈은 벽에 대충 끼워져 있는 색이 없는 문을 밀고 조심스레 안으로 들어갔다. 어스름 속에서 푹 삶은 양배추 냄새가 나고 사방에 낡은 물건이 널브러져 있었다. 부서진 의자와 빈 병들, 새장, 해진 장화, 녹슨 통조림 깡통.

"매력적이다."

크윈이 숨죽여 말했다.

"여기가 재밌니? 응?"

내가 어이없어 하자 크윈이 낄낄 웃었다.

"응. 기분이 좋아져. 신선하다. 내가 가 본 모든 통로에는 기사들의 군사 장비랑 유화 그림들만 잔뜩 처박혀 있었거든."

벽에서 바스락 소리가 들리고 연이어 무언가 부드러운, 죽은 생명체 같은 것이 내 발을 스쳤다.

"내가 볼 땐 제이가 네 물건을 이미 팔아 버렸을 것 같아."

내가 속삭였다.

"그러고도 남겠지."

크윈이 빵빵한 손가방을 의기양양하게 톡톡 두드렸다.

"다행히 보석은 여기에 들어 있지."

그녀가 다음 문을 쾅쾅 두드렸고 나는 숨을 멈추었다. 제이를 마지막으로 본 게 열세 시간 전이다. 제이는 휘파람을 불며 잠들어 있는 승강장을 따라 걷다가 다리를 절룩이는 척했다.

나는 그 녀석이 정말 싫다. 그런데 그 녀석이 없다고 해서 내 마음까지 편해질지는 잘 모르겠다.

"따라와!"

크윈의 목소리는 쾌활했다.

크윈이 문을 밀어 열었고, 나는 눈을 꾹 감았다. 반쯤 어둑어둑하고 천장이 낮은 그 방에는 이불과 베개, 가방들이 높이 쌓여 있었다. 푸르스름한 연기가 위로 피어올랐다. 이 잡동사니 한가운데에 나이 든 남자가 안락의자에 웅크려 앉아 있었다. 노인이 얇은 담배를 쭉 빨더니 콜록콜록 기침을 했다.

"안녕하세요."

크윈이 예의 바르게 인사했다. 이곳에 엄청난 모험이 준비되어 있으리라는 기대감이 그녀의 목소리에 담겨 있었다.

"어떤 남자애가 제 가방을 여기로 가져간 것 같아서요. 어디로 가져갔을지 뭐 아시는 거 있을까요?"

노인이 코를 골듯 드렁드렁 숨을 내쉬었다.

"잘 찾아봐, 아가씨. 나는 여기에 앉아 있을 뿐이야."

크윈은 빠르게 주위를 흘긋했다. 역시나 그녀의 눈빛이 번득였다. 우리는 이불 하나도 건드리지 않으려 조심하며 냄새 나는 미로 속을 뒤지기 시작했다.

그때 뒤에서 어떤 목소리가 들렸다.

"네 가방은 저 구석 왼쪽에 있어."

나는 뒤로 돌아섰다.

거기에 녀석이 서 있었다. 문틀에. 내 몸이 곧장 방어할 준비를 했지만, 그는 나를 보지 않았다. 크윈을 보고 있었다.

제이의 머리칼이 이마까지 내려와 있고, 볼에 난 생채기가 한층 더 짙어졌다. 내 의지와 상관없이 크윈의 말이 머릿속을 맴돌았다. 이 세상 모든 고추들이 그렇게 잘생겼으면, 내 인생은 통제 불가능이었을 거야.

"세상에."

크윈이 놀라워하며 묵직한 가방 몇 개를 한쪽으로 밀며 말했다.

"진짜 내 가방이네! 내 가방을 팔 생각은 없었니?"

제이가 웃기 시작했다.

"당연히 생각은 했지. 그런데 꽃무늬 원피스랑 오래된 책들 천지던데. 쓸모없는 잡동사니뿐이더라고."

"그래서 다시 되돌려 놓은 거야?"

크윈이 다정하게 물었다.

녀석이 머리를 쓸어 넘기며 말했다.

"어. 다이아몬드 같은 게 있길 바랐지. 그랬으면 달아났을 거야. 하지만 옷가지 몇 개로 내 사업을 곤란하게 할 순 없으니까."

"그러면 여기는 뭔데?"

크윈이 주위를 돌아보며 물었다. 그녀는 살면서 이런 보잘 것없는 허섭스레기들 사이에 있어 본 적이 당연히 없을 텐데도, 기분이 퍽 좋아 보였다.

제이가 히죽히죽 웃었다.

"사람들은 이불이며 베개며 끌고 다니느라 지쳐 있어. 집에서 기차역까지 그걸 다 짊어지고 왔다가 그대로 다시 집으로 돌아가야 하거든. 그런데 이젠 돈 조금만 내면 그 짐을 하루 종일 여기에 맡겨 놓을 수 있어. 그리고 밤을 맞이할 준비를 마치기 전에 여기에서 전부 가져가는 거지. 여기 윌리엄 할아버지한테서. 윌리엄 할아버지는 그 대가로 나한테 담배 몇 개비를 받고."

제이가 갑자기 내 쪽으로 돌아섰다.

"꽤 친절한 사업이지, 안 그래?"

말하는 내내 녀석은 크윈만 쳐다보고 있다. 녀석의 머릿속에 온전한 신체를 갖춘 그녀의 모습이 자리를 잡았을 것이다. 이제는 나를 쳐다본다. 녀석의 시선의 차이가 나의 육체를 꿰뚫어 반으로 자른다. 크윈의 몸은 완벽하지만, 내 몸은 완벽하지 않다.

나는 어깨를 으쓱했다.

"음, 내 생각에는, 이불을 보관해 주는 게 누울 자리 맡아주는 것보다 더 나을 것 같은데?"

"그건 걱정 마셔."

제이가 웃기 시작했다.

"아직도 자리를 팔고 있거든. 그걸로 돈을 더 벌지."

"누군가 경찰에 알리기 전까지는 그러시겠지."

내가 목소리를 낮췄다.

"경찰? 적어도 너한테는 그런 일이 없어야 할 텐데. 그렇게 되면 경찰이 내 조수도 데려가야 하거든."

제이는 내 반응을 기다렸다. 우리 머리 위로 담배 연기가 피어올랐다.

"네 조수?"

내가 물었다. 심장이 거칠게 요동쳤다.

"어. 진짜 개구쟁이 녀석 하나 있거든. 나 같은 사기꾼과 함께 일하는 거에 아무런 문제가 없는 녀석이지. 그 녀석이 나를 도와주면 가장 좋은 자리 일곱 개 정도는 손에 쥘 수 있을 거야. 그러면 녀석은 곧바로 새 비행기를 살 수 있지. 물론 경찰이든 누구든 걔를 쫓지 않는다면 말이야. 다행히 걔가 달리기가 빠르더라고……"

그 공간에, 그 방 안에 잠시 침묵이 내려앉았다.

"비겁한 새끼."

나는 이렇게 내뱉고는 뒤로 돌아섰다. 크윈과 그녀의 짐 가방은 나하고 아무 상관없다. 당장 로비에게 가야 한다.

런던 전체가 불발탄이다. 언제든 폭발할 수 있다. 사람들은 정신을 바짝 차리고 있다. 도시가 불바다로 변하는 동안 사람들은 자기 차례를 차분히 기다리며 자신을 통제하고 있다. 그러나 속으로는 사실 그 침착함이 단 한순간도 유지되지 않기를 바라고 또 바란다. 만약 땅 아래의 그곳에서 로비가 몇 자리를 맡아 놓았다는 걸 사람들이 알게 되는 순간, 승강장 전체가 로비에게 달려들 것이다.

나는 다리를 절며 최대한 빠르게 어둑어둑한 통로를 따라 색이 없는 공간에서 벗어나 지하철역 입구로 이어지는 축축한 길로 나섰다. 머릿속에서 욕지거리가 메아리쳤다. 전에는 감히 생각조차 하지 못했던 욕설들이.

침대에 누워 있던 몇 달 동안 나는 나의 새로운 인생을 상상해 보려 노력했다. 그런데 지금 크윈, 제이와 함께 몇 시간을 보내고 난 뒤 나는 나 자신에게 놀라고 있다. 나는 엄마를 곤란하게 했고, 열네 살 여자애들은 보통 들어 본 적도 없을 단어들을 머릿속에 떠올리고 있다.

나는 대체 누구일까?

7

뛰는 건 당연히 잘할 수 없다. 크윈과 제이가 나를 찾아냈을 때, 나는 아직도 지하철역에 도착하기 전이었다. 크윈은 무거운 짐 가방을 든 채 내 왼쪽에 있고, 제이는 오른쪽에 있다.

"내가 도와줄게."

크윈이 목소리를 낮춰 말했다.

"너, 나 신고하면 다시는 못 뛰게 될 줄 알아."

제이가 으름장을 놓았다.

녀석의 협박이 나에게는 위협적이지만, 크윈은 화가 난 듯 고개를 단호하게 저었다.

"제이."

녀석을 부르는 크윈의 말투가 단호했다.

"엘라의 다리 좀 그냥 내버려둬. 네 발언은 무례하고 약간 우습기까지 해. 엘라가 다리를 절뚝이는 거, 우리도 알고 있어. 그 분명한 사실을 누구나 다 알고 있지. 너 말이야, 누구나 다 아는 그 사실을 너만 안다고 착각하지 마."

나는 계단 내려가기에 열중하느라 무슨 말을 할 수가 없었다.

오후 네 시가 지난 시각이고, 지하철역 출구가 열려 있었다. 우리는 쉽게 안으로 들어갔다. 크윈과 제이가 말없이 구경하는 동안 나는 다리를 절룩이며 누구나 다 알고 있는 분명한 모습으로 가파른 계단을 내려갔다.

그런 다음 동전을 손에 쥐고 티켓 자동판매기 앞에 섰다.

"오 이런."

크윈이 내 옆에서 말했다.

"나 동전 하나도 없는데. 다이아몬드만 있고."

크윈이 킥킥댔지만, 나는 같이 킥킥대지 않았다. 우두커니 자동판매기 버튼을 보고 있지만, 어떻게 하는지 도통 모르겠다. 열네 살이나 먹었으면서 자동판매기로 어떻게 표를 사는지 전혀 모른다.

"내가 할게."

제이가 나를 쳐다보지 않고 말했다. 그러고는 얼음처럼 차가운 내 손에서 동전을 획 가져가 구멍 사이로 재빨리 집어넣었다.

우리는 에스컬레이터로 갔다. 머리가 어질어질하다. 나는 로비에게만 가는 게 아니라 우리 엄마한테도 가는 길이다.

엄마한테 뭐라고 해야 하지? 엄마가 나를 수개월 동안 간호해 준 것과 별개로 오늘만큼은 내가 엄마와 줄서기를 교대할 여유가 없었다고 둘러대야 할까? 로비가 감옥에 가게 될수도 있다는 말과, 오늘부터 이 레이디를 통조림 속 정어리처럼 나란히 누워 있는 우리 가족 사이에 비집어 넣어야 한다는 말도 해야 할까?

이제는 바람이 드는 통로에도 사람들이 이불을 깔고 앉아 기다리고 있었다.

"저것 좀 봐 봐."

크윈이 속삭였다. 그녀는 동물원을 산책하듯 눈앞의 광경을 둘러봤다.

"저 사람들 정말로 저기에서 자는 거니? 노숙자처럼 바닥에 누워서?"

갑자기 제이가 우뚝 멈춰 서더니 돌아섰다. 그의 눈 주위에 짙은 그림자가 내려앉고 광대뼈가 붉으락푸르락해졌다.

"너는 어디 다른 행성에서 왔냐?"

"어…… 음…… 작은 마을에서 왔어."

크윈이 입을 열었다.

"약간 교외 쪽이긴 하지. 저기……"

하지만 제이는 그녀의 말을 듣지 않았다.

"매일 밤하늘에서 폭탄이 무진장 많이 떨어져."

제이의 목소리가 차가운 통로를 따라 메아리쳤다.

"정부가 우리를 곤경에 빠뜨렸고, 대피소도 너무 적다고. 저 사람들은 폭격이 시작됐을 때 이 지하철역에 갇힌 거야! 런던에서 진짜 안전한 그 유일한 장소에는 우리가 숨어 있을 수 없어. 그렇다고 우리가 삶을 포기할 순 없잖아."

통로 전체가 고요하다. 제이는 주먹을 불끈 쥐었다. 나는 처음으로 제이가 어디에서 왔는지 궁금했다. 제이는 분명 아주아주 가난할 것이다. 폭탄이 가장 많이 떨어져 동네 절반이 화염에 휩싸였다는 동쪽 끝에 살았을까? 아니면 집이 아예 없는 걸까?

제이가 대뜸 큰 소리로 말했다.

"하지만 여기 이 기차역으로 사람들이 마구 몰려들었어. 서로 역 안으로 들어가려고 막 밀고 난리였지. 그래도 이제는 지하철을 타고 런던 어디든 대피소를 찾아갈 수 있어. 이 터널은 우리 차지야! 바닥에 담요를 꼭 깔고 자야만 하는 사람이라면,"

제이가 크윈을 매섭게 쏘아보며 말했다.

"여기에서 당장 꺼져 줘야지."

"옳소, 옳소!"

바닥에 앉아 있는 어떤 남자가 외쳤다.

우리는 쥐 죽은 듯 고요한 통로를 계속 걸었다. 사람을 밟지 않으려 조심하면서. 크윈이 커다란 짐을 혼자 끌며 헉헉

댔지만, 나는 그녀를 도울 수 없고, 제이는 애써 모른 척했다.

센트럴 라인 승강장이 점점 가까워지고, 나는 아직도 엄마에게 뭐라 해야 좋을지 뾰족한 수가 떠오르지 않는다. 드디어 승강장에 도착했다. 제이가 오른쪽으로, 어제 우리가 있던 곳으로 가지 않고 왼쪽으로 발을 내디뎠다. 다른 방향으로, 우리 가족에게서 멀리. 그리고 우린 제이를 따라갔다.

온 사방에서 사람들이 남성용 바지를 입고 있는 크윈을 보고 신이 나서 숙덕거렸다. 그들은 크윈의 가방에 보석이 가득 들어 있다는 사실을 모르지만, 크윈이 이 지역 사람이 아니라는 건 금세 알아챘다. 장밋빛 볼과 윤기가 흐르는 블라우스가 그녀와 찰떡일 뿐만 아니라, 모험을 떠난 사람처럼 주위를 두리번거리고 있으니.

하지만 사실은 그렇지 않다. 정말 모험을 떠난 거라면, 다음 날 머물 곳도 확실하지 않다면, 저렇게 두리번거리지 않는다.

제이는 계속 걸었다. 승강장 끝까지. 그러더니 아무렇지 않게 승강장 아래로 폴짝 뛰어내렸다.

"너 미쳤어?"

내가 소리쳤다.

"조심하라고, 거기 선로야!"

하지만 제이는 킥킥 웃으며 적당히 어둑어둑한 터널로 뚜벅뚜벅 걸어갔다.

"여기엔 선로 없어. 센트럴 라인 연장 공사를 하는 중이거든. 그런데 몇 달째 공사를 안 해."

제이가 외쳤다.

승강장 끝에 서 있는 제이를 보니, 내 머릿속에서 두 가지가 동시에 명확해졌다.

제이 말이 맞았다. 여기 기차역 전체는 숨어 있기에 최적의 장소가 맞다. 이쪽으로는 열차들이 덜덜대며 지나다니지 않고, 적당히 어둑어둑하며, 승강장보다 지나다니는 사람도 훨씬 적다.

그러나 나는 일상생활에서 이런 터널에 들어갈 거란 생각은 한 번도 해 본 적이 없다. 그 또 다른 터널에 들어갔던 이후로는 더더욱.

또다시 그 감각에 사로잡힌다. 목에 감긴 뻣뻣한 고무와 흉곽을 짓누르는 압박. 바람이 슉슉 들어왔다가 빠지는 소리가 들리고, 머리 위로 거울이 보인다. 간호사들의 손이 매일같이 그 뚜껑 사이로 드나들었다. 나는 매일같이 기다렸다. 간호사들의 손길이 느껴지기를.

승강장에 서 있는 지금, 그 감각이 다시 일어난다. 내 몸이 있어야 할 자리에 또다시 거대한 공허가 느껴진다.

그리고 나는 기절했다.

8

의식이 돌아오고, 수백 개의 질문에 즉각 답을 해야만 하는 이 기분은 그리 유쾌하지 않다. 우리 엄마와 삼촌, 숙모가 내 쪽으로 얼굴을 들이밀고 내가 어디가 아픈 건 아닌지, 그동안 어디에 있었는지, 지금 기분이 어떤지 알고 싶어 한다.

나는 아무것도 모른다.

나는 승강장 바닥에 꽃무늬 이불을 덮고 누워 있고, 우리 가족 얼굴만 보인다. 크윈은 어디에 있지? 우리 가족이랑 같이 자야 하는데? 제이는 어디 갔지?

"자, 이거 마시렴."

엄마가 내 머리를 떠받치고 우유와 설탕이 너무 많이 들어간 미지근한 차를 내 입속에 붓는다. 설탕을 시장에서 구입해야만 먹을 수 있게 된 이후 이렇게 달콤한 음식을 먹은 건 처음이다.

"너를 얼마나 찾아다녔는지 몰라."

엄마가 목소리를 낮추고 계속 말했다.

"함께 줄 서 있던 다른 여자들이 엄마가 집으로 가서 네가 있나 살펴볼 수 있게끔 우리 자리를 맡아 줬단다. 그래서 길거리도 가 보고 공원도 가 보고 경찰서도 갔었어. 대체 어디에 있었니?"

나는 대답하지 않았다. 팔로 몸을 감싸고 싶지만 몸이 말을 듣지 않았다. 주변 사람들이 우리의 대화를 단 한마디도 놓치지 않으려 내 이불 주위로 목을 길게 빼고 있었다.

"어디 아프니? 의사 불러올까?"

엄마가 물었다.

"먹은 게 별로 없어요. 그래서 그래요."

내 목소리가 쉬어 있었다.

엄마는 한숨을 내쉬며 고개를 흔들고는 자리에서 일어났다. 엄마가 생필품이 들어 있는 바구니 쪽으로 가자 로비가 잽싸게 나한테 왔다.

"제이 형이 날 데려갔어."

로비가 흥분해서 속삭였다.

"터널에서 웅크리고 기다리고 있었는데 형이 와서 누나가 기절했다고 소리쳤어! 그래서 내가 형한테 이쪽 길을 알려 주고 다 같이 누나를 여기로 옮긴 거야."

"옮겼다고?"

머릿속이 아직도 흐리멍덩했다.

"누가?"

"제이 형하고, 그 이상한 바지 입은 누나!"

"크윈이야."

"정말? 진짜 웃긴 이름이다. 뭐 어쨌든 제이 형이 누나 팔을 들고 크윈이라는 누나가 다리를 들었어. 그 둘이 누나를 번쩍 들어 올려서 승강장에 있는 사람들이 누나 팬티 다 봤어."

나는 눈을 질끈 감았다. 그러나 그 당시의 장면은 사라지지 않는다. 크윈이 내 다리를 덥석 잡는 모습이 눈앞에 선하다. 평범한 오른쪽 다리와 특수 신발이 신겨진 왼쪽 다리를. 그리고 제이가 내 머리 옆에 서서 상체를 숙이는 모습까지.

"그 크윈인가 뭔가 하는 누나는 뭐야?"

로비가 속삭였다.

"여기까지 한 절반 정도 왔을 때 승강장에 경찰이 나타났는데, 그 누나가 얼마나 빨리 도망쳤는지 누나도 봤어야 했어! 누나 다리를 툭 내려놓고 재빨리 달려가더라니까."

"경찰이 나타나니까 도망쳤다고?"

"그렇다니까. 그리고 누나 다리를 그냥 툭 떨어뜨렸다고. 그래도 뭐 다행히 제이 형이 누나를 꽉 잡았어. 진짜 힘이 장난 아니더라. 형 혼자서 누나를 승강장 위로 올렸어. 아주 쉽게. 형이 뭐라고 했냐면……"

"로비!"

엄마가 돌아왔다.

"이제 엘라 좀 쉬게 돼라."

엄마는 내 옆에 앉아 으깬 콩이 든 샌드위치와 차를 큰 컵에 따라 한 잔 더 주었다.

나는 말없이 먹기 시작했다. 으깬 콩이 뻑뻑해서 목이 막혔다. 이번에는 차에 설탕이 들어 있지 않았다.

"여자애 하나를 도와줘야 해요."

내가 엄마에게 조용히 말했다.

"완전히 혼자고, 런던도 잘 몰라서요……"

엄마가 한숨을 내쉬었다.

"엄마도 모임에 가야 했단다. 수천 명이 집을 잃었어. 우리는 일시적으로나마 그 사람들을 받아들이고 음식과 옷, 이불을 준비해 줘야 하지……"

나는 질퍽한 샌드위치를 한 입 더 베어 물었다. 역시나 목넘김이 쉽지 않았다.

"죄송해요. 여기에 두 시 반까지 왔어야 했는데."

내가 목소리를 낮췄다.

나는 엄마의 무릎에 머리를 기댔다. 엄마가 내 머리를 부드럽게 쓰다듬고 나는 눈을 감았다.

일 년 전 나는 아기보다 더 작았다. 이제는 다시 혼자 호흡할 수 있게 되었다. 하지만 앞으로 남은 인생을 어떻게 살아가야 할까?

　한밤중에 잠에서 깼다. 다리가 뻣뻣하고, 몸이 으슬으슬하다가 데워지기를 반복했다. 비몽사몽 간에 몸을 일으켜 앉았다. 승강장 시계가 열두 시 십 분을 가리키고 있었다.

　아빠를 떠올렸다. 지금 아빠는 어두운 밤거리를 또다시 돌아다니고 있겠지. 손전등 달린 모자를 머리에 쓰고 가방에 호루라기를 넣고서 다음 폭격기를 기다리고 있겠지. 매일 아침 아빠가 피곤에 찌든 채 집으로 오면, 우리는 아빠가 밤을 보내고 무사히 살아 돌아온 게 마치 별일 아니라는 듯 행동했다.

　다시 크윈을 생각했다. 대체 지금 어디에 있는 걸까? 안전한 걸까? 눈을 슥슥 문질러 보지만 머릿속에는 여전히 안개가 뿌옇다. 잠에서 덜 깬 채 내 이야기 공책을 집으려는 순간 잠이 확 달아났다.

　가방이 비어 있다. 공책이 사라졌다.

　절벽 아래로 툭 떨어지는 느낌이다. 그게 어떤 느낌인지 나는 아주 잘 안다.

　어디에서 잃어버렸는지 오래 생각할 필요도 없다. 내가 기절했을 때, 또는 기절해 있는 동안 승강장으로 옮겨진 직후에 분명히 가방에서 빠졌을 거다.

　이 회색 돌바닥 어딘가에 내 머릿속에 담긴 이야기가 놓여 있을 것이다.

나는 조심히 몸을 일으켰다. 다리가 욱신거렸다. 로비를 넘어가다가 균형을 잃는 바람에 엄마 위에서 살짝 비틀댔지만 다시 중심을 잡고 터널 쪽으로 출발했다.

여기저기에 아직 깨어 있는 사람들도 있지만, 다들 나한테 관심이 없다. 승강장을 돌아다니는 낯선 사람에게 익숙해진 모양이다. 승강장 끝에 칸막이가 세워져 있고, 그 뒤에 냄새 나는 소변 통이 숨겨져 있다.

나는 바닥을 샅샅이 살폈다. 공책 커버가 짙은 파란색이어서 이 회색 바닥에서는 별로 눈에 띄지 않을 거다. 선로 사이의 푹 팬 곳도 확인했다. 누군가 공책을 발로 걷어찼을 수도 있으니까.

아니면 누군가 공책을 들고 앉아 읽고 있을 수도 있다.

아무도 나를 쳐다보지 않는데도 얼굴이 불이 난 것처럼 화끈거렸다.

일기였다면 별 상관없다. 어차피 내 삶은 그리 재미있지 않으니까.

하지만 그 이야기 공책에는 공들여 갈고닦아 가며 쓴 세련된 이야기가 적혀 있다. 그 이야기에는, 끔찍한 병원에서 일하는 숨 막히게 잘생긴 의사가 등장한다. 의사는 아픈 소녀를 위해 매일같이 꽃과 과일 바구니를 전하고, 어느 날 소녀가 다시 건강해지고 온 세상이 행복해진다는 이야기다.

그리고 의사와 소녀가 입을 맞춘다.

다섯 문단 길이의 그 글에는 금발의 젊은 의사와 그의 부드러운 손길에 관한 내용이 담겨 있다. 어느 고요한 밤, 사랑을 숨기지 못한 주인공과 몸이 아픈 한 소녀가 전염될 위험을 애써 모른 체하고 서로의 사랑을 확인한다.

물론 바보 같은 이야기다.

그럼에도 나는 그 이야기를 쓰면서 숨을 가쁘게 몰아쉬었다.

내가 정말 어떻게 된 걸까? 도무지 모르겠다. 하지만 언젠가 누가 그 이야기를 읽는다면, 선택은 하나뿐이다. 나는 남은 인생을 세상과 격리된 채 살아야 할 거다.

승강장 끝에 거의 다 와 간다. 터널이 점점 가까워진다. 소변 통 냄새가 무척 고약하다. 나는 여기 이 자리에서 기절했다. 그러나 공책은 어디에도 보이지 않는다.

어쩌면 크윈이 찾았을 수도 있겠다는 생각이 번뜩 들었다. 아니면 제이가.

머리가 어질어질하다. 나는 그대로 가만히 서 있었다. 크윈은 지금 어디에 있는지는 모르지만, 제이가 있을 만한 곳은 안다. 제이가 내가 쓴 바보 같은 이야기를 손에 넣었을 수도 있다. 터널에서 말이다.

그 가능성이 내 머릿속을 뚫고 지나간다. 이제 되돌아갈 수 없다. 제이가 내 이야기 공책을 갖고 있다면, 최대한 빨리 찾아와야 한다. 나는 저 터널 안으로 반드시 들어가야만 한다.

한 발짝 내딛기도 전에 몸이 덜덜 떨리기 시작한다. 터널 안은 승강장보다 훨씬 어둡다. 저 멀리 뒤쪽에 작은 백열전구 세 개가 보인다. 빛이라고는 그게 전부다.

조심조심 승강장 아래로 내려갔다. 위험천만한 선로는 아니지만, 왠지 금지된 구역으로 들어가는 느낌이다. 몇 시간 전만 해도 여기 이 터널에 절대 발을 들일 수 없을 거라 생각했다. 그러나 뜨개질이나 하고 살아야 하는 앞으로의 삶을 떠올리면 미쳐 버릴 것 같기 때문에 일단은 무조건 저기로 들어가야 한다.

귀에서 이명이 들렸다. 뒤를 돌아봤는데 지하철이 오는 건 아니었다. 작년에도 이명이 왔었다. 또 다른 터널에 누워 있던 그때는 밤낮으로 숨을 헐떡였고, 귀에서 쿵쿵 소리가 났었다.

한 발짝 한 발짝 어스름 속으로 들어갔다.

터널 벽을 따라 위쪽으로 거대한 철근이 굽어져 있다. 터널이 무너지지 않게 버팀목 역할을 하고 있다. 철근들 사이마다 담요를 깔 만한 공간이 있다. 성인 남자 한 명 또는 여자 한 명, 아니면 아이가 누울 수 있는 좁은 공간이다.

적당한 어둠 속에서 나는 잠들어 있는 모든 이들을 관찰했다. 얼굴을 옆으로 돌린 채 잠든 사람들의 볼과 손 그리고 팔을 살폈다.

마침내 그곳에 도착했을 때 나는 바로 녀석을 알아봤다.

제이가 거기에 누워 있다.

제이는 셔츠를 벗어 머리 위 터널 벽에 걸어 놓았다. 민소매 러닝셔츠가 은은한 어둠 속에서 하얗게 보였지만, 분명히 다른 옷들과 마찬가지로 지저분할 것이다. 볼에 팔을 올려놓고 잠든 그의 머리칼이 이마 앞으로 내려와 있다.

터널이 끝나는 마지막 장소에, 그러니까 제이 바로 옆에 크윈이 누워 있다. 그녀는 우아한 호텔로 가지 않고, 길을 잃어 절망에 빠지지도 않고, 여기에 있다. 제이 옆에.

나는 말없이 둘을 지켜보았다. 어쩜 저렇게 아무렇지도 않게 잠에 들 수 있는지. 마치 둘이 하나인 것처럼. 나는 손톱으로 손바닥을 꾹꾹 누르기만 할 뿐 둘에게서 눈을 떼지 않았다.

그 순간 제이의 손에 들린 내 이야기 공책이 눈에 들어왔다.

9

　지금 주저하면 절대 손에 넣을 수 없다.

　제이 옆에 크윈이 바짝 붙어 있고, 그 반대편에는 사람이 없다. 나는 무릎을 꿇고 제이 쪽으로 조심조심 기어갔다.

　그를 보지 않고서 이야기 공책 모서리를 잡았다. 움직임이 거의 없는 것처럼 아주 천천히, 자고 있는 녀석의 손에서 공책을 당겼다. 그런데 공책을 손에 넣은 바로 그 순간 제이의 손가락이 내 손목을 덥석 움켜잡았다.

　"아야!"

　나는 상체를 휙 구부렸다.

　제이가 몸을 일으켜 한 손으로 눈을 비볐다. 다른 손은 아직도 내 손목을 강철처럼 단단하게 움켜잡고 있다.

　"이거 놔. 제이, 아프다고!"

　내가 목소리를 낮춰 말했다.

"엘라?"

제이가 놀라서 물었다.

호흡이 점점 가빠진다. 전부 엉망진창이다. 나는 지금 의사가 절대 하지 말라고 한 짓만 골라서 하고 있다.

"이거 내 거야."

제이가 내 손에 들린 공책을 내려다보았다. 이제야 생각난 모양이다. 제이가 씨익 웃었다. 어둠 속에서 녀석의 치아가 번득였다.

"아 그거. 그거 중요한 물건이잖아, 그렇지? 엘라의 일기장⋯⋯"

제이의 손아귀에 서서히 힘이 빠지고, 나는 재빨리 내 손목을 획 뺐다. 간신히 몸을 일으켜 다리를 절룩이며 최대한 빠르게 터널 출구로 갔다. 심장이 머릿속으로 들어와 뛰는 것 같다. 내가 제이보다 절대 빠를 리 없다는 걸 알지만, 일단 승강장까지만 먼저 도착해도 해 볼 만했다. 그곳은 조명도 환하게 켜져 있고, 사람들도 깨어 있으니 도움을 요청할 수 있을 거다.

하지만 제이는 나를 따라오지 않았다.

나는 대체 무슨 착각을 하고 있었던 걸까? 제이가 내 이야기를 영원히 가슴속에 간직하길 바랐던 걸까? 대체 뭐냐고!

어깨 너머를 한 번 더 흘긋해 봤지만, 터널은 고요했다.

끙끙 기를 쓰고 승강장 위로 다시 올라가는데 통증이 다리를 날카롭게 찔러 댔다. 가능한 빠르게 칸막이 뒤의 소변통을 지나쳤다. 온 바닥에 사람들이 널브러져 있고, 고약한 땀 냄새가 승강장 위로 나풀대고, 여기저기에서 코 고는 소리가 우렁차다. 갑자기 앞으로 나아가지지 않았다.

숨이 쉬어지지 않았다.

많고 많은 사람 중에서 내 이야기 공책을 발견한 사람이 하필이면 제이였다니.

그때 누군가의 발소리가 들렸다.

제이가 침착하게 터널 밖으로 걸어 나왔다. 제이는 승강장 위로 단번에 뛰어오르더니 칸막이 뒤로 사라졌다.

나는 아직도 움직이지 못하고 있다. 승강장 공기가 내 어깨 위로 무겁게 내려앉았다. 문득 여기가 지상에서 몇 미터 깊이인지, 우리가 얼마나 깊은 땅속에 웅크리고 있는 건지 궁금해졌다. 이 승강장이 폭탄으로부터 아주 멀리 떨어져 있어서 안전하다고 생각하기 때문에 다들 이곳에 숨어 있는 거다. 그런데 만약 폭탄이 기차역으로 떨어지면 무슨 일이 벌어질까? 이 땅속 비밀 공간이 무너져서 전부 막혀 버리면? 그러면 우리는 갇히는 거다.

"엘라?"

고개를 돌리자 그곳에 제이가 있었다. 녀석의 바지 단추가 다시 채워져 있다.

나는 후들대는 손으로 얼굴로 내려온 머리를 쓸어 넘겼다.

머리에 기름이 낀 게 느껴졌다. 마지막으로 씻은 게 언제인지 생각도 나지 않는다.

나는 그와 말을 섞고 싶지 않지만, 결국엔 입을 열고 말았다.

"크윈도 읽었어?"

내가 목소리를 낮춰 물었다. 공책을 높이 쳐들자 제이가 고개를 저었다.

우리는 승강장에서 에스컬레이터로 이어지는 통로에, 그러니까 바람이 드는 구역에 서 있었다. 사람들은 웬만하면 이곳에서는 담요를 깔려 하지 않았다.

"크윈한테 절대 얘기하면 안 돼."

내가 강한 어조로 말했다.

"이거 일기장 아니야. 그냥 별 의미 없는 거야. 다 상상해서 썼고."

"아 그래?"

제이가 태연하게 물었다.

"물론이지!"

톡 건드리면 눈물이 터질 것 같았다.

"그 사람들이 정말 꽃이며 과일 바구니며 갖다 줬을 것 같니? 우리 반 전체가 내 방 창문 아래에 서서 노래를 불러 줬을 것 같아? 이 세상 어딘가에 그런 의사가 정말 있을 것 같아? 소아마비 환자한테 입을 맞추는 의사가?"

제이의 미소가 서서히 환해졌다.

"아, 그렇게 썼어?"

통로에서 차가운 바람이 불어와 내 머리칼 사이를 스치고, 나는 얼굴에서 핏기가 사라지는 걸 느꼈다.

"너 안 읽었어?"

"안 읽었어. 글씨가 아주 엉망이더만. 게다가 난 학교 안 나간 지 벌써 수백 년이야. 알파벳 절반은 다 까먹었는데 뭘."

제이가 소리 내 웃기 시작하더니 점점 크게 웃었다.

"오 이런, 읽을 만한 가치가 있는 줄은 몰랐네!"

바닥에서 어떤 여자가 헛 소리를 냈고, 우리는 말소리를 줄였다. 한 남자가 우리를 무섭게 노려봤다.

나는 더 이상 입을 열지 않았다.

자러 가야 한다는 걸 알지만, 내 자리로 돌아갈 수가 없다. 몸속에서 피가 소용돌이 치고 호흡이 무척 버거워진다. 그대로 승강장 바닥에 다시 누우면 미쳐 버릴 것 같았다.

10

어디로 가야 할지는 모른다. 내가 아는 건 사라지고 싶다는 것뿐이다. 나는 이불에 몸을 돌돌 말고 자는 사람들을 지나 반들반들 광택이 나는 통로를 달렸다. 내 발소리가 메아리가 되어 통로를 가득 메운다. 한 작은 여자아이가 깨끗하게 펴 놓은 이부자리에 인형에게 넉넉히 자리를 내어 주고 자기는 벽에 바짝 붙어 누워 자고 있었다.

나는 발걸음을 멈추었다.

계단이 아주 많은 에스컬레이터가 움직이지 않는다. 게다가 에스컬레이터에서도 사람들이 자고 있다. 정말 믿을 수 없는 광경이다. 그들은 반쯤 앉은 채로 또는 반쯤 누워서 머리에 가방이나 돌돌 만 스웨터를 댄 채 계단에 위태롭게 매달려 있다. 내일 아침이면 늘 그랬듯 다시 출근을 해야 하는 정장 차림의 남자와 젊은 여자들이다.

나는 침을 꿀꺽 삼켰다.

이곳에서는 사람들이 피를 흘리지 않는다. 사이렌 소리도 들리지 않고, 욕설을 내뱉는 사람도 없다. 군인도 보이지 않고, 처칠과 히틀러도 없다. 진짜 진짜 평범한 사람들뿐이란 말이다. 갑자기 눈에 눈물이 고인다.

에스컬레이터 세 대 중 한 대는 한밤중에 지상으로 올라가거나 내려가려는, 나처럼 정신 나간 사람을 위해 비어 있다.

오른발로 첫 번째 계단을 조심스레 디딘 다음 왼쪽 다리를 뒤따라오게 한다. 두 살배기가 계단을 오르듯이. 앞으로 평생 이렇게 계단을 올라야 할 거다. 계단 스무 개를 오른 뒤 호흡을 가다듬으려 멈춰 섰다. 그다음 스무 개의 계단을 오른 뒤에도, 그리고 스무 개의 계단을 더 오른 뒤에도 멈춰 서서 숨을 골랐다.

드디어 위에 도착했다. 다리가 불에 타는 것처럼 화끈거렸다. 티켓 자동판매기가 있는 땅속 공간에도 사람들이 잠들어 있다. 나는 사이렌 소리가 들리는지, 땅 위로 폭탄이 떨어지는지 가만히 귀를 기울였다. 고요하다. 발걸음을 재촉하며 마지막 남은 짧은 계단 위로 올라선 다음 먹물을 뿌려 놓은 듯한 어둠 속 바람이 나부끼는 거리로 발을 내디뎠다.

서늘한 공기에 아직도 불 냄새가 배어 있다. 하늘에 달이 나와 있지 않아 도시가 칠흑 같은 어둠에 잠겨 있다. 창문 커튼 사이로 가느다란 빛 한 줄기도 새어 나오면 안 된다. 거리의 가로등도 꺼져 있고, 사람들은 길에서 담배 한 개비도 피울 수 없다. 보이 스카우트 단원들이 보행로 가장자리에 하얀색 페인트칠을 해 놓았고, 보행자는 정전 시 차에 치이지 않기 위해 길을 걸을 때 하얀색 손수건이나 스카프를 착용해야 한다.

도시 전체가 모든 권고 사항을 지독하게 칼같이 지키고 우리는 규칙을 따르려 아등바등 노력하지만, 그래 봤자 폭탄하고는 별개다. 폭격기는 해안에서부터 반짝이는 템스 강을 따라 너무 쉽게 런던으로 넘어온 다음 그냥 아무 상점에 소이탄*을 쿵 떨어뜨린다. 그렇게 해서 다음 폭격기가 어디로 가야 하는지를 정확하게 알려 준다.

팔에 소름이 쫙 끼쳤다. 그러나 그 지옥으로, 땅속 아래로 다시 돌아갈 생각은 조금도 들지 않았다. 오늘 일어난 모든 일이 머릿속에서 소용돌이치고 있는데 불현듯 이런 생각이 들었다. 크윈이 할 수 있으면, 나도 할 수 있어.

나는 결정할 수 있다.

나는 남은 인생을 절름발이로 살아야 할 거다. 그건 나도 안다.

그렇다고 해서 계속 두려워하며 살 필요는 없다.

---

* 사람이나 건조물 등을 화염이나 고열로 불살라서 살상하거나 파괴하는 폭탄 또는 포탄.

그때 공습경보가 울렸다. 어디선가 사이렌이 애처롭게 울고, 다른 사이렌 소리도 뒤따른다. 다시 또다시 강해지는 무시무시한 통곡이다. 런던의 모두가 앞으로 십이 분 남았다는 걸 안다. 이제 곧 그날의 첫 폭격기가 도시의 하늘을 가로지르고 생지옥이 또 시작될 것이다.

집들이 숨을 참고 있다. 대공 포대가 배치된다. 탐조등 불빛이 곧바로 하늘로 미끄러진다.

나는 여기 어둠 속에 서서 공책을 펼치고 있다. 첫 장을 뜯어 수백 개의 조각으로 찢는다. 손바닥을 펼치고 종잇조각을 바람에 태워 날린다.

최대한 빠르게 다음 장도 그렇게 한다. 아직 구 분이 남았다. 더 많은 종잇조각이 내 손에서 날아간다. 그 하찮고 엉뚱한 이야기들이 모두, 그 달콤한 풍선들이 모두 밤하늘로 사라져 버린다.

나는 마지막 장까지 전부 찢는다.

그러고 나자 저 멀리서 모터 소리가 들린다. 우우웅 우우웅. 나는 암흑에 휩싸인 길에 꼼짝 않고 서 있다.

나는 결정할 수 있다.

로비와 함께 우리 집 계단 아래 벽장에 숨어 있던 그날 밤을 떠올린다. 그날 폭탄 소리가 힘을 잃어 갈 때 마음이 편안해졌었다.

그리고 땅속 깊은 곳의 그 터널을 떠올린다. 사람들이 잔뜩 모여 있는 그 터널에서는 낯선 이의 목소리와 모습, 냄새를 느낄 수 있다. 그러나 나는 한 명 이상과 함께 같은 공간에서 지내는 게 어떻게 가능한지 도무지 모르겠다.

그래도 나는 결정했다.

첫 번째 폭격기가 소이탄을 떨어뜨리기 전에 서둘러 뒤로 돌아 역 안으로 다시 들어갔다.

11

사람들은 어떻게 시작할까?

나는 눈을 떴다. 어제보다 약간 더 두려운 느낌이고, 모든 근육이 팽팽해져 있다. 벌써 일주일째 다리 근육 재활 연습을 하지 않아서 그렇겠지.

역무원이 크게 소리쳤다.

"공습경보 해제! 승강장을 비워야 합니다. 이제 역에서 나가 주세요!"

우리는 여기에서 또 나가야 한다. 이불을 손수레에 넣고, 신분증과 식료품 카드, 돈이 맨 구석에 보관되어 있는 철제 수납함도 챙긴다. 온 세상이 목욕을 해야 하지만, 일주일 전부터 공중목욕탕이 영안실로 사용되고 있다. 죽은 사람들을 안치할 곳이 너무 부족해서.

"엘라! 너 거기에 있었구나!"

나는 고개를 들었다.

　군중 저 너머에서 크윈이 여행용 가방을 끌며 사람들 사이를 헤치며 나오고 있었다. 크윈을 보자 공기가 한층 가벼워진 느낌이 들었다. 크윈이 나를 잊지 않았다. 크윈의 블라우스는 구깃구깃해져 있고, 볼에는 지저분한 얼룩이 뚜렷했다. 전쟁의 첫날밤을 보낸 직후의 영화배우 같은 모습이다.

　"진짜 다행이다. 너 무사했구나!"

　그녀가 내 쪽으로 왔다.

　"내가 어제 널 두고 그냥 가 버렸어. 너무 창피해. 미안해 정말…… 그건 그렇고 무슨 일이었던 거야? 너 아파?"

　"먹은 게 너무 적어서 그랬어."

　"진짜 바보구나 너. 네가 왜 이렇게 삐삐 말랐는지 이제 알겠네."

　그녀가 호탕하게 말했다.

　크윈이 나와 함께 하얀 통로를 따라 걸을 때 세 걸음에 한 번씩 낯선 남자가 나타나 가방을 들어주겠다고 제안했고 그녀는 매번 단호하게 고개를 저었다.

　"저거 함정이야."

　크윈이 내게 말했다.

　"네가 딱 한 번이라도 '좋아요. 조금만 들어주세요'라고 말하잖아? 그러면 바로 이런 답이 온다. '나약해 빠진 것 같으니라고. 이제부터 너는 일도 못하고 아이도 낳지 못할 거야!'"

나는 아무 말도 하지 않았다. 다리 불구자가 되어 발을 질
질 끌며 런던을 돌아다닌 몇 달 동안 내게 도와주겠다고 한
남자는 정말 단 한 명도 없었다. 나를 지나친 그 남자들은 나
랑 결혼해서 아이 낳고 살기를 원치 않기 때문에 굳이 내 가
방을 들어주는 수고를 할 필요가 없는 거다.

크윈은 숨을 헐떡이며 에스컬레이터를 타고 위로 올라갔
다. 그녀의 볼이 벌겋게 상기되어 있었다. 어떤 싸움이든 맞
설 준비가 된 여전사처럼.

"오늘 일자리를 찾아보려고! 잘 생각해 봐. 내가 계산원이
될 수도 있지 않을까? 레스토랑 서빙은 어때? 앞치마를 매
고……"

"그러면 그 멋진 호텔에서 자는 거야?"

"무슨 소리! 오늘 저녁에 다시 여기로 올 거야. 제이 옆에
서 자는 거 꽤 인상적이더라. 걔 땀냄새도 뭐 꽤나 향긋하던
데!"

나는 소리를 지르고 싶었지만 입을 꾹 다물었다. 어젯밤
내가 터널에 있었다는 사실을 크윈이 알 필요는 없다. 제이
와 크윈이 아주 가깝게 나란히 누워 있는 모습을 하염없이
보고 있었다는 사실도 굳이 알 필요 없다.

우리는 도로로 이어지는 마지막 계단을 올랐다. 회색 까
마귀가 폭탄이 없는 하늘을 가로지르고, 소방차가 우리 앞을

지나갔다. 크윈이 갑자기 멈춰 섰다.

꼼짝 않고 그 자리에 서 있었다.

사람들이 역에서 쏟아져 나와 크윈 앞을 지나치지만, 그녀는 그조차 인식하지 못했다. 저 건너편 길을, 서둘러 이 아침을 떠나는 사람들의 꼬깃꼬깃한 등판이 떼 지어 있는 길을 응시하고 있었다.

"세바스찬!"

갑자기 크윈이 목청껏 소리를 질렀다. 그녀의 목소리가 공중으로 휙 날아올랐다.

"세바스찬, 기다려!"

크윈에게 나머지 세상은 더 이상 존재하지 않았다. 그녀는 가방만 남겨 두고 나에게 아무런 말도 하지 않은 채 앞으로 튀어 나갔다. 저쪽 길로, 저 보행로로 가서 수많은 사람들 사이를 뚫고 지나갔다. 그러더니 시야에서 사라졌다.

나는 그 자리에 그대로 서 있었다. 옆에 납덩이처럼 무거운 가방을 두고.

우리 가족은 이미 길을 떠났지만, 로비는 내가 걱정되어 이쪽으로 뛰어오고 있다. 로비가 내 바로 앞에 멈춰 섰다.

"누나 왜 안 가?"

로비는 내가 동생이고 자기가 오빠라도 되는 양 내 얼굴을 살폈다.

"또 기절하려고?"

나는 고개를 저었다.

"크윈 가방을 맡아 줘야 해서. 엄마한테 말해. 곧 갈 거라고."

크윈이 정말 돌아올지, 나도 모른다. 그녀를 기다리고 있는 게 어쩌면 정신 나간 짓일 수도 있다.

"누나……"

로비가 거대한 버팀목처럼 생긴 우체통 위로 폴짝 뛰어올랐다.

"내 생일에 우리, 동물원 갈 수 있을까? 그때는 폭탄이 떨어지지 않겠지?"

"당연히 동물원에 가야지."

내가 곧바로 답했다.

"우리 매년 그렇게 했잖아? 그리고 여차하면 폭탄 사이로 지나다니면 되지 뭐."

"정말이지?"

로비가 새빨간 우체통 위에서 심각한 표정으로 나를 내려다보았다.

"아빠가 너무 피곤하다고 해도, 엄마가 집 없는 사람들 돌보느라 할 일이 너무 많다고 해도 누나는 나랑 동물원에 갈 거지?"

나는 침을 꿀걱 삼켰다.

"약속할게."

매일 밤 폭탄이 떨어지는 상황이라면, 앞으로 삼 주는 사실 영원 같은 시간이다.

로비는 우체통 위에서 팔을 벌리고 망설임 없이 아래로 뛰어내렸다. 순간 나는 숨을 참았지만, 로비는 두 발로 착지하고 다시 달려갔다.

"누나도 곧 올 거라고 말할게. 그리고 동물원 가면 제일 먼저 원숭이 보러 갈 거다!"

나는 눈으로 로비의 뒷모습을 따라간다. 몸이 으슬으슬해진다. 언제나 즐거운 빼빼 마른 내 동생. 녀석은 피곤하지도 아프지도 않다. 로비가 모퉁이로 돌아 시야에서 사라지고 나는 오롯이 혼자가 되었다.

천천히 카디건 단추를 잠갔다. 대공 포대의 파편이 길 여기저기에 널브러져 있었다. 이 지점에서 나는 이야기 공책을 한 장 한 장 찢어 버렸다. 종잇조각들은 이제 전부 사라지고 없다. 내 이야기가 다 흩어져서 날아갔다.

여기에는 이제 아무것도 남아 있지 않다. 내 인생만 있을 뿐.

그때 크윈이 나타났다. 저쪽에서 천천히 걸어온다. 어제는 발에 고무가 달린 듯 돌바닥 보행로 위를 통통 튀어 오르던 그녀의 다리에 이제 고무가 빠진 모양이다. 내 옆에 거의 다 와서야 크윈이 고개를 들었다.

"다시는 그 자식을 보고 싶지 않을 줄 알았어."

크윈의 턱이 부르르 떨렸다.

"그 자식이 그립지 않을 줄 알았어."

내가 무슨 말을 하려는데 그녀가 발을 쿵 굴렸다.

"나는 그놈을 그리워하고 싶지 않아! 걘 그럴 자격이 없어. 부모님이 그 자식을 감옥에 쳐 넣지 않은 건 솔직히 말도 안 되는 일이었다고. 그놈은……"

"누구? 세바스찬?"

크윈이 고개를 저었다.

"우리 가족은 이제 그 자식 얘기 안 해. 이름도 입 밖으로 꺼내지 않고."

"그런데 네가 좀 전에 그 사람 이름 외쳤잖아! 그리고 너 방금 그 사람 얘기도 하지 않았어? 세바스찬이 누군데?"

크윈의 얼굴이 창백해졌다.

"우리 오빠였어."

뽀얗게 먼지가 앉은 가구가 가득 실린 수레 하나가 우리 앞을 지나갔다. 길에서 말굽 소리가 달가닥달가닥 울렸다.

"우리 가족한테는 그래. 오빠를 못 본 지 벌써 일 년이나 지났어."

"그렇지만 방금 저기에 있었잖아! 얘기 좀 해 봤어?"

크윈이 고개를 맥없이 툴툴 흔들었다.

"이 동네 반을 뛰어다녀서 겨우 따라잡았는데, 보니까 다른 사람이더라고……"

그녀는 마음을 단단히 먹은 듯 바닥에서 가방을 번쩍 들었다.

"오빠 이제 없어. 내 말 믿어. 그게 최선일 테니까."

"너 돌았니? 그게 어떻게 최선이라는 거야?"

크윈이 입술을 꾹 다물고 씁쓸하게 미소 지었다.

"잘 지내, 엘라. 내 가방 맡아 줘서 고마워. 윌리엄 할아버지한테 가방 맡기고 일자리를 찾으러 가 볼 거야."

나는 통이 너무 큰 바지 차림으로 걸어가는 크윈을 바라보다가 하마터면 그녀를 그대로 둔 채 고개를 푹 떨구고 집으로 갈 뻔했다. 그런데 어젯밤이 떠올랐다. 내 남은 인생을 다음 폭탄의 굉음을 기다리며 살지 않을 거란 걸, 내 인생은 내가 결정한다는 걸 분명하게 알게 된 순간 느꼈던 그 흥분이 떠올랐다.

"크윈! 기다려!"

크윈이 돌아섰다.

크윈이 울고 있다. 영화배우처럼이 아니라 이웃집에 사는 다섯 살짜리 소녀처럼. 얼굴을 잔뜩 일그러뜨리고서. 눈물이 볼을 타고 줄줄 흐르고 콧물이 윗입술까지 번져 번들거린다.

"나랑 같이 가자."

내가 소리쳤다.

"네 가방 우리 집에 두면 돼. 거기 벼룩 없어. 그리고 우리 엄마가 지금쯤 귀리죽을 끓이고 있을 거야. 일단 우리 집에

서 밥 먹고 일자리 찾아보면 되잖아."

크윈이 가만히 서서 나를 바라본다. 콧물을 훌쩍이기만 할
뿐 아무 말도 하지 않는다.

나는 크윈에게 다가갔다.

크윈 근처에 거의 다다랐을 때, 갑자기 그녀가 머리를 흔
들었다.

"세바스찬이 없다고 생각하고는 못 살겠어! 그 자식 꼭 찾
아야 해. 나 좀 도와줄래?"

12

"나는 네가 뭐든 다 할 수 있는 줄 알았는데?"

크윈은 나보다 키가 크고, 나보다 백 배는 더 빨리 뛸 수 있고, 돈도 현기증 날 정도로 어마어마하게 많다. 그런데도 그녀가 나더러 도와줄 수 있냐고 물었다.

"네 오빠가 위험한 상황인 거야? 오빠가 두려운 거야?"

내 팔에 닭살이 돋았다.

"아니."

크윈이 바로 대답했다.

"나 자신이 두려워서 그래. 오빠를 다시 만나면 뭘 어떻게 해야 할지 모르겠어. 무슨 말을 해야 할지도."

나는 그녀의 머릿속에서 춤을 추고 있을 단어들을 생각해 보았다. 크윈의 어휘 사전에는 욕이 얼마나 나와 있을까?

"좋아. 내가 같이 가 줄게."

나는 어깨를 으쓱 올렸다. 일 년 동안 종이 위에서만 살았던 나는 이제 더 많은 걸 해 보고 싶다.

"그런데 조건이 있어. 세바스찬이 뭘 했는지 알아야겠어."

"좋아. 협상 체결."

크윈이 진지하게 말하고는 덧붙였다.

"일단 귀리죽부터! 어느 방향으로 가야 해?"

"정말? 우리 집에 가서 귀리죽 먹을 거야?"

"그래."

크윈이 발걸음을 내디뎠다. 잠시 후 그녀는 내가 아주 잠깐 숨을 몰아쉬기도 전에 이미 우리 집 부엌에 서 있었다.

어쩌면 그리 좋은 생각이 아니었을 수도 있다.

우리 집 부엌은 반지하에 있다. 부엌의 작은 창문에는 습기가 차 있고, 늘 쿰쿰한 냄새가 난다. 큰 냄비에 든 귀리죽을 젓고 있는 엄마가 부쩍 우울해 보인다. 그리고 좁다란 테이블 위에 깔린 낡아 빠진 비닐 식탁보와 항상 물이 똑똑 떨어지고 있는 주전자의 주둥이가 보인다. 저쪽 구석에 건조하려고 늘어놓은 양말과 내의도 보인다.

"손 좀 씻고 싶은데."

크윈이 조용히 말했다.

"저기에 수도꼭지 있어."

내가 싱크대를 가리켰다.

"음, 내 말은 그러니까, 화장실이 어디야?"

"우리 집에 화장실 없어. 여기 부엌에서 씻어."

"그래도…… 나 볼일을 좀 봐야 해서 그래."

크윈이 속삭였다.

"아, 그래. 가자."

나는 그녀를 데리고 덜거덕대는 계단을 올라가 뒷문을 열고 반대편에 있는 아주 자그마한 안뜰을 가리켰다.

"우리 집 위에 사는 사람들하고 같이 써. 오른쪽은 석탄 놓는 곳이고, 변기는 왼쪽에 있어. 고리에 신문이 매달려 있을 거야."

"거기에서 신문을 읽어?"

크윈이 깜짝 놀라 물었다.

등 뒤에서 로비 목소리가 들렸다.

"엉덩이 닦으려면 당연히 있어야지!"

나는 킥킥댔지만, 크윈은 근심이 가득한 표정이었다.

"엘라, 너희 집 많이 어렵니? 나 먹을 귀리죽은 충분한 거야?"

"우리 가난하지 않아."

내가 답했다.

"방도 세 개고, 쥐도 없어. 그리고 맨발로 다니지도 않고, 우리 아빠 일자리도 확실해. 어서 서둘러. 곧 아침 먹을 거야."

"이제 얘기 좀 해 봐!"

크윈과 나는 함께 길을 걷고 있다. 나는 다시 어제 오후의 소녀가 된다. 새로워진 기분이다.

"세바스찬이 뭘 어쨌는데? 지금 어디에 있어? 이제 어떻게 할 건데?"

엄마는 아침 식사가 끝나자마자 자원봉사자 모임에 갔고, 내가 오전 내내 집에 머물 거라고 생각했다. 오후 두 시에 지하철역에 줄 서 있는 숙모와 교대해야 했으니까. 이번에는 정말로 숙모와 교대해 줄 거다. 그때까지는 우리가 하려는 일을 마칠 수 있을 거다.

음 그러니까, 우리는 이름을 입 밖으로 내서는 안 되는, 버림받은 아들을 찾아낼 수 있을 거다.

크윈은 소매가 펑퍼짐한 초록색 원피스에 하얀색 벨트를 하고 있다. 크윈이 내 방에서, 그녀의 펼쳐진 여행용 가방 위로 손가방 속 물건을 탈탈 털어 냈을 때 나는 입을 떡 벌린 채 우두커니 서 있었다. 그녀의 원피스 위로 금팔찌들이 짤랑짤랑 떨어지고, 반짝이는 진주 귀걸이와 진한 파란색 사파이어 목걸이, 다이아몬드가 줄줄이 박힌 아름다운 왕관이 쏟아져 나왔다.

"이거 다 네 거야?"

내가 목소리를 낮추고 물었다.

"뭐, 거의."

"거의?"

"아 뭐, 내가 막내잖아. 지금은 엄마랑 오거스타, 바이올렛, 세실리아 언니들 것이지만 나중에는 내 것이 되니까."

머릿속에 수만 가지 생각이 떠올랐지만 나는 입을 꾹 닫았다. 크윈이 금반지 하나와 작은 루비가 달린 귀걸이 두 개를 손가방에 도로 집어 넣은 다음 여행용 가방을 닫아 내 침대 밑으로 밀어 넣었다.

나는 눈썹을 찡그렸다.

"여기가 정말 가장 숨길 만한 곳일까?"

"아주 이상적이지. 그래도 쥐는 안 나오는 방 세 개짜리 집을 뒤지려는 사람은 없을 거야, 안 그래? 아니면 네 생각엔 내 보석들을 제이 옆에 두는 게 더 안전할 것 같니?"

크윈과 나는 지금 런던 시내를 가로지르고 있다. 평생을 돌아다니던 길이라 좀 지루하지만 왠지 지금은 이 길을 꼭 지나가야만 할 것 같은 느낌이다. 이제 서서히 여름이 지나가는 길목인데도 태양이 제멋대로 열기를 내뿜고 있다.

"자, 이제 말해 봐."

내가 같은 말을 또 했다.

"얼마 뒤면 세바스찬 앞에 서 있을 텐데 나는 아직 무슨 일인지 모르잖아."

크윈이 한숨을 내쉬었다.

"후우, 너는 너무 많은 걸 상상하고 있어. 백작 가문과 그들 저택의 비밀을 생각하고 있겠지. 막 엄청 낭만적인 그런 거 말이야. 어디 한번 솔직히 말해 봐! 세바스찬이 뭘 했을 거라고 생각해?"

"너희 집 전 재산을 도박으로 날렸거나, 소녀를 임신시켰거나 아니면 누군가를 죽였거나."

내가 바로 답했다.

크윈이 웃기 시작했다.

"하하하, 오 세상에! 너 진짜 소설 써야겠다."

"나도 그러고 싶어."

나는 이 말을 입 밖으로 꺼낸 적이 한 번도 없었다.

"정말? 작가가 되고 싶구나?"

크윈의 물음에 나는 고개를 주억이며 솔직히 말했다.

"물론 안 되겠지만 어쨌든 작가가 되고 싶어."

크윈이 손가락 두 개로 입술을 살짝 눌렀다. 택시 한 대가 지나가고 어느새 또 다른 택시가 우리 앞에 와서 멈추었다.

"왜 안 되는데?"

택시에 타면서 크윈이 물었다.

"소설 쓰는 데 테니스 코트나 다이아몬드가 필요한 건 아니잖아. 펜 한 자루랑 종이, 이거면 되지. 그리고 소재. 그건 뭐 너한테 차고 넘치지."

그녀가 택시 기사를 보며 말했다.

"로열 알버트 홀로 가 주시겠어요? 잘 부탁드릴게요."

크윈이 택시 기사와 뒷자리 사이의 작은 창문을 힘껏 당기고 내 쪽으로 돌아앉았다.

"너 정치에 대해 아니?"

"음…… 글쎄. 지금 전쟁 중인 건 알지."

정말 멍청한 대답이다. 내가 크윈에게 글을 쓰고 싶다고 말했는데도 그녀는 날 비웃지 않았다. 나는 크윈의 그런 반응이 믿기지 않았다.

"그래도 오스왈드 모슬리는 알지?"

택시가 서쪽으로 가는 동안 크윈이 물었다. 런던의 찢어지게 가난한 동네에서 부유하고 품격 있는 동네로 가는 길이다.

"정치인이잖아, 맞지?"

나는 한숨을 푹 내쉬었다.

"푸우, 나는 아는 게 별로 없어. 지난 일 년간 아팠잖아. 그리고 그전에는 비밀 동아리에 있었고. '나무를 오르는 소녀들'이라는 동아리였거든. 로비와 나는 빵집 아저씨의 개에게 재주 부리기를 가르치기도 했어. 그거 말고는 뭐 별로 한 게 없지만."

"오호, 멋진데?"

크윈은 그렇게 말하고는 곧바로 다시 진지해졌다.

"오스왈드 모슬리는 네 달 전에 감옥에 들어갔어. 파시스트*이기 때문이지. 그 사람은 진짜 파시스트야. 몇 년 전 그 사람 결혼식에 히틀러가 귀빈으로 참석했어. 그거면 충분하지."

"그 사람 독일인이야?"

크윈이 고개를 저었다.

"영국 사람이야. 영국 파시스트 연합**의 수장이고 지독한 배신자야. 그 사람은, 영국이 히틀러가 유럽 전역을 장악하도록 허용해야 한다고 생각해. 히틀러는 폴란드와 네덜란드, 벨기에, 프랑스를 손쉽게 차지할 수 있어. 히틀러가 우리 영국을 가만히 두면 말이지."

나는 크윈의 말을 집중하여 듣고 싶었지만, 택시 차창 밖으로 런던이 매력을 뽐내고 있었다. 동화 속에 나올 법한 작은 탑과 돌 장식으로 꾸며진 황갈색과 흰색 그리고 광택 없는 빨간색 건물들이 슉슉 지나갔다.

건물 전면에 비옷과 제이콥 크래커를 광고하는 큼직한 전단지가 붙어 있고, 정육점 앞에는 사람들이 길게 늘어서 있었다. 그러다 갑자기 나란히 줄 지어 있는 집들 사이에 뻥 뚫린 구멍이 보였다. 그 구멍 옆 가장자리 벽은 검게 그을려 삐뚤빼뚤하게 상처가 나 있고, 도로는 불을 끄기 위해 밤새 뿌린 방화수로 축축하게 젖어 있었다.

"내 말 들었니?"

---

* 제1차 세계 대전 후에 나타난 극단적인 전체주의적 정치 이념, 또는 그 이념을 따르는 지배 체제를 파시즘이라 하며, 파시즘을 신봉하거나 주장하는 사람을 파시스트라고 부른다.
** 오스왈드 모슬리가 1932년 창당한 파시즘 정당.

크윈이 참지 못하고 물었다.

"모슬리라는 그 나쁜 인간이 히틀러와 힘을 합치려 했다니까. 히틀러가 영국을 가만히 두면, 영국도 히틀러를 그냥 두기로 하는 모종의 합의인 거지. 모슬리가 평화를 원하는 사람이라 그런 게 아니야. 그 반대지. 그는 자기를 위해 싸워 줄 깡패 군대를 갖고 있어."

"깡패 군대? 여기 영국에?"

내가 놀라서 물었다.

"응. 검은 셔츠단. 검은 셔츠를 제복으로 입는 그 인간의 개인 군대야. 고추들만 모여 있지. 모슬리는 민주주의를 믿지 않았어. 그의 말을 들으려 하지 않으면 어떻게 되는지 사람들에게 직접 보여 주었지. 그 사람한테는 자기에게 맞서는 자들을 마구 때려눕힐 검은 셔츠단*이 있었거든. 유대인과 공산주의자, 그밖에 그의 뜻을 따르지 않는 모든 사람을 괴롭혔어. 하지만 세바스찬은······"

크윈이 말을 삼켰다.

나는 더 이상 밖을 내다보지 않고 크윈의 얼굴을 조심히 살폈다. 심장이 쿵쿵 빠르게 뛰기 시작했다.

"세바스찬은,"

* 1919년에 이탈리아의 독재자 무솔리니가 조직한 파시스트당의 무장 부대. 단원들이 검은색 셔츠로 된 유니폼을 입어서 검은 셔츠단이라고 불렀다.

크윈이 입을 열었다.

"완전히 모슬리의 편에 섰어."

"모슬리? 히틀러 친구한테?"

도저히 믿기지 않았다.

"그러면 네 오빠가 파시스트야?"

크윈이 고개를 끄덕였다.

"그리고 우린 지금 네 오빠에게 가는 길이고?"

"맞아. 오빠는 여기에서 대학에 다녀. 로열 알버트 홀 길목 주변에 살고. 우연이라도 로열 알버트 홀에서 열리는 콘서트에 가 본 적 있니?"

"진짜 우연히 지나간 적은 있지. 우리 가족은 그래도 쥐는 안 나오는 방 세 개 딸린 집을 위해 돈을 다 쏟아붓고 있거든."

침묵이 내려앉았다.

더는 크윈을 쳐다볼 엄두가 나지 않았다. 크윈은 전부 다 갖고 있을 거다. 반짝이는 입술이나 다이아몬드, 그리고 세상의 남은 것들은 크윈에게 아무 상관없을 거다. 그런 그녀 옆에서 함께 걸으면, 공기가 진동했다.

그러나 그녀에게는 배신자 오빠 또한 있다.

나는 로비가 그런 모욕적인 일에 가담하는 모습을 상상해 본다. 로비를 더 이상 보고 싶지 않을 만큼 나쁜 어떤 일. 그의 혈관을 타고 흐르는 피마저 싫어지는 어떤 일.

그런 상상을 하자 이 도시의 터널만큼 깊은 지옥이 느껴졌다.

크윈도 오빠 생각을 하면 머리가 어질어질할까? 결국 나는 물어보지 못했다. 택시가 무척 빠르게 달렸고, 우리는 벌써 목적지에 다 와 간다. 도로가 점점 넓어지고 건물이 점점 웅장해졌다. 우리는 옆 공원을 따라 달렸다.

"잔디밭 한번 끔찍하네! 어우 지저분해! 이 공원은 이제 관리 안 하나?"

크윈이 충격받은 듯 내질렀다.

"잔디밭에 못자리를 파 놨어."

나는 무심하게 답하고는 설명을 덧붙였다.

"그 구덩이들 위에 금속판이 올려져 있고, 지금은 대피소로 쓰여."

"정말? 저 구멍에 숨어 있는 사람들이 진짜 있어? 밤마다? 밤새 있다고?"

나는 고개를 끄덕였다.

"세상에. 진짜 세바스찬을 죽도록 때려 주고 싶다."

13

세바스찬은 전혀 나치같아 보이지 않았다.

그는 초록색 파자마에 새빨간 가운을 걸치고 있었다. 머리를 싹 빗질한 그의 손에 담배가 쥐어져 있고, 미소는 무척 매력적이다.

우리가 방 안을 잘 볼 수 있게끔 세바스찬은 문을 활짝 열어 놓았다. 방 안에 아주 오래된 가죽 의자 두 개와 벚꽃이 그려진 칸막이가 있고, 열린 창가 아래의 자그마한 테이블에 올려진 축음기에서 노래가 흐르고 있는데, 음악 소리가 무척 듣기 좋았다. 트럼펫이 스윙 음악을 연주하며 길을 만들어 놓자 다른 악기들이 그 길을 따라가고 있었다.

드디어 우리가 세바스찬을 찾아냈다.

택시가 우리를 로열 알버트 홀에 내려 주었고, 둥근 케이크 모양의 웅장한 콘서트 홀을 빙 돌아가자마자 크윈은 어디로 가야 하는지 기억해 냈다.

"저 길목에 대학생들이 살아!"

그녀가 소리쳤다.

"지난여름에 콘서트 홀에 온 적이 있어. 세바스찬이 대학에 들어가기 전에. 아직 우리 오빠였을 때……"

처음에 관리인이 우리를 안으로 들이지 않으려 해서 크윈이 신분증을 꺼내 그녀가 세바스찬의 가문 사람이라는 걸, 귀족의 아이를 임신하고 싶어 하는 이름 모를 소녀가 아니라는 걸 관리인에게 확인시켜 주었다.

내가 누구인지는 전혀 중요하지 않았다. 낡은 체크무늬 원피스 차림의 나는 다리를 절뚝대며 다른 세상으로 발을 내디뎠다. 네모난 내부 정원에 인상적인 적갈색 건물이 우뚝 솟아 있고, 태어나서 처음으로 진짜 대학생을 눈앞에서 마주했다. 그들은 값비싼 정장을 입고 줄무늬 넥타이와 반짝반짝 광이 나는 신발을 신고 있었다. 대학생 몇 명이 무리 지어 잔디밭에 있는 접이식 해변 의자에 앉아 웃고 있고, 저 뒤편 열린 창문에서 몸을 절로 들썩이게 하는 음악이 들렸다.

세바스찬 방에서 나는 음악 소리다. 그 파시스트의 음악.

그리고 지금 우리는 그와 마주 보고 서 있다.

"크윈타나!"

세바스찬이 소리쳤다.

"크윈, 너 왔구나……"

그가 환한 미소를 짓자 볼에 보조개가 생겼다. 그가 두 팔을 활짝 벌렸다.

하지만 크윈은 자기 오빠의 목을 감싸지 않았다. 그녀는 내 옆에, 문턱 위에 우두커니 서 있었다. 새카만 눈으로.

크윈이 숨을 깊게 내쉬고 세바스찬을 지나 방 안으로 들어갔다. 말없이 창문을 닫더니 축음기 핀을 올렸다.

쥐 죽은 듯 조용한 방 안에서 그녀는 자기 오빠의 눈을 뚫어지게 바라보았다.

"나는 오빠가 느끼길 바랐어."

그녀가 차분하게 입을 열었다. 주먹을 불끈 쥔 채로.

"계속 떨어지는 모든 폭탄을. 무너지는 모든 집들을. 그리고 불에 타 죽거나 잔해 더미 아래에 깔린 모든 아이들을……"

"뭐라고?"

그의 볼에 파인 보조개가 스르륵 사라졌다.

"어쨌거나 나는 느끼고 있어."

크윈의 눈에서 눈물이 흘렀다.

"내 오빠가 파시스트라는 것에 대해 전혀 부담을 가질 필요 없이, 마음 편하게 히틀러를 저주하는 사람들이 얼마나 부러웠는지 알아?"

"그만해."

세바스찬이 말했다.

하지만 크윈은 멈추지 않았다.

"나는 내가 오빠를 잘 안다고 생각했어! 멍청한 우리 가족들 중에 나를 이해하는 사람은 오빠뿐이었다고. 우리, 같은 편이었잖아. 그런데 갑자기 오빠가 나치가 됐단 말이야!"

세바스찬은 화가 나서 담배를 비벼 껐다.

"나 말 좀 해도 될까?"

"안 돼!"

크윈이 소리쳤다.

"모슬리가 파시스트가 아니라는 오빠 말, 당연히 안 믿어. 심지어 정부도 나랑 생각이 같아. 그러니까 그 배신자가 감옥에 간 거 아니겠어? 오빠가 여기에서 왜 아직까지 대학에 다닐 수 있는 건지 정말 이해가 안 가. 내가 대학생이라면, 오빠 같은 변절자랑 같은 강의를 듣는 게 정말 싫을 텐데!"

세바스찬이 두 걸음을 내디며 크윈 옆으로 다가갔다. 그가 크윈의 어깨에 손을 얹자마자 크윈이 그의 팔을 탁 쳐냈고, 그러자 세바스찬은 아무 말 없이 그녀의 손목을 낚아챘다.

"그 손 놔요!"

내가 소리쳤다.

나는 벽에 등을 대고 문 옆에 가까이 붙어 서 있었다. 두 사람은 나의 존재를 완전히 잊은 듯했다.

"잘 들어."

세바스찬은 여동생보다 많이 크지 않고 마른 체형이다. 그러나 힘은 크윈보다 셌다.

"나는 모슬리가 인상적이었어. 솔직히 고백할게. 그 사람은 말 하나는 끝내주게 잘하지. 그래서 더 관심이 갔던 거야. 하지만 내가 그 사람의 모임에 가려고 했을 때 우리 가족들도 모두 제정신이 아니었다고."

"그래서 그게 이상하다는 거야?"

크윈이 화를 내며 따지듯 물었다.

"영국에서 개최되는 규모가 가장 큰 파시스트 집회에 참가하려고 했잖아!"

"그때 우리 가족 모두 다 제정신이 아니었어."

그가 같은 말을 했다.

"아빠 엄마뿐만 아니라 오거스타, 바이올렛, 세실리아 그리고 너까지 전부. 다들 내가 인간의 탈을 쓴 악마라도 된 것처럼 행동했어. 십구 년간 내가 생각해 오고 행동했던 모든 것이 그냥 다 없어진 것처럼. 그래서 집을 나온 거야."

세바스찬이 한숨을 푹 내쉬었다.

"그리고 그때가 모슬리를 마지막으로 봤을 때였어. 그 사람은 말을 아주 유려하게 잘하지만, 사실은 아주 나쁜 놈이었지. 물론 파시스트고. 나는 파시스트가 아니야."

세바스찬이 크윈의 손목을 놓고 가운 매무새를 고친 다음 담배에 불을 붙였다.

나는 크윈이 표정을 풀고 얼굴에 웃음을 띠길 기다렸다.

그러나 그런 일은 일어나지 않았다.

크윈이 이마를 찌푸렸다.

"그럼 일 년 동안 모슬리와 관련된 일을 전혀 안 했어? 이제 나치와 싸울 준비가 된 거야?"

그녀가 목소리를 낮추었다.

"당연하지."

"그럼 그동안 우리한테 알려야겠다는 생각은 안 들었어? 우리는 오빠를 배신자라고 생각했단 말이야! 나도 오빠가 배신자인 줄 알았다고. 편지를 보낼 수도 있었잖아. 적어도 나한테는 말해 줄 수 있었잖아……"

세바스찬이 담배 연기구름을 뭉게뭉게 만들어 내고 무언가 불확실한 듯 머리를 긁적였다. 그러더니 한숨을 내쉬었다.

"우리 집이 어떤 분위기인지 너한테 굳이 말 안 해도 알잖아. 난 거기서 벗어나야 했어."

"그러면 나는?"

"넌 부수적인 피해*를 입은 거야."

크윈이 뒷걸음질 쳤고, 나는 매일 밤 군사 폭격이 있었던 항구를 떠올렸다. 히틀러는 런던에 물품이 비축되길 원치 않았기 때문에 항구를 가루로 만들어 놓았다. 그 바로 옆에 사는 수천 명의 항구 종사자와 그의 가족들은, 아주 작은 집에

---

* 군사 행동으로 인해 민간인이 피해를 입는 걸 뜻한다.

살던 그들은 그냥 운이 안 좋았던 거다. 부수적인 피해. 모든 전쟁에는 예상치 못한 희생자가 발생하기 마련이다.

가족들 사이에서도 마찬가지일 것이다.

"엄마와 아빠가 괴물이 아니란 건 나도 알아."

세바스찬이 계속 말했다.

"부모님은 돌 같아. 태초부터 존재했던 바위 말이야. 아무리 밟고 또 밟아도 결코 변하지 않는. 그렇게 밟아 대 봤자 내게 남은 건 부러진 발가락뿐이야. 작년에 있었던 일로 인해 나는 드디어 깨우치게 되었어. 부모님은 내가 당신들과 똑같아야만 날 사랑한다는 걸."

"그래서 오빠는 그 속에서 자기 자신을 구해 냈고, 난 혼자 남겨졌고?"

크윈이 물었다.

세바스찬은 답하지 않았다. 그의 얼굴이 굳어졌다.

나는 길을 만들어 놓은 트럼펫의 스윙 음악을 떠올렸고, 그 음악을 다시 한 번 듣고 싶었다. 하지만 여기에서 볼일은 이제 다 끝난 것 같다.

"아 그렇군."

크윈이 라디오에 나올 법한 완벽한 말투로 말했다.

"그럼 그동안 내 생각이 맞았던 거네. 진짜 나쁜 놈이었네."

그녀가 어깨를 쭉 펴고는 덧붙였다.

"배신자."

이번에는 턱을 위로 치켜들었다.

"비겁한 놈."

그러고는 머리를 빳빳이 들고 문으로 갔다.

"가자, 엘라. 나가자."

세바스찬이 처음으로 나를 쳐다봤다. 그의 눈동자 색깔은 크윈의 눈과 똑같다. 얼굴도 크윈처럼 창백하다. 나는 세바스찬의 내면이 무너지는 모습을 보았지만, 잘 성장한 그는 그런 걸 드러내지 않았다.

나는 그제야 그에게 손짓을 했다.

"안녕하세요. 엘라라고 해요. 음…… 또 봐요."

14

우리는 햇볕이 내리쬐는 정원을 가로질러 세바스찬에게서 멀어졌다. 나는 이 동네에 속한 사람이 아니다. 그것만큼은 분명하다. 우리 가족은 몇 세대에 걸쳐 사투리를 써 왔고, 몇 세대에 걸쳐 학교를 다니지 않았고, 몇 세대가 지나도록 너무 가난해서 해변 의자에 앉아 하루 종일 웃고 떠들 수 없었다. 그럼에도 나는 확신한다. 반드시 여기로 다시 돌아올 거라고.

나는 세바스찬을 한 번 더 보게 될 거다.

크윈이 내 옆에서 같이 걷고 있다. 고개를 빳빳하게 들고서. 적어도 이 순간에는 의심의 여지가 없다. 크윈도 바위 같은 그녀 가족의 일부라는 사실 말이다. 내 머릿속에서 그녀의 외침이 들린다. 멍청한 우리 가족들 중에 나를 이해하는 사람은 오빠뿐이었다고. 우리, 같은 편이었잖아. 나는 머리를 흔들었다.

이틀 전, 나는 지하철역 앞에 줄 서 있었다. 제이가 나를 쳐다보았고, 그 찰나에 그가 내 다리와 누런 감자 자루 같은 내 머리색을 지우고 나의 본모습을 봤으면 좋겠다고 생각했다. 아주 잠깐 그가 나를 이해해 주길 바랐다. 그리고 그 순간 세상이 조금은 가볍게 느껴졌었다.

크윈에게는 그녀를 진심으로 이해해 주는 사람이 있다. 그럼에도 그녀는 도시가 점점 무너지고, 내일 아침에는 누가 살아남을지 아무도 모르는 와중에 자기를 이해해 주는 사람에게 고함을 쳤다.

나는 그 자리에서 단 한마디도 하지 않았지만, 확신한다. 두 사람이 분명 다시 화해할 거란 걸.

우리가 정원을 떠나기 전, 내 귀에 음악 소리가 또 들렸다. 열린 창문으로 수정처럼 맑은 여자 목소리가 흘렀다. 웃고 떠드는 학생들 위로 그 여자 목소리가 깃털이 되어 둥실둥실 떠다녔다.

무지개 너머 어딘가에 푸른 하늘이 펼쳐진 그곳은,

그곳에는 언젠가 자장가에서 듣던 땅이 있네……

정원을 나서는 동안 그 노래는 내 귓가를 계속 맴돌았다. 빵빵 우는 이층 버스의 경적 소리와 삐용삐용 대는 소방차의

경광등 소리, 고래고래 목소리를 높이는 신문팔이 소리가 그 노래의 멜로디 하나하나를 뛰어넘을 때까지.

택시를 타고 집으로 가는 길에 크윈은 입을 꾹 다물고 있었다. '우리 집이 어떤 분위기인지 너한테 굳이 말 안 해도 알잖아'의 진짜 의미가 무진장 궁금했지만, 물어볼 용기가 나지 않았다.

둘이 나에게 말하려 하지 않는 그 일이 무엇일까? 그 저택에서 있었던 끔찍한 일이 무엇일까? 일 년 전에는 세바스찬이, 그리고 이번 주에는 크윈이 그 저택에서 도망칠 만큼 심각한 일이 무얼까? 말과 테니스 코트가 있는 저택에서 집사를 거느리는 게 그렇게 참기 어려운 일인가?

택시가 우리 집에 멈추자 크윈이 무뚝뚝한 말투로 짧게 내뱉었다.

"한 시간만 눈 좀 붙여. 처리할 문제가 좀 있어서."

"나 아직 안 졸려! 전혀 피곤하지 않아."

"너 지쳤어. 어젯밤에 한숨도 못 잤잖아."

크윈이 목소리를 낮게 깔았다.

그러고는 나를 쳐다봤다. 그녀의 얼굴은 더 이상 바위 같지 않았다. 오히려 눈물이 쏟아질 것 같은 얼굴이었다.

"그 승강장에 있으면 미쳐 버릴 거야. 정말로. 완전히 미쳐……"

내가 말했다.

"왜?"

나는 주저했다. 크윈은 내 다리만 봤을 뿐 내가 앓고 있는 병에 대해 전혀 모른다.

"작년에 격리되어 있었어. 아주 오랫동안. 다른 방법이 없었거든. 나는 다시 건강해졌지만, 지금도 뇌에 문제가 좀 있어."

"아 그래?"

내가 고개를 끄덕였다.

"나는 완전 평범한 사람들을 위험하다고 생각해. 사람들이 나쁜 짓을 하지 않는데도 말이야. 숨만 쉬는데도 위험하다고 생각해. 승강장에서 사람들은 무언가를 끊임없이 하고 있어. 조명은 쉴 새 없이 깜빡이지, 젊은 커플들은 계속 서로를 만지작대지, 백발 할아버지들은 연신 오줌을 싸 대지. 그러면 또 열차가 오고……"

"그리고 지상에서는 폭탄이 떨어지지. 폭탄이 널 미쳐 버리게 하진 않겠지만, 납작하게 눌러 버리긴 하겠지."

크윈이 끼어들었다.

나는 그녀가 웃길 바랐지만, 그녀는 진지했다. 크윈이 가방을 열더니 귀걸이를 빼냈다. 작은 루비가 새빨간 핏방울처럼 번득였다.

"여기에서 이거 팔 거야. 그러면 돈을 손에 쥘 수 있어. 그 다음에 오늘 저녁 네가 터널에서 머물 자리를 사야겠어. 거기는 어둡고 조용하고, 또 아무도 돌아다니지 않잖아. 그럼 잠을 잘 수 있을 거야."

나는 크윈을 뚫어지게 쳐다봤다.

"너는 내가 오늘 밤에 터널에서 자길 바라?"

크윈이 고개를 끄덕였다.

"제이랑 네 옆에서? 네가 제이한테 자릿값을 내겠다고?"

"그래. 그 매력적인 고추가 우리 자리를 예약해 줄 수 있다면, 그 제안을 기꺼이 써먹어야지."

나는 집에 돌아와서 내내 가쁜 숨을 몰아쉬었다. 크윈이 나에게 터널에서 자라고 강요할 수 없다는 걸 나는 안다. 그리고 우리 엄마가 절대 허락하지 않을 거란 것도 알고 있다.

나는 침대에 누워 있는 동안 조금이라도 잠을 자려 노력하면서 짧게 생각해 봤다. 어쩌면 될 수도 있겠구나. 거기 어둠 속에서, 우리 가족과 수백 미터 떨어진 그곳에서 크윈과 제이 옆에 누워 있고 싶다. 나란히 누워 부산스레 사부작대는 정어리들 사이에서, 쨍한 조명에서 벗어나고 싶다. 터널에 누워서 제이의 땀 냄새를 맡고 싶다.

그런데 그때 또 다른 터널이 다시 고개를 내밀었다. 그 당시에, 잠에서 깨어났더니 내 몸이 나의 것이 아니었던 그때, 나를 덮쳤던 공포가 떠올랐다. 눈을 떴을 때 어떤 기계가 나를 지배하고 있었다. 머리는 밖에 나와 있지만, 내 몸을 마음

114

대로 움직일 수가 없었다.

　그 터널은 내 머리뿐 아니라 남은 것들을 모두 박살 냈다. 병원에 들어가기 몇 주 전까지 내 몸은 평범한 도구였다. 나는 내 몸으로 달릴 수 있고, 기어오를 수 있고, 줄넘기를 할 수 있고, 깡통을 걷어찰 수 있었다. 내 몸 하나하나가 어떻게 연결되어 있는지, 각 부위가 어떻게 움직이는지 단 한 번도 깊이 생각해 본 적이 없었다.

　하지만 이제는 내 몸 구석구석을 가만히 감각한다. 침대에 누운 채 손가락으로 내 몸을 천천히 쓰다듬는다. 팔과 허벅지, 배를…… 병원에서 나왔을 때, 내 몸이 아직 살아 있는지 움직여 보고 또 움직여 봐야만 했던 때부터 그랬다. 몸 전체를 움직일 수 있는지, 느낌이 있는지 확인해 봐야만 했던 때부터.

　그리고 지금, 더는 움직여 볼 필요가 없는데도 나는 여전히 그렇게 한다. 손가락으로 내 피부를 쓰다듬는다. 이제 그만해야 한다는 걸 잘 알지만, 또 실패한다.

　나는 앞으로 수천 년이 지나도 그런 일은 절대 벌어지지 않을 거라 생각했다. 그러나 크윈이 해냈다. 우리 엄마가 허락한 것이다. 엄마는 한마디도 덧붙이지 않고 내가 터널에서 자도 된다는 결정을 내렸다. 엄마는 언제나 나를 아직 환자라고 말한다. 나는 눈부신 조명과 수많은 혼잡과 시끄러운 승강장에서 시들어 가는 온실 속 식물이다.

그러나 난 그것에 맞서지 않았다. 호흡이 점점 약해지는 걸 느끼면서도 그냥 그대로 내버려두었다.

크윈과 나는 일단 우리 가족과 식사를 했다. 크윈이 음식 몇 가지를 준비해 와서 마치 잔칫상 같았다. 그녀가 건자두 쿠키와 건포도 쿠키를 사 왔고, 가방에서 소금에 절인 소고기 통조림도 꺼냈다. 그건 샌드위치에 곁들여 먹으면 된다.

이제 터널에 가야 할 시간이다. 크윈은 짙은 파란색 이불을 샀고, 나는 꽃무늬 이불을 가져간다. 로비가 나를 따라가지 못해서 심술을 부렸지만, 엄마는 단호했다. 로비는 엄마 옆에 누워 있어야 했다.

"제이가 나 가는 거 알아?"

엄청난 인파를 뚫고 지나가는 동안 내가 속삭여 물었다.

크윈이 고개를 저었다.

"제이를 마지막으로 본 게 오늘 아침이야. 내 자리 두 개 예약했거든. 다른 사람이 내 옆에 누워 있는 게 영 싫어서 말이야. 그러니까 네가 내 옆자리에 누우면 돼."

지금 보니 사람들이 가득 들어찬 승강장이 비루한 거실 같다. 사람들은 이곳에서 밤을 보낼 때 필요한 모든 물건을 싸서 짊어지고 온다. 보조 의자, 찻주전자, 슬리퍼, 체스판 등등. 입에 하모니카를 물고 있는 남자가 노래 「런던 다리가 무너지네」를 또 연주하고, 아기 셋은 누가 가장 크게 우는지 시합이라도 하는 듯 마구 울어 댄다. 끈끈하고 후텁지근한 공기 중에 술 냄새까지 풀풀 난다.

우리는 터널에 점점 가까워진다. 나는 무엇 때문에 이렇게 두려운지 알 수가 없다. 입을 쩍 벌리고 있는 시커먼 구멍 때문인지, 제이 때문인지.

아주 잠시 나는 크윈이 나타난 것에 대해 녀석이 실망하길 바랐다.

그러나 제이는 실망하지 않았다.

유일하게 실망한 사람은 나다. 나는 녀석의 시선을 따라갔다. 제이는 크윈을 기다리고 있었다.

오직 크윈만, 크윈이 혼자 오기를 기다렸다.

"쟤는 여기 왜 왔어?"

제이가 곧바로 물었다. 나를 쳐다보지 않은 채 내 쪽을 가리키면서.

"피신할 곳 찾으려고. 저 위에는 폭탄이 너무 많이 떨어지니까."

크윈이 활기차게 말하고는 이불을 펴고 제이 옆에 앉았다.

"두 사람 자릿값 냈잖아. 그리고 이 자리도 마침 남아 있으니……"

크윈이 제이를 주려고 잘 챙겨 놓은 소금에 절인 소고기 샌드위치를 높이 들어 올리자, 제이가 그녀의 손에서 샌드위치를 거의 낚아채다시피 휙 가져갔다. 나는 우두커니 서 있고, 제이는 눈에 불을 켜고 크게 한입 베어 물고는 굶주린 떠돌이 개처럼 쩝쩝대며 우적우적 먹기 시작했다.

"내가 너라면, 현재 사업 사정을 더 자세히 살펴보겠어. 아니, 매일같이 돈을 벌면서 어떻게 그렇게 굶주려 있는 거니? 돈은 다 어쨌는데?"

"네가 상관할 일 아니야."

제이가 마지막 조각을 입에 급히 넣고 손가락을 쪽쪽 빨았다.

나는 무슨 말을 하려 했지만 입 밖으로 나오지 않았다. 바늘이 목덜미를 쿡쿡 찌르는 듯 뒤통수가 근질거렸다.

"엘라?"

크윈 목소리다.

"혹시 너……"

터널에 부옇게 안개가 끼는 것 같다. 몸이 흔들흔들 움직인다.

"조심해!"

크윈이 소리쳤다.

내가 넘어지기 직전 제이가 내 옆에 서 있었다. 나는 그의 팔이 내 허리를 감싸는 걸 느꼈다. 어두운 벽이 우리 둘 주위를 빙글빙글 돈다. 우리는 함께 바닥으로 떨어지지만, 녀석이 나를 꽉 잡고 있어서 그렇게 아프지 않다.

"무릎 사이로 머리 넣어."

제이가 명령했다.

나는 곧장 그렇게 했다. 녀석의 팔이 아직 내 몸을 감싸고 있고, 피가 머리로 다시 왈칵 몰려가는 게 느껴졌다.

나는 그대로 가만히 있었다.

제이가 굶주린 떠돌이 개처럼 쩔쩔댔다. 나는 나 자신에게 말했다.

쟤는 옷도 더럽고, 잘 다져진 근육을 보면 알 수 있듯 하루 종일 발이나 질질 끌고 다니면서 비열한 짓만 하고 돌아다닐 거야.

그리고 쟤는 알파벳도 절반이나 까먹었다고.

내가 여기에 이대로 얌전히 있으면, 아마 쟤도 그렇게 할 거야.

15

"이건 좋은 생각이 아니야, 엘라."

크윈의 목소리가 멀리서 아득하게 들렸다.

"아프면 당연히 가족과 함께 있는 게 더 나아."

내가 위로 고개를 들자 제이가 뒤로 홱 물러났다. 그러고는 말없이 크윈 옆으로 가 앉았다.

"나는 아프지 않아."

"너 아파."

크윈이 목소리를 낮췄다.

"당장 의사 불러와야 한다고. 그러면 경찰도 당연히 오겠지. 그럼 그다음엔 내 차례일 거고."

"나도 마찬가지."

제이가 바로 덧붙였다. 그러더니 이렇게 말했다.

"오호, 그러니까 이제 확실해졌네. 엘라, 너 돌아가야겠어."

제이가 호기심이 깃든 눈으로 크윈을 바라보며 물었다.

"너는 경찰이 널 찾아냈으면 좋겠어?"

크윈이 한숨을 쉬었다.

"후우, 어쩌면. 우리 가족이 집에 날 데리고 있고 싶어 하느냐 마느냐에 달렸어. 그리고 우리 엄마가 갑자기 왕관에 광을 내고 싶어 하면, 다 엉망이 되겠지……"

"나 아프지 않다고!"

내가 소리쳤다.

"나는 그냥 두려워. 두려워서 그런 거야!"

어스름한 빛 속에서 크윈과 제이가 나를 빤히 쳐다봤다. 퍽 놀란 얼굴이다. 사람은 누구나 두려움을 갖고 있지만, 입 밖으로 꺼내지 않는다. 이를 꽉 깨물고 조용히 있다. 계속 그렇게 한다. 매일같이 그렇게. 히틀러가 승리할 때까지.

하지만 나는 더 이상 입을 다물고 있지 않기로 했다. 나는 이야기를 해야 한다.

"일 년 전부터 아프기 시작했어."

목소리가 바들바들 떨렸지만, 나는 계속 말했다.

"처음에는 머리가 찌르듯이 아팠고 그다음엔 열이 났어. 또 그다음 날 아침에 깨어났는데, 다리가 움직이질 않는 거야."

"소아마비구나."

크윈이 곧바로 거들었다.

우리는 사람들이 일반적으로 절대 앓고 싶어 하지 않는 몇몇 질병을 잘 알고 있다. 결핵, 디프테리아 감염, 홍역, 폐렴 그리고 소아마비.

어떤 가족이든 식구 중에 그런 질병의 구덩이에 빠진 사람이 반드시 있기 마련이라는 걸 우리는 잘 안다. 누군가의 남동생이나 여동생이 빠져 있는 구덩이. 또는 한 살도 채 되지 않은 아기가 빠져 있는 그 섬뜩한 구덩이.

"맞아. 소아마비. 그래서 병원으로 갔고, 마비 증상은 점점 심해졌지. 내가 더 이상 호흡을 할 수 없게 되니까 병원에서 내 몸에 철의 폐를 넣었어."

저 멀리서 웅웅 소리가 들렸다. 손 밑의 바닥에서 덜덜 진동이 느껴졌다.

"철의 폐? 그건 또 뭐냐?"

제이가 물었다.

"의학 장치야."

나는 침을 꿀꺽 삼키고 말을 이었다.

"숨을 쉬게 하는 터널 같은 장치."

크윈과 제이가 내 이야기를 들어주는 유일한 사람이다.

둘은 벽에 등을 기대고 나란히 앉아 있고, 나는 그들과 마주한 자리에 앉아 있다. 내 왼쪽이 터널 끝이다. 몇 달 전에 일꾼들이 터널 파기를 멈추었고, 지금은 어둡고 고요하다.

오른쪽에는 단단한 철근들 사이로 사람들이 줄줄이 누워 있다. 그러나 그쪽에서는 우리 소리가 들리지 않는다. 우리 셋은 우리만의 작은 지하 세계에 있다.

"철의 폐는 다리 위쪽에 끼우는 커다란 통이야."

내가 차분하게 말했다.

"길이는 성인 남자만 하고. 사람을 그 안으로 밀어 넣은 다음 통을 닫아. 머리만 나와 있고 몸은 통 안에 들어가는 거지. 공기가 완전히 밀폐되어야 해서 목에 고무가 감겨 있어."

나는 제이를 쳐다볼 자신이 없어서 크윈만 바라봤다. 그러나 제이도 내 말을 듣고 있다는 걸 나는 안다.

"발로 밟는 거대한 펌프로 몸 안에 공기를 넣고 폐를 싹 비우게 만들어. 그다음 펌프가 다시 공기를 전부 빨아들이면, 폐에 공기가 다시 채워져. 그런 식으로 호흡하지 않고 숨을 쉬는 거야."

"느낌이 이상하지 않아?"

"신기하지. 내 몸이 더 이상 나의 것이 아닌 느낌이야."

펌프가 박자에 맞춰 쉭쉭대는 소리가 머릿속에서 되살아났다. 귀를 먹먹하게 하는 소음이지만, 그 소리가 끝날까 봐 죽을 만큼 두려웠다. 전기가 나가면, 나는 그 터널 안에서 질식해 죽을 테니까.

"그걸 어떻게 이겨 냈니?"

크윈이 속삭여 물었다.

"전혀 이겨 내지 않았어. 너도 봤잖아? 그때를 떠올리면 난 아직도 기절해……"

나는 헛기침을 하며 목을 가다듬었다.

"그 안에서 등을 바닥에 대고 누워 그냥 기다리는 거야. 그 터널에서 죽는 사람도 많아. 자가 호흡을 다시는 하지 못하는 사람들도 있고. 자가 호흡을 하지 못하는 사람들은 항상 철의 폐를 해야 해."

"세상에. 평생?"

"그건 아무도 몰라. 그 장치가 사용된 지 그렇게 오래되지 않았거든. 아직은 사람이 철의 폐 안에서 늙어 갈 만큼 시간이 지나지 않았어."

이야기를 하는 내내 나는 제이를 한 번도 바라보지 않았다. 투박하고 다 해진 녀석의 작업 신발 앞코만 볼 뿐이었다. 제이가 숨을 급하게 들이마시는 소리가 들렸다.

내가 어떻게 살아왔는지 제이가 이해하길 바라는 마음으로 이야기를 계속 풀어냈다.

이 비열한 녀석이 앞으로 더는 다리를 비틀고 절룩대는 흉내를 내지 않기를 바라는 마음으로.

"너희 부모님도 같이 계셨어? 거기 병원에?"

크윈이 물었다.

"아니. 부모님은 혹시 감염될지 몰라서 로비랑 같이 격리되어야만 했어. 우리 가족은 이 주 동안 집을 떠날 수 없었어. 숙모가 매일같이 음식을 싸서 우리 집 문 앞에 두곤 했지. 그리고 나는……"

나는 말을 멈추었다.

"뭐?"

"나는 그냥 누워 있었어. 가족을 못 보고 죽을까 봐 두려웠어."

갑자기 제이가 움쩍대기 시작했다.

"자, 이 정도면 충분하다 충분해!"

그가 요란스레 떠들어 대며 코를 높이 쳐들었다.

"이제 다 괜찮잖아, 맞지? 다시 숨을 쉴 수 있고, 다리는 계속 절고. 그러니까 터널만 보면 까무러친다는 거잖아."

크윈이 제이를 탁 때렸다.

"그 입 다물어! 엘라는 지금 지독하게 힘들었던 시간에 대해 이야기하고 있어. 그런데 너는……"

"너는 그게 지독하게 힘들었던 시간이라고 생각하나 보지? 진심?"

제이가 크윈의 말을 잘랐다. 화가 난 목소리다.

"쟤는 소아마비에 걸렸다잖아. 그래서 가장 현대적인 의학 기술로 치료를 받았고. 뭐 어떤 돈 많은 멍청이가 자선 기금을 모아서 치료비를 대 줬겠지. 그래서 쟤는 살아난 거잖아. 나는 그래, 이 세상의 모든 불행을 아주 잘 예측할 수 있으면 좋겠어."

나는 단 한 치의 움직임 없이 앉아 있었다. 옆의 철근을 손으로 꽉 움켜쥐고서.

"넌 진짜 비열한 놈이야."

크윈이 말했다.

"남자들은 전부 무례하고……"

그때 누군가 저쪽에서 우리 쪽으로 급하게 달려들고 있었다. 그 모습에 크윈은 말을 삼켰다. 딱지가 덕지덕지 붙은 삐쩍 마른 무르팍과 짤막한 두 팔이 보였다.

"너무 불공평해!"

로비가 멈춰 서서 두 손을 옆구리에 척 올렸다.

"나는 왜 저 따분한 어른들이랑 승강장에 누워 있어야 하는데? 어른들은 우유 배달 아저씨네 아기 얘기랑 빵집 아줌마가 손이 크다는 얘기만 한단 말이야. 나도 여기에 같이 있고 싶어."

여기 지하에서 지낸 지 벌써 몇 주가 지난 듯한 느낌이다. 한참을 자다가 이제 막 잠에서 깨어난 것처럼.

나는 헛기침을 했다.

"으흠, 너 여기 온 거 엄마도 알아?"

"당연히 모르지! 도망쳤으니까."

로비가 턱을 공중으로 치켜올리고 계속 말했다.

"지금 전쟁 중이잖아. 나도 살아남아야지."

내가 한숨을 내쉬며 자리에서 일어나려 하자, 크윈이 내 앞으로 다가왔다.

"앉아 있어, 엘라! 내가 해결할게."

그녀가 로비의 어깨에 손을 올리며 말했다.

"자, 용사여. 날 따라와라."

크윈이 나를 바라봤다.

"정신 잃지 말고 잠깐만 기다려."

그러고는 제이에게 엄하게 내뱉었다.

"비열한 놈이랑 무례한 인간들에 관한 내 이야기는 아직 안 끝났어. 쉽게 빠져나갈 수 있을 거라고 생각하지 마. 내가 곧 얘기해 줄 거니까."

그녀는 돌아서서 로비를 데리고 조명이 밝게 비추는 승강장으로 나섰다.

제이와 나, 또다시 단둘이 남았다.

16

우리는 서로 마주한 채 말없이 터널에 앉아 있다.

나는 바닥에 시선을 고정하고 있다. 머릿속에서 녀석의 목소리가 메아리가 되어 울려 퍼진다. '이제 다 괜찮잖아, 맞지? 다시 숨을 쉴 수 있고, 다리는 계속 절고.'

그렇다. 나는 다시 숨을 쉴 수 있다.

그 터널에서 처음 벗어나기 전에 의사가 딱 몇 분간만 실제 호흡하는 법을 설명해 주었다. 의사는 호흡할 때 어떤 근육을 써야 하는지, 다시 말해 배를 불룩하게 내밀고 어깨는 아래쪽으로 내려야 한다며 정확하고 상세하게 설명했다.

그런 다음 그 터널의 뚜껑을 열고 나를 밖으로 빼냈다.

차라리 죽는 게 나을 것 같았다. 살아남으려면 내가 알아서 잘해야만 했다.

예를 들어 하늘을 나는 법을 배운다고 가정해 보자. 첫 비행을 폭탄이 쉴 새 없이 떨어지는 밤하늘에서 시도할 수는 없다. 가장 먼저 바람이 불지 않는 여름 하늘을 조심스럽게 날아가는 연습을 하면서 차츰 익숙해지면 된다. 그러나 숨 쉬는 건 연습을 할 수 없다. 숨 쉬기 연습에는 야트막한 물도, 폭격기가 날아다니지 않는 여름의 하늘도 없다.

잘못하다가는 정말 뼈도 못 추리게 된다.

그건, 지금 여기 이 어둑어둑한 터널에서 제이와 마주 앉아 있는 것보다 훨씬 불쾌했다.

나는 눈을 올려 뜨고 제이의 얼굴을 뚫어지게 쳐다봤다.

"너한테는 소아마비가 별로 두렵지 않은가 봐? 왜 그러는데?"

녀석의 시선이 돌아왔다. 나는 그의 각진 턱선과 짙은 눈썹을 눈에 담았다.

제이가 관심 없다는 듯 어깨를 으쓱했다.

"그게 왜 중요하냐? 우리 골목에 사는 사람들 중에 소름 끼치도록 끔찍한 일을 안 겪어 본 사람이 정말 하나도 없거든. 그런데도 우리는 서로에게 두려움이나 공포심을 밀어 넣으려 하지 않아."

"말도 안 돼."

"그래?"

"응 그렇다고! 사람들은 불행을 좋아해. 특히 다른 사람의 불행은 더욱더. 그래서 사람들이 책을 읽고 신문을 사고 이

129

웃과 대화를 하는 거야."

나는 가슴 앞으로 팔짱을 끼고 말했다.

"그러면 네 이야기 좀 해 봐. 뭔데?"

나는 녀석을 쳐다봤다. 그리고 그의 표정 변화를 두 눈으로 확인했다. 아주 짧은 순간 제이의 얼굴에서 무관심이 자취를 감췄다.

"내 얘기 궁금해?"

그가 물었다.

"어."

나는 못해도 삼십 초간은 녀석이 침묵할 거라고 생각했다. 그러나 제이가 곧장 말을 꺼내기 시작했다. 단조로운 목소리로 터널의 어두컴컴한 뒷벽을 응시하며 입을 열었다.

"우리 아빠는 사흘 이상 같은 일을 한 적이 없어. 이전 전쟁에서 아빠는 플랑드르에서 참호*에 있었어. 엄마가 늘 말했지. 아빠의 몸은 살아 돌아왔지만, 영혼은 그렇지 않다고."

그가 어깨를 으쓱했다.

"당연히 말 같지도 않은 소리지. 하지만 사실이었어. 아빠보다 폭력적이고 예측 불가능한 사람은 이 세상에 없었으니까. 내 남동생 조니는 두 살 때 물에 빠져 죽었고, 우리 엄마는 여동생을 낳고 죽었어. 지금은 토비와 프레드 그리고 막

* 야전에서 몸을 숨기면서 적과 싸우기 위해 방어선을 따라 판 구덩이.

130

내 로지만 남아 있는데, 어디 시골로 보내졌어. 진짜 찢어지게 가난한 구두쇠 집 두 곳으로 갔지. 내가 매주 돈을 보내지 않으면, 밥도 못 얻어먹어."

제이가 머리칼을 쓸어 넘겼다. 어떤 표정을 지으면 좋을지 모르는 눈치다.

"자, 이거 시합이었나? 그럼 내가 이겼지?"

땅 위로 폭탄이 떨어지는 동안 나는 미동도 하지 않고 터널에 앉아 있다. 폭탄이 또다시 떨어졌다. 처음에는 섬뜩했던 그 일이 시간이 지나면서 어찌나 빨리 익숙해졌는지 정말 믿기지 않는다.

"그래서 승강장에서 자리를 파는 거네."

나는 이어 말했다.

"그래서 윌리엄 할아버지한테 가방을 맡기고 가능한 돈을 많이 벌려고 했던 거였어……"

"이쯤 해 두자."

녀석이 언짢은 듯 얼버무렸다.

"내가 되게 괜찮은 놈인 것처럼 말하지 마. 맞아, 나 내 동생들한테 돈 보내. 그런데 대부분은 내가 갖고 있어."

"그래도 너 음식 안 사잖아."

"안 사지. 돈을 모으는 거야. 전쟁이 끝나면 곧바로 여기를 뜰 거니까."

"어디로?"

"미국으로. 편도 티켓만 끊어서."

그 순간 내 눈앞에 그가 방금 말한 모습이 그려졌다.

도시만큼 커다랗고 찬란한 배에 올라탄 제이의 모습. 난간에 서 있는 그의 모습. 소금물이 귓가를 맴돌다가 날아가고, 저 앞의 수평선까지 오직 파도만이 넘실댈 뿐이다.

"그다음엔? 미국에서는 어떻게 살려고?"

"전부 혼자 해낼 거야. 여기에서 나는 돈도 지지리 없는 가난하고 비열한 놈으로 살겠지. 하지만 미국에서는 입만 열면 내가 어떤 사람인지 똑똑히 알게 될 거야. 미국에서는 뭐든 가능하니까."

나는 고개를 저었다.

"전부 다 가능한 건 아니야."

"그래? 아니라고?"

나는 침을 꿀꺽 삼켰다.

"어떤 말을 하든, 또는 네 아빠가 뭘 하든 미국에서는 별 상관없을 수 있어. 하지만 다리를 저는 건 그렇지 않아. 절름 발이는 어디에서든 문제가 되니까."

"우는 소리 좀 그만해."

그의 말투는 차갑고 단호했다.

"너 루스벨트 대통령도 소아마비에 걸렸던 거 알아? 진짜로. 미국에서 가장 힘 있는 남자가 휠체어에 앉아 있다고."

"지어낸 얘기잖아!"

"아니. 내 친구 중에 신문 배달하는 애가 그랬어. 걔는 다 알아. 루스벨트 대통령이 떠벌리고 다니진 않지만. 어쨌든 그 사람 다리가 완전히 마비됐대. 그런데도 아무 상관없는 거지."

나는 그를 가만히 응시했고, 그는 미소를 띠며 나를 돌아보았다.

아무 상관없는 거지…… 갑자기 파도가 흔들리는 게 느껴진다. 찬란한 배의 뱃머리가 바다를 가르고 있다. 내 머리칼이 흩날리고, 하늘은 둥그스름한 파란색 천장 같다……

터널에서 발소리가 쿵쿵 울렸다. 두 그림자가 우리 쪽으로 다가왔다. 암흑 속에서 크윈의 목소리가 들렸다.

"내 잘못은 아니지만, 어쨌든 이제부터 우리는 넷이야! 제이, 여기 네 손님 한 명 더 있어."

가느다란 허리와 어두운 곱슬머리의 크윈이 저쪽에 서 있고, 우리는 그녀 쪽으로 눈길을 돌렸다.

"로비를 다시 데려올 수밖에 없었니?"

내가 쌀쌀맞게 물었다.

"계획이 바뀌었어. 로비는 진정한 삶을 함께 살아가려고 여기로 온 거야. 제빵사 부인이 손 크다는 얘기는 이제 충분히 들었다고."

"엄마가 허락했어."

로비가 킥킥대기 시작했다.

"내 생각엔, 엄마가 우유 배달 아저씨네 아기 얘기를 더 듣고 싶은 거 같아. 그런데 이웃집 아줌마는 내가 옆에 있으니까 얘기를 더 안 하려 하더라고."

로비가 제이 옆자리에 재빠르게 이불을 깔았다. 그사이 크윈이 내 옆에 앉았다.

"나는 정말 잘못 없다."

그녀가 속삭였다.

"로비가 그러는데, 오늘 밤에 자기가 정말로 네 옆에 있어야 한대. 거의 울기 직전이었다니까."

"아니, 도대체 왜?"

"로비가 철로 된 괴물에 대해 나한테 얘기해 줬어. 네가 몇 주 동안이나 그 안에 누워 있었다고. 처음에는 그 괴물이 너를 숨 쉬게 했고, 지금은 로비가 한대. 로비가 그렇게 말했다니까. 집에서 너희 둘 한방에서 잔다며?"

나는 고개를 끄덕였다.

"뭐 여하튼, 네가 자기를 필요로 할 거라고 로비가 확신하던데. 자기가 없으면 오늘 밤에 네가 숨 쉬는 걸 잊어버린대."

나는 삐삐 마른 내 남동생을 쳐다보고 한숨을 푹 내쉬었다.

"후우, 진짜 제정신 아니야."

"사랑스러운 아이야."

크윈이 말했다.

"로비가 네 옆에 있고 싶어 해……"

나는 크윈의 얼굴을 보고 그녀가 세바스찬을 생각하고 있다는 걸 눈치챘다. 우리가 세바스찬 방을 나서기 직전에 그가 날 봤던 눈과 똑같은 눈으로 크윈이 나를 바라봤다. 크윈의 가슴이 무너지고 있을 테지만, 자기 오빠처럼 잘 성장해서 그런지 전혀 티가 나지 않았다.

"아 맞다!"

크윈이 소리쳤다.

"깜빡할 뻔했네. 저 비겁한 녀석한테 할 말이 있어. 제이, 내 말 잘 들어……"

"사실은 우리 다른 이야기를 하던 중이었어. 우리 둘이 시합 중이었거든. 누가 더 불행한지."

제이가 나를 올려다봤다. 아주 잠깐 나는 파도가 다시 한들거리는 걸 느꼈다.

로비가 손에 비행기를 들고 제이 옆에 바싹 붙어 앉아 있다. 둘이 무언가를 들여다보고 있다. 폭탄이 떨어지는 사진이 실린 구깃구깃한 종이다.

"크윈은 당연히 시합에 참여 못하지."

제이가 말했다.

"쟤 머리 좀 봐. 저게 불행한 삶을 산 사람 머리냐? 크윈은 절대 우리 못 이겨."

크윈이 미소 지었다.

"아 그래? 못 이겨? 그럼 네 패는 뭔데?"

"죽은 사람 둘, 정신 나간 사람 하나 그리고 폭격에 날아가 버린 집."

나는 주먹을 불끈 쥐었다. 제이는 나한테 집 얘기를 하지 않았다.

"흠. 무슨 얘기를 해 줄까? 정복왕 윌리엄 1세* 시대로 돌아간 정신 나간 인간들 수백 명, 바위 같은 부모님, 우리 가족에 속해 있기보다는 나치가 되고 싶은 오빠, 그리고 마지막으로 나 자신…… 집에서 보낸 마지막 밤에 마구간 소년과 함께 있었던 나. 다음 날 아침 일곱 시에 아빠가 우리 둘을 목격했고, 나는 오전 아홉 시에 짐을 싸서 집을 나왔어."

크윈이 하품을 했다.

"그 부분에 대해선 다음번에 더 얘기해 줄게. 지금은 진짜 너무 피곤해서 쓰러질 것 같아. 다들 잘 자!"

---

* 노르만 왕조의 시조이며 잉글랜드의 국왕. 1066년 도버 해협을 건너 잉글랜드를 정복한 최후의 정복자였다.

17

나는 잠에 들었다. 밤새 한 번도 깨지 않고 내리 잤다.

역무원이 지상이 안전해졌다고 큰 소리로 알렸을 때에야 우리는 잠에서 깨어났다. 우리는 서로를 보지 않은 채 이불을 갰다. 몸에서 냄새가 나고 입이 바짝 말라 있다. 화장실에 가서 볼일을 보고 싶지만, 그 끔찍한 소변 통에는 가지 않는다.

그러나 이런 것들은 어제 크윈이 말한 것과 비교하면 아무것도 아니다.

보슬비가 내리는 바깥으로 나가자마자 따뜻한 귀리죽과 신문지가 있는 화장실로 발걸음을 재촉하면서 나는 크윈의 소매를 잡아당겼다.

"말해 봐."

"뭘?"

크윈이 천진난만하게 물었다.

나는 발걸음을 늦추었다.

"뭐긴 뭐야, 당연히 마구간 소년 얘기지!"

크윈이 눈을 번득였다.

"좋아. 너 먼저 시작해 봐. 마구간 소년에 대해 무슨 상상했어?"

"네가 사랑하는 사람. 그리고 너는 임신을 한 거야. 영국에서는 나이가 어려서 결혼을 못하지만, 스코틀랜드에서는 가능하지. 그래서 둘이 거기로 떠날 거고!"

"세상에."

크윈이 웃기 시작했다.

"하하하, 네 상상 속에서는 다들 임신을 하는구나. 토마스와 함께 보낸 밤이 이번 주여서 그건 아직 잘 모르겠어. 하지만 그럴 일은 없어. 왜냐하면 우리는 성교를 하지 않았거든."

나는 눈썹을 위로 올렸다.

"우리 집에 어휘 사전이 없어서. 너도 알다시피."

"아참, 미안. 깜빡했어. 무슨 말이냐면, 우리는 관계를 하지 않았다는 뜻이야. 섹스를 하지 않았다고."

볼이 벌겋게 달아올랐다. 나는 재빨리 주위를 둘러보았지만, 아무도 크윈의 말을 엿듣지 않았다.

"난처하니? 음, 그러니까, 좀 불편한가?"

크윈이 숨죽여 물었다.

나는 고개를 끄덕였다.

"그만 얘기할까?"

나는 망설이다가 이내 고개를 저었다.

내 주변에는 그런 이야기를 해 줄 사람이 없다. 그런 내용을 담은 책은 언제나 미치도록 모호하고 막연했다. 아프기 전에 나는 평범한 아이였다. 그리고 지금은 그 어떤 남자도 나를 돌아보지 않기 때문에 엄마는 앞으로 내가 어떠한 삶을 살게 될지 설명해 줄 이유가 조금도 없었다.

"토마스와 입을 맞췄어."

크윈이 말했다.

"토마스를 사랑해서 그런 게 아니라, 그냥 해 보고 싶었거든."

나는 크윈을 응시했다. 내 두 손이 뜨거워졌다.

비가 쏟아지기 시작했다. 사람들이 우산을 펴고 서둘러 집으로 향했다. 크윈과 나는 두 집 사이의 처마 밑에 서 있었다. 하늘에서 물을 쏟아붓듯 비가 내렸지만, 전혀 쌀쌀함이 느껴지지 않았다.

"너는 그런 적 없어?"

크윈이 물었다.

"누군가를 만져 보고 싶은 거 말야. 토마스는 우스꽝스럽고, 귀가 박쥐 귀처럼 양옆으로 활짝 벌어져 있고, 우리 부모님이랑 얘기를 할 때면 말을 더듬곤 했어. 하지만 토마스가 셔츠 소매를 걷고 말을 빗질하는 모습은 정말이지 믿을 수 없을 정도로 섹시하지……"

나는 여자애 입에서 섹시나 뭐 이런 단어가 나오는 걸 본 적이 없었다.

현기증을 느끼며, 어제 침대에 누워 내 몸을 쓰다듬었던 일을 떠올렸다. 크윈도 그렇게 할까? 그녀도 가끔 그러고 싶을 때가 있을까?

"솔직히 말할게."

크윈이 침착하게 입을 열었다.

"사실은 토마스가 마구간 소년이라는 것 자체가 도움이 됐어. 내가 그 마구간 소년 토마스랑 함께 있는 모습을 목격하면, 우리 아빠랑 엄마가 불같이 화를 낼 줄 알았거든."

"그래서 부모님한테 일부러 들킨 거야?"

크윈이 어깨를 으쓱했다.

"무언가 깨져야만 했어. 세바스찬이 집을 나간 후 우리 집은 얼음 궁전이 따로 없었어. 부모님은 집에 또 다른 반항자가 살고 있다는 걸 알게 되었지. 그게 바로 나였고. 작년 한해 동안 부모님은 나한테서 한시도 눈을 떼지 않았어. 토마스랑 마구간에 있을 때만, 내가 말 돌보는 일을 도와줄 때만 그나마 숨통이 조금 트였지."

"너희 부모님 나쁜 분들이야? 너를 때린다거나, 어디 가둬 놓는다거나, 음식을 너무 조금 준다거나?"

내가 물었다.

크윈이 고개를 흔들었다.

"그렇게 하는 건 사실 참 어려운 일이야. 다들 백작과 백작 부인을 아주 사랑스럽고 매력적이라고 생각해. 그런데 나는 고집 센 딸이지. 백작 가문에 전혀 적합하지 않은……"

"너는 왜 그러는 건데?"

"나도 모르겠어! 그냥 그게 나니까."

크윈이 자기 팔을 움켜잡고 가만히 내려다보다가 안쪽을 살짝 꼬집었다.

"이게, 이 사람이 나야……"

쏴쏴 쏟아지는 빗소리가 우리를 감쌌다. 길바닥마다 가느다란 물길이 졸졸 흐르고, 도로는 물아래에 잠겨 있다.

"나 맹세할 수 있어."

그녀가 차분히 말을 꺼냈다.

"나는 잘해 보려고 정말 온 힘을 다해 노력했어. 하지만 살아갈 수 있는 방법이 딱 하나만이 아니더라고! 세상은 엄마랑 아빠가 생각한 것보다 훨씬, 그것보다 훨씬 더 넓어. 난 부모님의 눈가리개 때문에 미쳐 버릴 것 같았고, 속물근성에 질식할 것만 같았어. 게다가 부모님은 지금껏 아무도 그렇게 한 적이 없다는 이유만으로 모든 걸 금지시켰어. 그게 날 병들게 했지……"

차가운 빗물이 우리를 때렸다. 크윈의 짙은 머리가 헝클어져 얼굴을 에워쌌고, 옷도 몸에 딱 달라붙었지만 전부 다 상관없었다. 나는 크윈처럼 생기 넘치는 사람을 본 적이 없다. 그녀의 몸 근육 하나하나가 움직임을 갈망하고 있었다. 너무나도 건강한 그녀에게서 나는 눈을 뗄 수가 없었다.

"지금은 20세기다!"

그녀가 외쳤다. 마치 비가 쏟아지는 날 절름발이 여자아이 앞이 아니라 사람들이 가득한 광장 앞에 서 있는 것처럼.

"나는 내가 원할 때 입을 맞추고 싶다. 그러나 결혼을 반드시 하고 싶지는 않다! 나는 더러운 바지도 입고 싶고, 멋진 드레스도 입고 싶다. 나는 중요한 일을 해 보고 싶고, 혼자서 온 세상을 여행하고 싶다. 그래, 어쩌다 보니 나는 여자아이로 태어났다. 그렇다고 해서 반쪽짜리 인생을 살고 싶지는 않다!"

크윈의 볼이 벌겋게 상기되고 두 눈이 번득였다. 나는 아무 말도 하지 않았는데도 가쁜 숨을 몰아쉬는 듯한 느낌이 들었다.

"이제 네 차례야. 말해 봐! 네가 원하는 게 뭐야?"

크윈이 팔을 활짝 벌리고 말했다.

나는 침묵하며 고개를 저었다.

"뭐야? 원하는 게 없어?"

"엄청나게 원하는 건 없어."

나는 발끝만 바라봤다.

"나는 있잖아. 음…… 너처럼 현대적이지 않아. 나는 원하는 게 없어……"

나는 침을 꿀꺽 삼키고는 덧붙였다.

"이 다리로 내가 뭘 할 수 있겠어."

나는 특수 신발을 앞으로 쭉 내밀었다. 우리는 거칠거칠한 특수 신발 가죽과 두꺼운 밑창, 길게 줄지어 있는 신발끈 구멍을 내려다봤다.

"너 제정신이 아니구나?"

크윈이 화를 냈다.

"설마 지금 남자 생각하는 거니? 너 작가가 되고 싶다 하지 않았어? 그 다리로도 충분히 훌륭하게 해낼 수 있어!"

나는 주먹을 꽉 쥐었다.

"내가 남자를 원하는 게 뭐? 네가 방금 소리쳤잖아. 이 세상은 네 부모님이 생각하는 것보다 훨씬 더 넓다고. 그런데 절름발이가 남자 얘기를 시작하니까 뭐라고? 가서 글이나 쓰라고?"

나는 뒷걸음질 쳤다.

목덜미로 빗방울이 떨어지고, 비에 젖은 길은 번들거리고 텅 비어 있었다.

"내가 삐쩍 마르고 다리가 비틀어져 있다는 건 나도 알아. 그럼에도 난 하루도 빠짐없이 상상 속의 날 들여다보지. 그곳에서의 나는 다리를 절지 않아! 나도 세상 사람들과 같은 감정을 갖고 있어. 이제 겨우 열네 살이지만, 나도 원한다고.

음…… 그러니까……"

나는 모호하게 말하는 걸 그만두기로 마음먹었다.

"그러니까 나도 하고 싶어. 어……"

"네 말은 그러니까."

크윈이 말을 시작한다.

"너도 섹시한 고추를 만나 보고 싶다는 거잖아."

크윈은 그 말이 입 밖으로 나오자마자 손으로 입을 탁 막았다.

심장이 다섯 번 쿵쿵 뛰는 동안 내 귀에서 피가 미친 듯이 쏴쏴 돌진하는 소리가 들렸고, 결국 나는 자제력을 잃고 킥킥대기 시작했다.

"그런 뜻은 아니었어!"

크윈이 소리쳤다. 그러고는 같이 킥킥댔다.

"너도 알잖아. 나는 남자를 항상 고추라고 불러. 내가 하려던 말은 그러니까, 섹시한 남자였어. 진짜야!"

우리는 웃음을 멈추려 했지만 쉬이 멈춰지지 않았다. 쏟아지는 비를 뚫고 집으로 돌아가는 길에 우리는 웃느라 숨을 못 쉬어서 가다 서다를 반복했다.

흠뻑 젖은 모래주머니와 불이 다 꺼진 폭탄 옆을 지나가고, 몇 시간 뒤면 다시 줄을 서야 하지만 지금은 크윈처럼 생기 넘치는, 진짜 살아 있는 기분이 들었다.

"바보 같지 않아……?"

크윈이 숨을 크게 들이마셨다.

"우리가 한 번도 이야기하지 않은 것들이 이렇게 많다니."

나는 또다시 킥킥댔다.

"넌 정말 뭐든 다 얘기하려는구나."

크윈이 아주 잠깐 진지한 표정을 지었다.

"맞아, 정말 그래. 이 세상은 다과 모임인데, 우리는 계속 오이 샌드위치 얘기만 하는 거지. 갓 구운 신선한 스콘이나 레몬 케이크, 잼 타르트, 시럽이 뿌려진 쿠키, 비스킷, 사과가 올려진 타르트 뭐 이런 음식에 대해서는 한마디도 하지 않고……"

크윈이 심호흡을 했다.

"커다랗고 찐득찐득한 초콜릿 푸딩 조각이나……"

"이제 그만!"

내가 소리쳤다.

"너 우리 집에 가면 비누로 입을 좀 닦아야 할 거야. 정말."

우리는 또다시 깔깔대며 빗속을 걸었다. 여섯 살 아이들처럼. 아니, 우리들 부모님이 생각하는 것보다 훨씬 더 넓은 세상에 사는, 진짜 어른인 스물여섯 살 아가씨들처럼.

18

비도 멈추었고, 우리의 웃음 폭발도 멈추었다. 작년에 매일 그랬듯 나는 다시 혼자가 되었다. 그러나 오늘은 무릎 위에 이야기 공책을 올려놓고 길모퉁이에 앉아 다른 세상을 그리워하지 않는다.

나는 더 이상 종이 위에 살지 않는다.

이제 어떻게 하는지 알기 때문에 아주 차분하게 자동판매기에서 티켓을 산다. 오늘 밤 지하철역에서 자고 싶은 사람들은 아직 안으로 들어갈 수 없지만, 나는 들어갈 수 있다. 승강장에 이불을 깔고 누워 있는 사람이 없으니 무척 거대하게 느껴진다.

흔들리는 지하철이 덜컹대며 어둠 속을 뚫고 지나가는 동안 나는 세바스찬을 만나면 뭐라고 할지 고민한다. 그러나 덜거덕대는 바퀴 소리와 정확히 똑같은 박자에 맞춰 속삭이는 말소리가 계속 들린다. 오늘 밤에도 터널에서 잘 거야! 오늘 밤에도 터널에서 잘 거야!

오늘 밤 나는 그들을 다시 만날 거다. 크윈 그리고 제이를. 땅속 깊은 곳 아무도 오지 않는 우리만의 작은 공간에서.

오늘 크윈을 이 터널로 오지 못하게 하는 게 쉽지 않을 거라 생각했는데, 의외로 간단하게 해결되었다. 너무 쉽게 해결되어서 사실 아직도 믿기지 않을 정도다.

아침 식사 때 엄마가 전쟁으로 모든 걸 잃은 사람들이 지내는 피난처에서의 봉사 활동에 대해 이야기했다. 그러자 크윈이 갑자기 소리쳤다.

"저도 도와 드려도 돼요? 이불이나 음식을 나눠 주거나 바닥을 광이 나도록 닦을 수 있는데……"

우리 엄마 얼굴이 어찌나 환하게 빛나던지! 우리 가족 중에는 누구도 먼저 돕겠다고 나서지 않았다. 그 일은 온실의 식물을 돌보는 일이 아니었으니까. 하지만 지금 여기 이 자리에, 엄마의 식탁에, 아주 생기 넘치고 밝은 지원자가 떡하니 앉아 있었다.

"우리야 뭐 언제나 일손이 부족하지. 하지만 봉급은 줄 수 없단다……"

엄마가 말했다.

"아, 그게. 그런 건 전혀 문제되지 않아요."

크윈이 말했다. 나는 내 침대 아래에 있는 보석 한 아름을

147

떠올렸다.

그때부터 두 사람을 나를 잊었다. 아빠는 일을 끝내고 들어와 위층에서 자고 있고, 로비는 아침 식사를 마치고 후다닥 친구한테 갔다. 나는 크윈이 다시 바지로 갈아입고 우리 엄마랑 피난처로 가기만을 기다리면 되었다. 그런 다음에 내 미션을 시작할 수 있었다.

지하철을 타고 사우스 켄싱턴에서 내려야 한다. 퍽 인자해 보이는 나이 든 여자에게 로열 알버트 홀까지 걸어서 어떻게 가느냐고 물었다. 거기에서부터는 세바스찬이 사는 적갈색 건물을 찾을 수 있다.

나는 으리으리한 하얀 집들을 따라 늘어선 아주 깨끗한 보행로를 걸으면서 아무렇지 않은 척, 심장이 미친 듯이 요동치지 않는 척했다. 내가 입고 있는 여름 원피스와 조끼는 다 낡아 빠졌고, 감자 자루와 같은 색인 머리칼은 늘 그렇듯 양 갈래로 나뉘어져 내 머리에 매달린 채 어깨까지 닿아 있다.

열네 살 때가 가장 최악일 때일까? 아니면 앞으로 남은 인생도 지금처럼 삐쩍 마르고 납작하고 수줍어하며 살게 될까?

세바스찬이 사는 건물을 발견하자 마음이 놓였다. 그러나 그 안도감은 오래 지속되지 않았다. 관리인이 나를 들여보내 주지 않았다. 크윈이 내 옆에 있을 땐 들어갈 수 있었지만,

지금의 나는 다른 세상에서 온 빈털터리일 뿐이다.

어떻게 들어가야 할지 도무지 모르겠다. 관리인의 콧수염과 처진 뺨이 가차 없이 단호하다. 나는 눈물이 부서져 떨어지지 않도록 한 발짝 뒤로 물러서서 정신을 다잡았다. 저 쌀쌀맞게 호통치는 관리인한테도 화가 나지만, 무엇보다 나 자신에게 화가 났다. 동행이 전혀 없는, 게다가 머리까지 산발하고 있는 여자아이를 한 학생의 방으로 들여보낼 리 없는데 그걸 생각조차 못했다니.

다시 그 지하철역으로, 대부분 나보다 가난한 사람들이 사는 우리 동네로 돌아가고 싶다. 그런데 그때 자원봉사 소방대원복을 입은 젊은 남자 둘이 건물에서 나왔다.

만약 그들이 멋진 정장에 화려한 넥타이를 매고 여기에 있는 시간이 내 인생 최고의 순간들이고, 나중에 나는 대통령이 될 거야, 라고 말하고 있었다면, 그들에게 말을 걸지도 않았을 것이다. 하지만 무려 소방대원이 나를 도와주려고 저 앞에 있다니. 사람들은 보통 소방대원을 두려워하지 않는다.

"저기요!"

생각이 더 깊어지기 전에 내가 큰 소리로 그들을 불렀다.

두 남자가 멈춰 섰다. 단추가 두 줄인 소방대원 재킷을 입은 그들의 상체를 넓적한 벨트가 감싸고 있고, 머리에는 철모가 씌워져 있었다. 동네 경비대원인 우리 아빠도 챙이 달린 축구공 반쪽 모양의 똑같은 헬멧을 갖고 있다. 저런 모자가, 머리 위에 살짝 뜬 채 균형을 잡고 있는 저런 헬멧이 정말 폭탄으로부터 보호해 줄지는 사실 잘 모르겠다.

"혹시 세바스찬 알아요?"

내가 목소리 톤을 이상하게 높여 물었다. 헛기침을 한 번 하고 다시 말했다.

"으흠, 그러니까…… 세바스찬 경이요."

그들은 흥미롭다는 듯 나를 쳐다보기만 할 뿐 아무 말도 하지 않았다.

"삼층에 살아요. 오른쪽이고요. 방에 축음기가 있고 초록색 잠옷을 입었고……"

두 청년이 히죽이기 시작했다.

"그 사람한테 뭘 바라는 게 아니고요."

나는 서둘러 덧붙였다.

"돈을 달라는 것도 아니고 아기를 원하는 것도 아니에요. 그냥 잠깐 할 이야기가 있어서요. 어제 세바스찬 여동생과 함께 여기에 왔었는데, 관리인이 나를 못 들어가게 해서……"

둘 중 키가 큰 남자가 껄껄 웃더니 허리를 숙였다.

"이런 기묘한 방문은 언제든 환영이지."

그러더니 관리인을 흘긋 쳐다보고는 말했다.

"저 퉁명스러운 조지는 절대 호락호락하지 않을 거야. 하지만 반대편에 몰래 들어갈 수 있는 곳이 있어. 세바스찬 경은 연합실에서 리허설을 하고 있을 거야. 따라와!"

그들이 날 정말 도와주다니, 믿기지 않았다. 내 옷이나 다리에 대해 한마디도 하지 않고 너무 쉽게 세바스찬에게 데려다준다니. 두 청년 사이에서 최대한 빠르게 속도를 내며 널따란 길 위를 걸었다. 어제는 안뜰에서 무척 인상적인 늠름한 적갈색 건물을 봤는데, 지금은 건물 바깥쪽으로 돌아가고 있다.

내 옆에 있는 키 큰 청년의 옆모습을 잽싸게 훑어봤다. 날카로운 콧대와 꾹 다문 입술. 말을 할 때 라디오에 나오는 것처럼 교양 있게 말하면, 삶이 정말 더 편해지는지 청년에게 물어보고 싶었다. 만나는 사람마다 늘 그렇게 예의 있게 대하면, 더 신경 써야 할 부분이 있지는 않은지도 궁금했다.

우리는 거대한 나무문을 열고 들어갔고, 나는 눈을 꾹 감았다. 약간 어둑어둑한 로비에서 술과 담배 냄새가 났다. 내 두 발은 진한 빨간색의 두툼한 카펫 속으로 쑤욱 내려앉고, 저 멀리 어디에선가 음악 소리가 들렸다.

우리는 계단을 올라가 복도를 따라 모퉁이를 세 번 돌았다. 음악 소리가 점점 가까워졌다. 두 청년이 문을 밀자 음악이 내게로 쏟아져 나왔다. 마치 갓 구운 스콘과 레몬 케이크, 잼 타르트, 사과가 올려진 타르트처럼……

환하고 널찍한 방 안에서 젊은 남자 둘이 트럼펫을, 한 명은 색소폰을 연주하고, 또 한 명은 피아노 앞에 앉아 있었다.

그리고 가운데 세바스찬이 서 있었다.

세바스찬은 오늘도 잠옷 차림에 빨간색 가운을 입고 있었다. 맨발에 꽃무늬 슬리퍼가 신겨 있고, 목에는 밝은 노랑색 스카프가 둘러져 있었다. 나는 그를 아주 잠깐 흘긋하고는 온화하고 부드러운 그의 목소리에, 만지지 않아도 내 살갗을 간지럽히는 그 목소리에 귀를 기울였다.

나는 문틀에 서 있었다. 그리고 크윈 말이 맞다는 걸 깨달았다. 오이 샌드위치 얘기만 하는 건 정말 미친 짓이다.

"연주 좀 잠깐 멈춥시다."

아직 연주가 끝나지도 않았는데 내 옆의 청년이 소리쳤다.

"세바스찬 경 손님 왔네요!"

그가 빙긋 웃으며 말을 이었다.

"여기 이 아가씨가 그쪽 돈이나 사생아를 원하는 게 아니라고 주장합니다. 그러니까 꽤 괜찮은 배우자가 될 것 같군요."

그가 나를 진지하게 바라봤다.

"안타깝게도 저희는 이제 가 봐야겠습니다, 아가씨. 이제 일을 시작해야 해서요."

내가 뭐라 대꾸하기도 전에 두 청년은 벌써 가 버렸다. 이제 소방서로 가야 할 시간이니까. 검은색 작업복을 입은 그들이 기다란 복도에서 사라졌다. 순간 나는 소름이 끼쳤다.

내가 보는 눈이 없었다. 나는 그들을 돈 많고, 예의 바른 응

석받이로 자랐을 것 같은 청년이라고 생각했다. 그들이 입고 있었던 소방대원 작업복을 보고도 사실 나는 별 다른 생각을 하지 않았다. 진짜 소방대원일 줄은 몰랐다. 전쟁 중이라 영국 남자 절반이 저런 작업복을 입고 돌아다녔기 때문이다.

하지만 그 작업복 청년들이 내 생각을 바꾸어 놓았다.

방금 폭탄이 떨어졌다면, 불길이 휘몰아치는 통제불능의 상황 속에서 다음 폭격기가 또 돌진하고 있다면, 그 사람이 누군지는 상관없다. 한밤중에 소방차가 사이렌을 요란하게 울리며 화재를 진압하고 있다면, 그 사람의 조상이 정복왕 윌리엄 1세이든 말든 전혀 중요하지 않다.

나는 희미한 형상을 보듯 복도를 따라 사라지는 그들을 지켜봤다. 아직 살아 있는 두 청년의 그림자를.

"엘라?"

세바스찬이 내 앞에 서 있다.

"네 이름 엘라 맞지?"

나는 고개를 끄덕였다.

"크윈타나는 어디에 있어?"

어제의 세바스찬은 크윈의 오빠였지만, 지금은 어엿한 성인이다. 볼에 털이 나 있고 눈동자가 짙은, 우스운 가운을 입고 있는 잘생긴 남자.

그는 내 이야기 공책에 나오는 의사같이 생겼다. 지금까지 늘 상상해 왔던 영웅들의 모습이다.

공책에 적혀 있던 영웅들.

그러나 지금은 현실이다.

"크윈은 어딨어? 무슨 일 있니?"

그가 반복해 물었다.

"아, 그게."

나는 숨을 깊게 들이마셨다.

"사실은 무슨 일이 있긴 해요. 크윈이 가방에 보석을 잔뜩 넣고 집에서 도망쳐 나왔어요. 지금은 매일 밤 지하철역에서 자요. 바지를 입고 다니고, 절대 결혼은 하지 않을 거래요. 지금 전쟁 중이잖아요. 크윈을 이해해 주는 유일한 사람은 오빠예요. 크윈은 열다섯 살이고, 오빠의 여동생이에요. 그리고 크윈은 오빠를 그리워하고 있어요."

19

세바스찬이 네 사람을 보고 말했다.

"잠깐 쉬는 시간. 삼십 분 뒤에 다시 시작하자."

나는 세바스찬이 복도로 나올 줄 알았지만 그는 그대로 서 있었다.

피아노 치던 남자가 조용히 일어나고, 관악기를 연주하던 셋은 악기를 내려놓은 뒤 한 명씩 방을 나갔다. 세바스찬이 눈짓을 네 번 했고, 나는 그들에게 남다르게 예의 바른 고갯짓을 네 번이나 받았다.

"들어와."

그들이 나가자 세바스찬이 말했다.

그는 내 뒤로 문을 닫고 담배에 불을 붙였다. 그러고는 첫번째 담배 연기를 뿜어내면서 나를 머리부터 발끝까지 쭈욱 훑어보았다.

나는 움직이지 않고 가만히 서 있었다. 두려울 거라 생각했다. 제이가 나를 볼 때 나는 덜덜 떨었었다. 하지만 여기는 무지개 너머의 나라 같다.

여기에 있는 대학생들 중 나와 데이트하고 싶은 사람이 있을 거라는 생각은 단 일 초도 하지 않았다. 그들이 진짜 나의 모습을 보든 말든 아무 상관 없다. 나는 그들의 팔이 내 허리를 두르기를 갈망하지 않았고, 아무도 나한테 대학생들의 땀 냄새가 달콤하다고 말해 준 적이 없었다.

그렇게 생각하니 모든 게 쉬워졌다.

어쨌든 나는 그렇게 생각했다.

"크윈이 보냈어?"

세바스찬이 차갑게 물었다.

"내가 기억하기로, 우리 집 하녀들도 너보다는 옷을 훨씬 더 잘 입었는데."

"나 하녀 아니거든요!"

내가 무섭게 몰아쳤다.

"나는……"

그러고는 말을 뚝 멈추었다.

음악 소리가 없으니 공간이 얼음처럼 차갑고 삭막했다.

세바스찬이 눈썹을 한껏 올렸다.

"넌 네가 누군지 몰라? 일반적으로 이런 경우는, 조짐이 별로 좋지 않은데."

"나는 내가 누군지 정확히 알고 있거든요!"

나는 화를 냈다.

"하지만 지금은 크윈 얘기를 해야 해요. 어젯밤에 크윈이랑 지하철역에서 같이 잤어요. 두 시간 전에 우리 집에서 아침 식사로 귀리죽을 먹었고, 지금은 우리 엄마를 도와 피난처에서 일하는 중이에요. 크윈을 알게 된 지 사흘이 되었지만, 크윈은……"

나는 또 말을 멈추었다. 그리고 머리를 초조하게 흔들었다.

"크윈은……"

"너 기억 상실증이야? 의사 불러 줘?"

세바스찬이 쌀쌀맞게 물었다.

"이제 좀 그만해요!"

내가 소리쳤다.

"몇 분만이라도 좀 평범하게 굴어 봐요. 오빠도 피와 살이 있는 인간 아니에요? 아니면 뭐 재수 없는 광대라도 돼요?"

그가 히죽이기 시작했다.

"내가 왜 말을 끝맺지 못하는지 알아요? 크윈이 내 친구여서 그런 거예요. 차마 내 입에 올릴 수가 없다고요. 몸이 아프고 난 뒤 나한테는 친구가 없었어요. 지금도 그렇지만. 그런데 희한하게도 크윈은 내 치마가 해졌든 말든 전혀 신경 쓰지 않았어요."

"흥미롭군."

그가 담배를 끄며 계속 말했다.

"나는 독창적이고 지적이고 싶었어. 그런데 네가 나를 재수 없는 광대라고 판단하다니, 진심이야?"

나는 그를 단호한 눈빛으로 쳐다봤다.

"조금 전에 노래 부르는 거 들었어요. 오빠가 광대가 아니라는 건 알아요."

"나는 네가 노래하는 걸 못 들었는데?"

그가 쾌활하게 받아쳤다.

"하지만 이 대화를 하면서 너에 대해 더 알고 싶어졌어. 차 한잔 하러 갈까? 지금은 괜찮을 것 같은데."

다과실로 들어가자 다들 우리를 쳐다봤다. 세바스찬은 내게 대학생이 열네 살짜리 여자애랑 차를 마시는 건 부적절한 일이 절대 아니라고 확인시켜 주었다. 그러면서 안타깝게도 지금은 잠옷과 가운 말고 다른 옷을 입을 수 없는 상황이라고도 설명했다. 지금 무슨 내기 중이라고 했지만, 더 깊이 이야기하고 싶어 하지 않았다.

다과실에 있는 여자들이 전부 그를 바라봤다. 내가 아니라.

나는 우리 둘의 잔에 조심스럽게 차를 따랐다. 찻주전자 주둥이에 물방울이 맺혀 있고, 찻잔 테두리에 금박이 둘러져 있었다. 세바스찬이 당근 케이크를 주문했다. 당근 케이크를 교양 있고 겸손하게 한입 베어 먹다가, 어제 제이가 절인 소고기가 들어간 샌드위치를 우적우적 먹는 모습이 눈앞에 그려졌다.

"그러면 크윈은 네가 여기에 온 거 몰라?"

세바스찬이 궁금해했다.

나는 고개를 저었고, 그는 한숨을 내쉬었다.

"후, 크윈은 나를 가련한 겁쟁이라고 생각해. 뭐 틀린 건아니지. 난 겁쟁이가 맞으니까. 하지만 크윈은 작년 여름에겨우 열네 살이었어. 내가 그 애를 어떻게 런던으로 데리고올 수 있었겠어?"

내 입이 비워지기까지 시간이 조금 걸렸다. 당근 케이크는오븐에서 막 나온 거라 신선했고, 통통하고 싱싱한 건포도가잔뜩 들어 있어서 도저히 한 입만 먹을 수가 없었다.

"편지라도 썼어야죠. 크윈한테만이라도. 오빠가 나치가 아니라는 걸 알렸어야죠."

"편지를 쓰긴 했었어. 그런데 크윈은 아직 미성년자였지.몇 년간은 집에 꼼짝없이 붙어 있어야 했어. 만약 크윈이 다른 사람들처럼 똑같이 그랬으면 더 쉬웠겠지. 아버지와 어머니, 오거스타, 바이올렛, 세실리아랑 같이 나를 싫어했다면……."

"다른 가족들하고 같은 편에 섰을 리 없잖아요. 안 그래요?"

나는 눈썹을 들썩이며 되물었다.

"크윈이 그럴 리 없잖아요?"

세바스찬은 웃지 않았다. 그는 초조한 듯 손가락으로 테이블 위를 탁 탁 탁 두드렸다.

"이 전쟁은 대재앙이야…… 전쟁이 끝나기 전까지 앞으로 얼마나 많은 사람이 죽을지 아무도 몰라. 그러나 전쟁이 다 끝나면, 크윈과 나에게 더 잘 맞는 나라가 될 거야."

"그게 무슨 뜻이에요?"

세바스찬이 테이블을 응시했다. 그의 얼굴은 창백했다.

"왜 영국이 변화하기를 바라요?"

내가 물었다.

"아니면……"

나는 그의 손을 바라봤다. 그의 손가락이 바들바들 떨렸다. 순간 내 머리가 어질어질해졌다.

"설마 오빠는 히틀러가 여기에서 연설을 하게 되길 바라는 거예요? 그럼 크윈 말이 전부 맞았다는 거예요? 정말 배신자……?"

"그 입 닫아!"

그가 사납게 내뱉었다.

"나도 너처럼 이 전쟁에서 우리가 이기길 바라. 하지만 예전으로 되돌아가길 바라지는 않아. 네가 그랬지? 크윈은 바지를 입고 다니고 절대 결혼하고 싶어 하지 않는다고. 그래, 그거야. 그런 게 가능한 세상이 있다고!"

세바스찬의 손이 여전히 떨리고 있었다. 그는 목소리를 키우지 않으려고 부단히 애를 썼다.

"수세기 전부터 우리는 전부 새장 안에 갇혀 있어. 남자는 남성용 새장에서 남자가 하는 일을 하고, 여자는 죽을 때까지 그 지루한 여성용 새장 안에 있어야 하지. 부자들이 있는 금색 새장도 있고, 가난한 이들이 있는 불행한 새장도 있어. 그리고 새장이 없는 세상에 살고자 하는 대담한 사람들을 위한, 앞이 깜깜한 칸막이벽도 있지."

그가 목소리를 높이고 싶어 하는 게 느껴졌지만, 왜 그러는지 이해가 가지 않았다.

"오빠는 남자잖아요! 런던에서 대학도 다니고 나중에 백작이 될 거잖아요. 오빠가 있는 새장도 정말 그렇게 심각해요?"

"창살이 있는 새장이지. 자물쇠도 걸려 있고."

우리 둘 사이에, 눈처럼 새하얀 테이블보 위에 금색 테가 둘러진 찻잔과 작은 부스러기 하나 남지 않은 당근 케이크 접시가 놓여 있다.

"정말 전쟁이 뭘 바꿔 놓을 거라 생각해요? 그 새장들은 모두 수세기 동안 있었어요. 사람들은 각자의 새장 안에서 각자의 인생을…… 어…… 예측할 수 있잖아요."

나는 오늘 아침 비가 쏟아지는 길 위에서 크윈과 나눴던 대화를 떠올렸다.

"그러면 마구간 소년과 아무렇지 않게 하룻밤을 보내도

되는 그런 세상을 오랫동안 기다릴 수 있겠네요……"

"뭐라고?"

그가 번개처럼 빠르게 고개를 획 들었다.

"너 미쳤니?"

허리를 꼿꼿하게 세우고 앉은 그의 볼에 붉은 반점이 도드라졌다. 갑자기 우리 둘 사이의 공기가 쭉 빨려 들어가는 것 같았다. 철의 폐에서 펌프가 모든 공기를 빨아들일 때도 이런 기분이었다.

"미안해요. 그 말은 하지 말았어야 했는데."

내가 헐레벌떡 말했다.

그가 머리를 절레절레 흔들었다.

"이해가 안 가. 크윈이……"

그는 말을 삼켰다.

"토마스가 너한테 얘기한 거야? 토마스가 런던에 있어? 아버지가 그를 내쫓은 거야?"

그는 초조한 듯 턱을 슥슥 문질렀다.

"진짜 모르겠어요. 나는 그냥 크윈이 나한테 한 이야기만 알아요."

"그런데?"

우리는 서로를 뚫어지게 보았다. 나는 무슨 일이 일어나고 있는 건지 알아내려 노력했다. 크윈은 여기 런던에서 자기의 오빠를 딱 한 번 만났고, 그때 나도 계속 같이 있었다. 그녀는 세바스찬에게 토마스 얘기를 하지 않았다. 확실하다.

세바스찬은 여동생이 그날 밤 마구간 소년과 함께 있었다는 걸 알 리가 없다. 그런데 대체 왜 크윈과 그녀의 그 터무니없는 짓에 대해 묻지 않는 걸까? 대체 왜 토마스가 어떻게 됐는지만 궁금해하는 걸까?

"좋아."

내가 아직 답을 하지 않았는데도 그가 조용히 말했다.

"그 부분에 대해서는 더 이상 얘기하지 말자. 그게 낫겠어. 어쨌든 넌 이해가 가는 거 맞아? 내가 원하는 삶은 불법이야. 처벌을 받게 되지. 정말 미친 것 같지 않아?"

나는 가만히 앉아만 있었다. 머릿속에서 폭탄이 터지고 있는 것 같았다. 나는 이 대화 어디쯤에서 길을 잃었고, 그게 어딘지 다시 찾아보려 했다. 내가 뭐라고 했더라? 세바스찬이 뭐라고 했지?

문득 내가 했던 말이 귓가에 스쳤다.

그러면 마구간 소년과 아무렇지 않게 하룻밤을 보내도 되는 그런 세상을 오랫동안 기다릴 수 있겠네요……

세바스찬은 마치 무언가를 들킨 것처럼 그 말에 과민 반응을 보였다.

마치 범죄를 저지른 사람처럼.

나는 그를 바라봤다. 내 볼이 서서히 벌겋게 달아오르기 시작한다. 이제야 내 머릿속에서도 그것이 느껴진다. 수세기

163

동안 존재해 온 창살 있는 새장이. 열쇠가 없는 자물쇠. 그리고 장벽.

나는 생각을 이어 나가려 시도해 보았지만, 그에 맞는 단어가 떠오르지 않았다. 나는 작가가 되고 싶다. 그러나 나의 새장 밖 일에 대해 말하는 법을 아무도 가르쳐 주지 않았다. 그 사실이 나를 화나게 만들었다.

나는 목을 가다듬고 결단을 내렸다. 나는 모든 새장을 훔칠 수 있다. 그런 새장은 어른들 것이지 우리들 것이 아니다. 내 것도 아니다.

맞은편에 앉은 저 청년은 그냥 세바스찬이고, 크윈의 오빠다.

"매일 밤마다 우리는 리버풀 스트리트역에서 자요. 땅속 아래에서요. 에스컬레이터를 타고 아래로 내려올 수 있어요. 센트럴 라인으로. 승강장 맨 끝에 터널이 하나 있는데, 공사 중이거든요. 우리는 요새 그 터널 가장 끝에 있는 벽에서 자요. 어둡고 조용한 곳이죠. 언제 한번 와 볼래요?"

내가 차분하게 제안했다.

세바스찬이 심호흡을 했다. 어느새 진공 펌프가 사라졌다.

"물론 크윈도 그걸 원해요. 오빠한테 화가 난 건 맞지만, 그래도 여동생이잖아요. 내일 아침까지 누가 살아남아 있을지 아무도 몰라요. 다른 세상을 기다릴 시간이 없다고요. 크윈은 이 세상에서 오빠를 만나고 싶어 해요."

20

제이가 없다.

저녁 아홉 시인데도 보이지 않는다.

로비는 오후 네 시부터 터널 안에서 우리 자리를 맡아 놓았고, 나는 우리 부모님과 삼촌, 숙모가 누울 자리를 잡아 놓기 위해 사람들이 빽빽하게 들어찬 승강장에서 버티고 있어야 한다.

우리는 저녁을 먹은 뒤 철근들 사이에 이불을 깔고 밤을 맞이할 준비를 했다.

제이만 빼고.

"일곱 시까지는 여기로 와야 할 텐데."

로비가 말했다.

"형이 나보고 자리를 추가로 더 팔면 안 된다고 했거든. 남은 자리는 형이 직접 팔 거라고 했어."

"폭격은 언제든 시작될 수 있어."

크윈이 말했다.

"그러니까 제이가 여기까지 오지 못할 수도 있지. 밖에서 돌아다니다 동네 경비대원한테 붙잡힐 수도 있고, 그러면 공공 대피소나 공원 구덩이에 들어가야 할 거야."

나는 아무 말 하지 않았다.

세바스찬을 찾아간 일에 대해서도 말하지 않고, 자릿값을 받는 게 비열한 짓이라는 것도 입 밖으로 내뱉지 않았다. 어차피 크윈이 제이에게 또 돈을 낼 텐데 무엇하러 그런 말을 할까, 싶었다.

어쨌거나 제이가 온다면 말이다.

지금까지는 우리가 운이 좋았다. 이미 알고 있지만, 지금 이 순간이 되고 나니 더욱 확실해졌다. 수많은 집들이 무너 졌고, 수많은 사람들이 잔해 더미 아래에 묻혀 있다.

매일 밤 수많은 사람들의 몸에 여행용 가방의 이름표가 붙는데, 그 이름표에는 어디를 다쳤는지가 연필로 휘갈겨 적혀 있다. 그렇게 적어 놓으면 병원에서 시간을 좀 아낄 수 있다. 그리고 이름표가 부족하면, 무슨 일이 있었는지를 사상자 이마에 립스틱으로 적어 놓는다. 우리 아빠는 그 과정을 아주 잘 알고 있다. 신체 내부에 상처가 있으면 X 표시를 하고, 지혈대를 해야 할 정도로 심각하면 T라고 적는다.

또 매일 밤 수많은 사람들이 지금은 영안실로 쓰이는 대

중탕으로 보내지기도 한다.

우리는 아니다.

아직 아니다.

"걔 분명 여자 생긴 거야."

크윈이 대뜸 말했다.

"아니면 여자애들 여럿이 생겼거나. 그렇게 얼굴이 반반한 남자가 뭘 하고 돌아다닐지 누가 알겠니?"

"네가 뭘 하고 돌아다닐지는 누가 아는데?"

내가 참지 못하고 불쑥 내뱉었다.

크윈이 웃기 시작했다.

"그건 내가 정확하게 알지. 오늘 난 태어나서 처음으로 바닥을 닦았어. 샌드위치에 버터를 바르고, 등받이가 기울어지는 의자들을 배치하고, 어린이들과 함께 노래도 불렀다고……"

"아주 멋진 하루였네."

내가 짤막하게 받아쳤다.

나는 크윈의 말을 멈추게 하려고 고개를 휙 돌렸다. 발소리를 들으려면 내 귀와 뇌의 세포 하나까지도 귀를 기울여야 한다.

제이가 오늘 밤에 나타나지 않을 수도 있지만, 그래도 터널을 뚫고 우리에게 다가오는 발소리에 귀를 기울여야 한다.

어차피 제이는 어디 어두컴컴한 구석에서 다른 여자애랑

누워 있거나 발가락에 이름표를 매단 채 길 한복판에 누워 있을 수도 있지만.

그렇게 시간이 흐르고 밤 열 시, 발소리가 들렸다.

그리고 곧바로 이런 외침이 터져 나왔다.

"아야, 조심해!"

잠시 뒤 목소리가 들렸다.

"이 멍청아, 너나 조심해!"

제이가 터널을 통해 걸어온다. 비틀대면서 천천히.

무슨 일이 있었는지 나는 모른다. 가서 도와줘야 하나? 당연히 그럴 필요 없다. 그래 봤자 둘 다 넘어질 테니까.

제이가 하마터면 넘어질 뻔했다. 나는 두 손을 꼭 쥐었다. 뭐 하는 거지? 다쳤으면 가능한 빨리 의사한테 가야 한다. 녀석은 거듭 휘청이며 넘어지려다 겨우 일어서곤 했다. 녀석이 점점 가까워지더니 어느새 내 앞에 서 있다.

크윈과 로비, 나는 철근 뼈대 사이에 앉아 있고, 제이는 우뚝 선 채로 우리를 내려다봤다. 팔과 얼굴에 더러운 얼룩이 뒤덮여 있고, 옷은 먼지를 왕창 뒤집어써서 잿빛이었다. 그리고 손에는 종이봉투가 들려 있었다.

"제길."

제이가 한 발짝 물러섰다.

"너희들은 그냥 앉아서 나만 기다리고 있네. 재수 없는 학교 학생들처럼."

그가 짜증스럽게 중얼댔다. 그러더니 종이봉투에서 짙은 색 병을 꺼내 코르크를 뽕 빼고 입술에 갖다 댔다.

"그래서 어땠는데?"

손등으로 입을 스윽 닦더니 말을 이었다.

"오늘 또 뭔 일 있었냐? 절름발이는 오늘도 기절했고? 크윈은 머슴이랑 그 짓거리 또 했고?"

나는 숨을 헉 들이마셨다.

"목소리 낮춰. 너 체포되고 싶어? 여성과 아이들이 많이 있는 대피 구역에서는 대놓고 술을 마시면 안 돼."

크윈의 목소리가 얼음처럼 차가웠다.

"그래서 너는 진짜로 누군데?"

제이가 물었다. 녀석이 우리 맞은편 바닥에 앉아 터널 벽에 등을 기댔다.

"뭐든 마음대로 할 수 있는, 그러니까 아마 귀족이겠지. 어쨌거나 돈 많은 방탕한 여자잖아. 네 행동은 상당히 상스럽거든. 그건 분명하잖아, 안 그래?"

"그렇게까지 말할 필요는 없잖아!"

로비가 화를 내며 식식댔다.

"오, 그래?"

"나한테 한 방 맞고 싶어?"

내 남동생이 주먹을 꽉 쥐었다.

"빨리 크윈 누나한테 사과해!"

171

제이가 모호하게 웃었다.

"이 빌어먹을 전쟁……"

제이가 중얼대더니 술을 한 모금 더 마시고 병을 높이 쳐들었다.

"이거 포트와인*이야! 이 동네를 돌아다닌 지 벌써 십육 년이나 됐는데 그동안 포트와인 한번 못 마셔 봤네…… 폭탄은 아직 살아 있어. 폭탄은 무슨 호두 껍질 까듯이 집들을 다 부서뜨려 버려. 담벼락도 쿵 무너뜨리고. 지하실도 쾅 무너 뜨리고. 인간이 뭐, 할 수 있는 일이 없어."

제이가 킥킥 웃기 시작했다.

"술병만 무사하면 됐지, 뭐!"

나는 몸이 뻣뻣해지는 걸 느꼈다.

옆에 있는 크윈이 자세를 고쳐 앉았다. 나는 크윈이 무슨 말을 하려는지 정확히 알고 있다. 하지 마. 나는 속으로 외쳤다. 제발 물어보지 마.

나는 그 말을 듣고 싶지 않았다.

제이는 자리를 팔고 크윈을 모욕하고 날 웃음거리로 만들었다. 그런데도 나는 여전히 여기에 앉아 있다. 하지만 이젠 정말 더 할 수가 없다.

그의 목에 걸려 있을 그 말을 제이가 진짜 한다면, 우리는

* 발효 중에 브랜디를 첨가하여 알코올 농도를 높인, 단맛이 있는 포도주.

제이를 다시 만날 수 없을 것이다. 그리고 정말로 제이를 신고해야 할 것이다.

"너 취했어."

크윈이 말했다. 그녀의 목소리가 강철처럼 단단하다.

"나는 네가 지금 무지하게 혼란스러운 거라고 믿고 싶어. 그런데 너 조금 전에 폭격 맞은 집에서 그 술을 훔쳐 왔다는 거야? 맞아?"

나는 숨을 죽이고 있었지만, 이미 너무 늦었다.

"그렇지."

제이가 만족감에 심취해 말했다.

"런던은 아주 대단히 큰 사탕 가게야. 집 수천 채가 부서졌어. 잔해가 아직 불에 타지 않았다면, 지금도 가져올 게 엄청나게 많아. 가끔 이렇게 새 포트와인도 건질 수 있다니까!"

제이가 또다시 승리한 듯이 술병을 높이 쳐들었다.

나는 더는 그를 쳐다보지 못했다.

"우리 여기에서 나가야 해."

내가 크윈에게 조용히 말했다.

크윈이 고개를 끄덕이고 자리에서 일어났다.

"나간다고? 이제 자리 없는데!"

로비가 말했다.

나는 지쳤고 다리가 아파서 서 있기조차 힘들었다.

"엄마와 다른 가족들이 조금씩만 좁혀 주면 분명 자리가 날 거야."

"그렇게 못해!"

로비가 가슴 앞으로 팔짱을 끼었다.

"방금 전에 너무 배고파서 엄마랑 같이 있었는데, 이미 다 차 있었어. 우리 셋은 절대 못 들어간다니까."

나는 아무 말도 하지 않았다. 로비 말이 맞다는 걸 알기 때문에. 밤마다 지하철역은 사람들로 북적인다. 게다가 머리 위에 지붕이 없는 사람들, 즉 집을 잃은 사람이 점점 많아지고, 직접 땅을 파 만들어야 하는 비좁은 방공 대피소에서 밤을 보내고 싶지 않은 사람들도 늘어나고 있다.

정부는 정원 딸린 집에 사는 사람들이 보호 구조물을 직접 만들 수 있게끔 그들에게 커다란 금속판을 제공했다. 폭탄이 가끔씩 몇 시간 동안만 떨어지는 상황이라면, 꽤 실용적인 구조물일 것이다. 그러나 이제는 한 가족 전체가 밤새 땅을 파 놓은 차갑고 축축하고 어둑어둑한 구덩이 속에 웅크리고 있어야만 한다.

"마지막 지하철이 곧 출발할 거야. 그리고 우리 다 티켓 있잖아…… 다른 역에는 자리가 있지 않을까?"

크윈이 말했다.

나는 망설였다. 제이의 숨결에서 술 냄새를 맡고, 내 신발에서 한 뼘 정도 떨어져 있는, 먼지가 잔뜩 묻은 제이의 작업 신발을 보면서 나는 마음을 다잡지 못했다.

그때 낯선 소리가 들렸다.

깊은 울림과, 뒤이어 따라오는 고요하지만 높은 소음.

지상에 또다시 폭격기가 가까워지고 있는 게 분명하다. 폭격기가 배를 열면 폭탄이 웅웅대며 날다가 이 도시 아래로 툭 떨어질 거다.

그 소리는 우리에게 들리지 않는다.

여기 땅속 깊은 곳에서 우리는 제이의 코 고는 소리를 듣고 있다.

그는 철근에 비스듬하게 기대어 새우처럼 웅크리고 있다. 이불도 없이 포트와인 병만 꼭 쥔 채. 녀석의 입은 반쯤 벌어져 있고 얼굴은 어둠 속에 묻혀 있다.

"당분간은 깨어나지 않을 것 같아."

로비가 속삭였다.

크윈과 나는 서로를 바라봤다. 우리는 폭격된 집에서 물건을 훔쳐 온 누더기 같은 녀석 옆에서 자고 싶지 않았다. 상상해 보라. 우리 집이 무너져서 가족들과 함께 어디 지하에 들어가 있어야 하는 상황인데, 다음 날 짐들이 무사히 살아남았길 바라는 마음으로 집으로 갔더니 제이와 그의 친구들이 먼저 훔쳐 갔다면. 마지막 남은 물건을 전부 훔쳐 갔다면.

우리는 제이 옆에서 자고 싶지 않지만, 이불을 짊어지고 이 도시를 헤매고 다니며 사람들로 가득 찬 승강장과 믿을 수 없을 만큼 빽빽한 대피소에 눕고 싶은 마음은 더욱 없었다.

"내일 아침에 아주 빨리 일어나면, 그땐 아마 자고 있을 거야."

크윈이 속삭였다.

나는 고개를 끄덕였다.

"그러면 바로 경찰에 신고하면 돼."

"음…… 뭐 그러면 될 거야. 일단 나 우리 집에 갔다 와야 겠어. 우리 부모님이 지금쯤이면 보석이 사라진 걸 눈치챘을 거야. 경찰이 나도 찾고 있는 중일 테고. 그러니까 네가 제이 를 신고하기 전에 내가 먼저 사라져야 해."

"좋아. 아마 경찰이 데려가겠지."

내가 말했다.

21

누군가 내 다리를 쳤다. 나는 그대로 잠에서 깼다. 살금살금 움직이는 발소리가 들렸다. 눈을 다시 꼭 감았다가 번쩍 떴다.

뭔가 느낌이 이상하다.

역무원 목소리가 들리지 않는다. 아무도 기차역을 나가라고 고래고래 소리치지 않는다. 벌떡 일어나서 모두 자고 있는 걸 확인한다.

제이만 빼고 전부 다.

포트와인 병은 여전히 그 자리에 있지만, 제이는 우리에게서 최소 열다섯 발자국 떨어진 곳에서 점점 더 멀어져 가고 있다. 나는 움직이지 않고 그를 가만히 바라봤다. **경찰이 데려가겠지**, 라고 어제저녁에 분노하며 말했었다. 하지만 지금 난 꼼짝 못하고 있다. 아무도 깨우지 않고, 악당이 도망간다고 소리를 지르지도 않는다.

반원 모양 터널에서 그림자가 점점 작아져 간다. 나는 주먹을 불끈 쥐었다. 저게 녀석의 마지막 모습일까? 제이에게 이성이 있다면, 절대 다시 돌아오지 않을 것이다. 우리가 너무 많은 걸 알고 있으니까. 런던에는 지하철 승강장이 수백 개도 넘게 있다. 그리고 그곳엔 녀석에게 사기를 당하고도 남을 낯선 사람들이 차고 넘친다.

그런데 몇 분 후 제이가 다시 돌아왔다. 내 심장이 멈춘다.

당연한 일이다. 포트와인을 한 병 다 마셨으니 냄새나는 소변 통으로 가야만 했겠지. 이제 비틀대지 않는 녀석이 점점 가까워진다.

크윈을 깨워야 하나? 자는 척을 해야 할까?

그런데 그때 녀석이 나를 바라봤다.

"오우, 제길. 완전 목말라!"

녀석이 쉰 목소리로 말하더니 털썩 앉았다.

"아직 차 남아 있어?"

제이가 아무렇지 않은 듯 물었다. 마치 자기가 도둑질이나 하는 누더기 같은 놈이 아니라는 듯.

나는 주저했다. 몇 시간 뒤에 우리는 제이를 경찰에 신고할 것이다. 아침이 지나면 그를 다시 볼 수 없게 될지도 모른다.

하지만 지금은 아직 아침이 지나지 않았다.

우리 둘 빼고 나머지는 자고 있다. 이 새벽의 그 몇 분 동안 우리는 모든 것에서 벗어난다. 지금 여기는 새장이 없는 시간이다.

나는 아침에 먹으려고 준비해 놓은 차가 든 보온병을 손에 들고 천천히 일어섰다. 제이는 우리 맞은편 철근 뼈대 사이에 앉아 있고, 그 옆에는 어제저녁에 미처 팔지 못한 빈자리들이 남아 있었다.

제이한테서 술 냄새와 검게 탄 나무 냄새가 났다.

나는 녀석의 옆에 말없이 앉았다. 보온병 뚜껑을 돌리고 차를 따라 작은 컵을 그에게 건넸다. 어쩌다가 제이가 내 손가락을 잡았고, 그 순간 나의 온몸에 전율이 파도처럼 몰아쳤다.

그의 피부는 거칠고 따뜻했다. 나는 모든 걸 한번에 느꼈다. 우리 둘 다 살아 있다는 것, 피가 정맥을 타고 돌진하는 지금 이 순간 우리가 아주 가까이에서 숨을 쉬고 있다는 것, 히틀러가 어딘가에서 상체를 숙여 지도를 보고 작은 인형들을 옆으로 옮기는 동안 소이탄이 하늘을 가르고 있다는 것이 느껴졌다. 그리고 내 방에 홀로 누워 있었던 지난 몇 달을 떠올렸다. 전쟁은 이미 시작되었지만, 아직 아무 일도 일어나지 않았던 그 당시 말이다. 내가 아는 모든 사람이 감염될까봐 나를 두려워했던 그때.

내가 팽창된 외로움 속에서 몸부림치고 있던 그즈음, 언젠가부터 세상이 뒤바뀌었다. 사람들은 이제 날 두려워하지 않지만, 내가 그들에게 두려움을 느끼게 되었다.

불현듯 모든 게 분명해졌다. 어떤 몸이든 몸에는 침과 점액, 땀으로 구성된 폭탄이 존재하며, 심지어 하루 종일 이불 속에 누워 있어야 하는 몸도 그런 흥분을 느낀다.

제이는 꽤 오래 내 손가락을 잡고 있다가 어느새 잔만 붙들고 있었다. 차를 후루룩 마시고 곧바로 한 잔 더 달라고 했다. 나는 차를 따르고 잔을 제이 쪽으로 쑥 내밀었다. 그러나 녀석은 내 손가락이 어디쯤에 있는지 알고 조심스레 잔의 테두리를 잡았다.

"너는 지옥이 있다고 생각해?"

제이가 갑자기 물었다.

"음…… 응. 있을 것 같아. 아니면……"

제이가 내 말을 막았다.

"나는 그런 이야기들이 항상 너무 과장되어 있다고 생각해. 뭐 그렇기는 해도, 몇 시간 전에 내가 거기에 있긴 했지."

"지옥에?"

"어."

그가 머리를 쓸어 넘겼다. 나는 그의 팔과 볼, 이마에 묻은 재를 보았다.

"우리 아빠는 진짜 나쁜 사람이었지만, 그래도 어떻게 지내는지 보고 싶었어. 아직 살아 있는지. 그래서 실버타운으로 갔어. 우리가 거기에 살거든."

그가 헛기침을 했다.

"으흠. 아니 거기에 살았거든."

나는 말 한마디 없이 옆에 앉아 있었다.

"나 라임하우스를 지나갔거든."

제이가 계속 말했다.

"캐너리 워프랑 팝러, 캐닝 타운을 지나서. 그 항구 주변에 창고며 공장들이 전부 박살 난 동네를 돌아다녔어. 집도 수천 채가 넘는 그 동네. 뭐 지금은 완전히 다 무너져 있지."

그가 내 팔을 붙잡았다. 내 피부 위에서 불꽃이 춤을 춘다.

"거긴 지옥이야. 그 동네의 반이 불에 타서 연기가 계속 피어오르고 소화 용수가 쏴아 뿌려지고 있지. 그리고 불씨가 다 사라지기도 전에 다음 날 밤이 또 찾아와. 심하게 다친 사람들이 잔해 속에서 구조되고, 삽을 든 남자들이 파편과 잔해 더미를 파내면서 여기저기 흩어진 손과 발, 다리, 머리 같은 것들을 최대한 많이 찾아내고 있다고……"

"그만해."

내가 목소리를 낮추었다.

"싫어!"

제이가 속삭였다.

"지금 벌어지고 있는 일이야. 여기에서 몇 킬로 떨어지지 않은 곳에서. 이 도시는 파괴될 거라고. 그러면 우리가 뭘 할 수 있겠어? 아무것도 없어! 왜냐면 이 전쟁은 우리의 전쟁이 아니니까…… 나는 아직도 군인이 될 수 없고, 크윈은 간호사가 될 수 없어. 눈앞에서 런던이 불에 타는 걸 보고 있는데도 말이지. 그러는 사이 우리의 삶은 이렇게 궁핍하고 초라해지기 시작했고……"

제이가 내 팔을 놓았지만, 내 살갗에는 아직도 불꽃이 춤을 추고 있다. 그는 분노로 격렬하게 타오르는 소년이다. 그리고 나는 녀석이 나와 정확히 똑같은 감정을, 그 무기력함을 느끼고 있다는 사실을 믿을 수가 없다.

"우리한테 뭐가 남아 있는데? 우리는 망가져 가고 있는 동안에도 얌전히 줄이나 서 있어야 하잖아! 그런데 어떻게 그놈들은……"

제이가 이를 꽉 깨물고 있다는 것이, 그의 분노가 활활 타오른다는 것이 느껴졌다.

"그 개자식들은 늘 날 못살게 굴면서 내가 동참할 거라고 생각하지. 빌어먹을 내 인생의 티끌만큼도 내가 결정한 건 없다고. 아빠는 역겨운 인간이고, 엄마는 갓 낳은 로지를 품에 안고 피를 흘리며 죽어 갔어. 그런데 이제 가난한 사람들에게는 대피소가 필요하지 않다는 이유로 동쪽 끝 지역 전체를 폭발시키고 비참하게 죽이고 있어…… 세상이 이 지경인데 자리를 맡아 놓고 팔면 안 된다고, 누가 감히 그런 소리를 해? 다른 사람은 날 신경도 쓰지 않으니까 내가 나 자신을 돌보고 챙기겠다는데 대체 누가 안 된다고 지껄이냐고!"

뺨 위로 눈물방울이 뚝 떨어지지만, 나는 눈물을 닦지 않았다. 내가 우는 걸 그가 알아채지 않았으면 좋겠다.

나는 녀석의 질문에 답을 하지 않았다.

대답을 하지 않는 것 말고 다른 대답은 없다. 우리가 모두 그렇게 생각한다면 싸울 가치가 있는 건 아무것도 남지 않는다. 그리고 우리가 모두 악당이라면, 사실 누가 이기든 상관없는 셈이다.

"네 아빠 찾았어?"

내가 조용히 물었다.

그가 비아냥거리듯 실실 웃었다.

"응. 지옥 한가운데에서도 아빠는 술집을 찾아냈더라고. 아빠 문제는 아빠한테 맡겨야지! 건물 전면이 다 무너졌는데도 장사를 하는 데가 있더라. 가게 앞길에 있는 표지판에 이렇게 적혀 있어. '평소보다 더 오래 영업합니다'. 아빠는 그 문구를 진짜 재밌어했어."

"그다음엔?"

제이가 어깨를 으쓱했다.

"아빠 옆에 앉았지. 아빠가 나한테 술 한잔을 시켜 줬고, 나는 돈이 어디에서 났냐고 물었어. 그랬더니 런던의 어마어마하게 큰 사탕 가게에서 났다고 그러더라. 호두 같은 존재인 집들과 그 호두를 깎는 폭탄. 사람들은 보통 대피할 곳으로 가면서 돈과 보석을 가져가긴 하는데, 언제나 조금씩은 남아 있기 마련이라고. 그게 지금 아빠가 하고 다니는 일이야."

"그래서 네가……"

나는 침을 삼켰다.

"너는 그게 정말 좋은 아이디어라고 생각하는 거잖아. 너도 그렇게 해야겠다고 생각하는 거잖아."

"이 나라 놈들은 십육 년 동안 날 못살게 굴었어. 그런데 내가 왜 그놈들의 규칙을 지켜야 해?"

불꽃이 이제 더는 내 살갗을 찌릿찌릿하게 하지 않는다. 불꽃이 화가 나서 온몸을 질주하는 느낌이 든다. 내가 남자였다면, 제이를 한 대 후려쳤을 것이다.

"너는 히틀러의 주머니를 터는 게 아니야."

내가 목소리를 낮췄다.

"건방지고 싸가지 없는 사람 물건을 훔치는 것도 아니야. 너는 조금 전에 집이 폭파된 사람의 물건을 훔친 거라고!"

한동안 그는 아무 말 하지 않더니 한숨을 푹 내쉬었다.

"난 정말 노력했어. 정말이야. 맹세해. 돌아오는 길에 지붕이 없는 어떤 집을 지나쳤어. 찢어지게 가난한 사람이 사는, 거의 쓰러질 것 같은 집은 아니었어. 그렇게 풍족하게 사는 집은 또 아니어서 경찰이 집 앞에 서서 잔해 더미를 지키고 있지 않더라고. 그래서 안으로 들어갔어. 벽이 다 허물어져 있고, 석고도 다 떨어져 있었어. 나는 낯선 집 안을 돌아다녔지……"

그가 목을 가다듬고 계속했다.

"으흠, 돌아다니다가 은으로 된 상자 하나를 발견했어. 아이 것 같았어. 위에 토끼가 그려져 있는 상자였어. 상자를 손으로 잡았더니 갑자기 막 토할 것 같은 거야. 못하겠더라. 그래서 포트와인 한 병만 가지고 밖으로 뛰쳐나왔어."

녀석이 침묵했다. 나도 말을 하지 않았다.

제이는 토끼가 그려진 은 상자를 두고 나왔다.

순간 이 세상이 철근 세 개 만하다는 느낌이 든다. 제이 옆의 철근 하나와 내 옆의 하나, 그리고 우리 사이에 있는 또다른 철근 하나. 그게 전부다. 그의 숨결과 내 숨결, 그리고 우리의 것이 아닌 전쟁.

"아, 머리 아프다."

제이가 늘어지게 하품을 했다.

"포트와인도 날 못살게 괴롭히네."

제이가 자리에 누워 이불을 턱까지 끌어올리고 눈을 감았다.

나는 아무 말 없이 녀석 옆에 앉아 있다. 내 꽃무늬 이불은 반대편에 있지만 그런 건 상관없다. 어쨌든 나는 잠을 자지 않을 거니까.

나는 구부정한 내 다리를, 신발끈 구멍이 많고 목이 긴 내 신발을 응시했다. 머릿속에서 제이의 목소리가 들린다.

절름발이.

22

내가 다니던 학교다.

가을 햇빛 아래에서 나는 오래된 건물을 바라본다. 아무런 소음도 들리지 않는 텅 빈 교정을 바라본다. 훌라후프나 줄넘기를 하는 여자애들도 없고, 싸움 놀이를 하는 남자애들도 없다. 나는 애처로웠던 지난날을 생각해 내려 노력하지만 잘되지 않는다.

지난 새벽에 있었던 일만 떠오를 뿐이다. 제이가 내게 해준 이야기들만. 내 살갗에 닿은 그의 손가락과 컴컴한 어둠 속 오직 우리 둘만 존재하는 것 같았던 그 느낌만 떠오른다.

어제만 해도 나는 열네 살이 인생의 절대적인 최저점이라고 확신했었다. 하지만 지금은 그게 아닐 수도 있다는 생각이 든다.

지금부터가 내 인생의 시작일 수도 있다.

나는 스스로를 자제시키며 나 자신에게 끊임없이 말하고 또 말한다. 지금은 전쟁이다. 얼굴에 미소를 띠고 거리를 산책할 수 없는 날들이 계속되고, 결코 그립지 않을 밤들이 계속되고 있다.

하지만 지금도 온몸에서 감각되는 불꽃을 어떻게 잊을 수 있을까?

나는 교문을 열고 햇살이 비치는 교정을 걸었다.

학교에 마지막으로 온 건 지난여름이었다. 방학이 시작되었고, 나는 친구들에게 신나게 손을 흔들었다. 이제 친구들과 나는 기나긴 나날 비가 내리면 쿰쿰한 교실에 웅크리고 앉아 있던 때를 더 이상 상상조차 할 수 없다.

그런 일은 일어나지 않을 거다.

8월 마지막 주에 나는 병에 걸렸다. 9월의 첫날, 전쟁이 시작될 거고 곧이어 지방으로 대피해야 한다는 소식을 모두들 접했다. 내 친구들이 방독면을 쓰고 여행용 가방을 메고 기차에 올라타 노래를 부르는 동안 나는 철의 폐에 누워 있었고, 로비는 꼼짝없이 집에 격리되어 있었다.

그리고 지금 우리 학교는 피난처가 되었다. 나는 양쪽 문을 열고 안으로 들어가자마자 멈춰 섰다. 연필깎이로 깎은 나무껍질 냄새와 축축한 신발 냄새가 나곤 했던 입구에서 이제는 소독제와 불에 탄 냄새가 진동했다.

거긴 지옥이야, 라고 어젯밤에 제이가 말했다. 그리고 여

187

기에 있는 사람들은 그 지옥에서 살아남은 자들이다. 남자들은 화가 나서 언성을 높이며 알아들을 수 없는 말을 하는 중이고, 머리칼에 피가 묻은 백발 할머니는 추가 달린 대형 괘종시계와 식물이 든 화분을 낑낑대며 끌고 있으며, 너덜너덜한 옷을 걸쳤지만 반은 벌거벗은 거나 다름없는 아이들은 무심히 앞을 응시하고 있다.

"엘라!"

크윈이다. 그녀는 새빨간 스카프를 머리에 두르고 매듭을 아주 화려하게 묶어 머리 위쪽에 얹어 놓았다.

"이리 와. 나 좀 도와줘."

그녀는 나를 끌고 각종 용지가 산처럼 쌓인 책상과 웃고 있는 어린아이들 앞을 지나 화가 난 남자들 무리를 가로질렀다.

"오늘만 벌써 바퀴벌레를 두 마리나 밟았어."

크윈이 속닥거렸다.

"벼룩 때문에 돌아 버릴 것 같지만 여기에 내일 또 오려고. 내일모레도. 이곳에 내가 필요하거든. 내 인생에서 처음으로 뭔가…… 쓸모 있는 존재가 된 것 같아."

크윈은 나를 복도 끝에 있는 부엌으로 데리고 갔다. 창문에 물방울이 맺혀 있고, 아궁이 위의 거대한 솥에 물이 담겨 있었다.

"여기 좀 봐 봐!"

크윈이 썩은 채소가 수북한 상자를 가리켰다.

"대체 이게 다 뭔데? 이불 나눠 주고 서류 작성하는 건 내가 할 수 있어. 그런데 나보고 이제 수프를 만들라잖아! 살면서 요리를 해 본 적이 한 번도 없다는 소리를 어떻게 하니? 그러면 내가 평범한 사람이 아니라는 걸 분명 눈치챌 텐데……"

크윈이랑 두 마디만 해도, 그리고 그녀가 세 걸음을 걷는 모습만 봐도 누구든 크윈이 평범한 사람이 아니란 걸 알 수 있다. 하지만 나는 크윈에게 그 말을 하지 않았다. 벽걸이에 걸린 앞치마를 가져와 서둘러 조리대로 갔다.

"이건 파스닙이야."

내가 기다랗고 노란 뿌리를 들어 올렸다.

"이건 콜라비고, 감자는 너도 알잖아, 그치?"

크윈이 킥킥 웃기 시작했다.

"이게 원래 모습이야? 내 접시에 올려져 있던 감자들은 대체로 그라탱이나 부드러운 퓌레처럼 되어 있거나 위에 버터가 얹혀 있었는데……"

잠시 후 우리는 조리대 앞에 나란히 섰다. 크윈은 태어나서 처음으로 감자 껍질을 깎고, 나는 큼직한 칼로 콜라비를 다듬었다.

"오늘 아침은 어땠어? 경찰이 제이를 체포했어?"

크윈이 물었다.

"음, 그게……"

내 칼이 공중에서 갈 길을 잃고 멈추었다.

"사실은 경찰에 신고하지 않았어."

"뭐? 그러면 걔는 오늘도 다른 집에 들어가서 도둑질할 텐데?"

"아니야. 그렇게 하지 않을 거야."

내가 말했다.

우리는 주방 창문을 열었다. 낮게 걸린 가을 햇빛이 안으로 들어오고, 빛줄기 속에 수많은 먼지가 둥둥 떠다녔다.

나는 숨을 깊게 마신 다음 제이의 아빠에 대해 이야기했다. 토끼 그림이 그려진 은 상자에 대해, 제이가 매주 돈을 보내 줘야 하는 그의 어린 여동생과 남동생들에 대해 말했다. 나는 뺨이 따뜻해지는 걸 느끼면서, 그에 대해 몇 시간은 더 이야기할 수 있을 만큼 그를 더 잘 알고 싶다고 생각했다.

내가 말을 마치자 크윈이 나를 진지하게 쳐다봤다.

"엘라……"

크윈이 주저하며 내 이름을 불렀다.

"왜?"

"제이가 너하고만 이야기한 거 너도 알지? 걔는 우리 돈을 원하니까. 제이는 자기를 도와줄 사람으로 로비가 필요하고, 내가 자릿값을 내기를 바라고 있어. 그게 걔의 목적이야."

크윈의 말이 내 배를 한 대 퍽 때렸다.

"나도 당연히 알지."

내가 차갑게 대꾸했다.

"다행이네. 네가 어리석게 굴지 않아서 정말 다행이다. 솔직히 걔 너한테 진짜 못되게 굴었잖아."

나는 칼을 더 세게 움켜잡았다.

크윈은 내가 전에 다니던 학교의 주방에 서 있다. 감자 껍질을 한 번도 깎아 본 적 없고, 게다가 나랑 한 살 차이밖에 나지 않는다. 그런데도 이 세상의 모든 일을 잘 아는 레이디 크윈타나다.

그리고 나는 어디서 굴러들어온 건지 모르는 불량소년이 말을 걸어 주면 기뻐하는 가련한 장애인이다.

"네가 걔를 잘 살펴보고 있다는 거, 나도 알고 있어."

크윈이 조용히 말했다.

"그리고 이해해. 넌 얼마 전까지 일 년 동안이나 침대에 누워 있었으니까. 그 어떤 것도 익숙하지 않을 거야. 하지만 그런 애는 진짜 악당이야. 걔가 어제 술에 취해서 우리한테 나불거렸던 말 기억해?"

"당연하지."

내가 답했다. 칼이 햇빛을 받아 반짝였다.

"그리고 나서 몇 시간 뒤에 걔가 너한테 그 쓸데없는 은상자에 대해 말한 거야. 자기가 안 훔쳤다고. 그다음 다시 셔츠를 벗는 거지. 그러면 너는 걔를 영웅이라고 생각할 테니까……"

191

멀리서 화난 남자의 고함이 들렸다. 여자가 흥분해서 같이 화를 내자 아기가 울기 시작했다.

"의심할 여지가 없어."

크윈이 덧붙였다.

"걔는 슬럼가를 떠돌거나 감옥에 갈 거야. 여기에 처음 왔을 땐 우리가 걔를 잘 이용할 수 있었지. 하지만 이제 다 지나갔어. 나는 걔가 욕을 하는 것도 더는 두고 볼 수 없어. 그리고 널 모욕하는 것도 보고 싶지 않아. 앞으로는 터널에서 자지 않을 거야."

"우리가 제이를 이용했다고?"

내가 크윈이 한 말을 되물었다.

그녀가 고개를 끄덕였다.

"그럼 내일은? 네가 철저하게 이용할 수 있는 새로운 부하를 찾아 나서겠네?"

내가 따져 물었다.

나는 크윈의 얼굴이 굳어지는 걸 두 눈으로 보며 계속 말했다.

"네가 잊은 게 하나 있어. 이 동네에서는 그 누구도 슬럼가에서 인생을 끝내지 않아. 우리가 이미 이곳에 있으니까. 내가 있는 이곳이 슬럼가야. 세바스찬 말이 맞았어. 우리는 모두 새장 안에 살아. 우리는……"

"세바스찬?"

그녀가 끼어들었고, 나는 말을 삼켰다.

우리는 숨도 쉬지 않은 채 마주 보고 서 있었다.

"세바스찬이 너한테 언제 그런 말을 했어?"

크윈이 목소리를 낮추고 물었다.

작은 먼지들이 우리를 에워싸고 춤을 춘다. 나는 무심코 말을 뱉어 냈지만 뭐 별로 큰일은 아닌 것 같다. 이젠 내 영향력이 더 세다. 크윈보다 내가 더 많이 알고 있으니까.

"어제."

내가 답했다.

"세바스찬한테 갔었어? 나 없이?"

나는 고개를 끄덕였다.

"어떻게 그래!"

"그렇게 됐어. 내가 어떻게 그랬을까."

내가 말했다.

"네가 대체 왜? 세바스찬은 내 오빠야."

"맞아. 세바스찬은 네 오빠고 폭탄은 떨어지고 있어. 이 도시의 모든 사람들은 누군가를 잃고 있다고. 그래서 세바스찬에게 우리가 매일 밤 터널에 숨어 있다는 말을 했어."

크윈의 얼굴이 하얗게 질렸다.

"리버풀 스트리트역으로 온대? 정말? 온다고 했어?"

"아니. 아무 말 안 했어. 터널에 대해 이야기했는데, 그 뒤로 아무 말 하지 않던데."

크윈도 더 이상 아무 말 하지 않았다. 그 순간 그녀는 이 세상의 레이디 크윈타나가 아니라 길 잃은 소녀 같아 보였다.

"난 널 돕고 싶었어."

내가 말했다.

"그러니까 넌 네가 어디에 머물고 있는지 주위를 잘 둘러봐. 그리고 제발, 네 수프는 네가 요리하고!"

나는 조리대 위로 칼을 탁 던지고 앞치마를 벗은 다음 주방을 나섰다. 쓸쓸해 보이는 벽에 걸린 옷걸이들을 지나 기다란 복도를 따라가며 몇 시간 후에 다시 시작될 공습경보의 도시로 돌아간다. 크윈이 터널에 내 자릿값을 내주지 않을 테니, 정어리 통조림에 든 정어리들처럼 사람들이 빽빽하게 들어찬 승강장으로 돌아간다.

나는 크윈을 도와주러 이곳으로 왔다. 그런데 다 엉망이 되어 버렸다. 어젯밤의 불꽃과 어둠 속의 제이 얼굴, 셔츠를 벗고 있는 녀석의 맨 팔도 이젠 떠오르지 않았다. 크윈의 말만 머릿속을 맴돌았다.

제이가 너하고만 이야기한 거 너도 알지? 걔는 우리 돈을 원하니까.

솔직히 걔 너한테 진짜 못되게 굴었잖아.

다시 셔츠를 벗는 거지. 그러면 너는 걔를 영웅이라고 생각할 테니까……

지금은 전쟁 중이다. 얼굴에 미소를 띠고 거리를 산책할 수 없는 날들이 계속되고, 결코 그립지 않을 밤들의 연속이다.

가련한 장애인은 더 이상 속아 넘어가선 안 된다.

23

지난 사흘간 세상이 평소보다 더 크게 느껴졌다. 크윈에게 병원으로 가는 길을 알려 주었을 때, 크윈이 내 새장의 문을 비밀스럽게 아주 조금 열었다.

세바스찬의 노래를 들었을 때, 완전히 새로운 산소가 내게로 파고들었다.

어젯밤 제이와 이야기를 나눴을 때, 우리 사이에 더는 창살이 존재하지 않았다.

그럼에도 지금 나는 우리 가족에게 돌아왔다. 어찌해야 좋을지 모르겠다. 저녁 여섯 시다. 승강장에 음식이 담긴 바구니가 마련되어 있다. 엄마가 샌드위치를 꺼내고 내가 차를 따르는 동안 삼촌과 숙모는 기다리고 있다.

"얘는 대체 어디에 가 있니?"

엄마가 불안한 듯 물었다.

나는 엄마가 왜 제이가 여기로 올 거라고 생각하는지 이해가 가지 않아 엄마를 뚫어지게 쳐다봤다. 제이는 우리랑 같이 밥을 먹은 적도 없고, 엄마는 그 애를 딱 한 번, 내가 정신을 잃고 쓰러져서 그 애가 나를 승강장 위로 올렸을 때, 그때밖에 보지 못했다.

"내가 찾으러 가 볼게요."

삼촌이 말했다.

그제야 나는 엄마가 제이를 말하는 게 아니란 걸 알았다. 엄마는 로비 얘기를 하고 있었다.

내 남동생이 보이지 않았다.

진짜 악당은 다른 사람이 아니라 나였다. 나는 딱딱한 승강장에 앉아 음식 바구니를 응시하면서도 로비가 없다는 걸 인식하지 못했다.

"우리가 위쪽을 찾아볼게요."

삼촌이 숙모에게 눈짓하며 말했다.

"엘라, 네가 왼쪽 승강장에 가 볼래?"

엄마의 얼굴이 심각했다.

"엄마는 오른쪽을 살펴볼게."

내가 고개를 끄덕였다. 아직 걱정할 시간은 아니다. 여기 땅 아래에는 모퉁이마다 말썽꾸러기들이 도사리고 있다. 저녁마다 재미 삼아 지하철을 타고 이 역에서 저 역을 오가는 아이들이 있다. 그들은 메아리가 울리는 복도에서 술래잡기를 하고, 빵과 쿠키가 올려진 쟁반을 목에 걸고 돌아다니는 예쁘장한 여자아이를 괴롭힌다. 제이가 팔 자리를 맡아 놓는 일을 하지 않는다면, 로비는 언제든 모험을 떠날 준비가 되어 있었다.

저녁 여섯 시만 제외하면 언제든.

저녁 식사는 거룩한 시간이다. 저녁 식사를 건너뛰는 경우는, 어디선가 피를 흘린 채 발가락에 가방 이름표를 달고 누워 있을 때뿐이다.

사람들로 붐비는 승강장에서 나는 좁디좁은 선처럼 기다랗게 나 있는, 아직 남은 공간을 걸어가면서 무리 지어 있는 사람들을 점점 빠르게 훑었다.

사람들은 저마다 앉아서 재잘대며 차가운 파스타를 먹고 사과주를 마시고 있었다. 안대를 낀 어떤 할머니가 카드 게임에서 또 이기자 사람들이 환호하며 즐거워했다.

수십, 수백 명의 사람들이 있었다. 그러나 로비는 없었다.

"엘라."

엄마가 날 불렀다.

"터널에 가 봤니? 밤마다 너희 거기에서 자잖아."

"거기에는 없을걸요?"

나는 곧바로 답했다.

"지금 밥 먹는 시간이잖아요. 로비가 모를 리 없어요!"

"그렇지. 그런데도 로비가 안 오네……"

엄마가 그대로 멈춰 섰다. 내가 어떻게 해결할 수 없다는 걸 나는 잘 안다.

불발탄, 불발탄, 빌어먹을 불발탄. 나는 속으로 욕을 했다. 어둠 속 구멍 앞에는 도망갈 곳이 없다.

다시는 보고 싶지 않은 그 녀석 앞에는 도망갈 곳이 없다. 나는 저주받은 터널 안으로 다시 들어가야 한다.

승강장에서 아래로 폴짝 뛰어내리자 심장이 아프도록 쿵쿵 요동쳤다. 거대한 철근을 밟고 어스름한 어둠 속을 어기적대며 걸었다. 언제나 그렇듯 터널 안은 후텁지근했다. 수많은 사람들로 이루어진 뜨뜻하고 미끄덩한 바닷물이 이제 모기까지 끌어들였다. 쥐와 벼룩, 진드기는 이미 있었지만, 이제는 여기 땅속 깊은 곳에 모기까지 날아다녔다.

등줄기로 땀이 타고 흐르는 걸 느끼며 나는 스스로에게 말했다. 그 녀석을 차갑게 대해야 해. 녀석의 사탕발림에 속아 넘어가지 않을 거야. 가족에게 돈을 보내든지 말든지, 자리를 팔고 나를 욕되게 한 그 녀석은 아무튼 비열한 놈이니까.

그러고는 나는 그 자리에 멈춰 섰다.

저쪽에 제이가 러닝셔츠만 입고 앉아 있었다. 그리고 나는 몇 초를 흘려보낸 뒤에야 여기에 왜 왔는지 겨우 생각해냈다.

"제이……"

녀석이 고개를 들었다. 아무도 보고 있지 않을 때 녀석의 얼굴이 어떤지 나는 단번에 확인했다. 거만함이라고는 손톱의 때만큼도 없고 무심한 눈빛도 전혀 없다.

"로비가 어디에 있는지 알아?"

"아니."

그가 다리를 쭉 뻗었다.

"걔 만나면 나한테 한 대 맞아야 해. 여기에 있기로 나하고 약속했거든."

"마지막으로 본 게 언제야?"

"오늘 아침."

제이가 양쪽 눈썹을 위로 추켜올렸다.

"밥 먹을 때도 없었어?"

나는 고개를 저었다.

"사라졌어."

어스름한 빛 속에서 우리는 서로를 바라봤다. 손이 덜덜 떨렸다. 로비가 있을 만한 곳은 여기가 마지막이었다.

"혼자서도 잘 찾아올 거야."

제이가 말했다.

"나도 알거든!"

나는 얼굴에 붙은 머리카락을 신경질적으로 뒤로 넘겼다.

"나 다시 가야 해."

제이가 자리에서 일어나 셔츠를 집어 올렸다.

"같이 가."

녀석이 내게 다가와 바로 앞에 서서 차분하게 단추를 잠갔다. 단추가 하나씩 채워질 때마다 크윈이 했던 말이 점점 멀어져 갔다.

"거기에 가만히 서서 뭐하는데? 로비 찾아야 할 거 아니야."

제이가 물었다.

"저 자리들은 어쩌려고?"

내가 아직 더 팔아야 할 빈 담요들을 가리켰다.

제이가 어깨를 으쓱했다.

"내일도 날이잖아. 지금은 일단 로비를 한 대 쥐어박으러 가야 해. 자, 가자고. 절름발이!"

나는 암흑 속에서 그를 따라갔다. 그가 먼저 승강장으로 펄쩍 뛰어오르더니 내게 손을 내밀었다. 그러고는 말없이 나를 당겨 올려 주었다.

제이와 함께 우리 가족이 있는 곳으로 갔다. 그사이 엄마 얼굴이 그 어느 때보다 창백해져 있었다.

"로비는 오늘 하루 종일 터널에 없었어요."

내가 말했다.

삼촌이 이마에 맺힌 땀방울을 훔쳤다.

"위에 있는 경비대원도 어떻게 도와줄 방법이 없다네. 어쩌면……"

제이가 날카롭게 휘파람을 불며 먼지를 뒤집어쓴 남자애에게 손짓을 하는 바람에 삼촌이 말을 멈추었다. 그 남자애는 우리 자리에서 다섯 자리 정도 떨어진 곳에 있었다.

　그 애가 곧바로 우리 쪽으로 달려왔다.

　"너 로비 알지? 너희 같이 있는 거 자주 봤어."

　제이가 물었다.

　"응, 왜?"

　남자애는 몇 치수 큰 낡아 빠진 재킷을 입고 있었고, 밑창
이 나무로 된 신발을 신고 있었다.

　"오늘 로비 봤어?"

　아이가 고개를 끄덕였다.

　"오늘 오후에, 밖에서 줄 서 있던데."

　"지하철역 철문이 열렸을 때 로비가 안으로 들어갔어?"

　"아니. 원숭이 잡으러 갔어."

　"원숭이? 어떤 원숭이?"

　삼촌이 무섭게 되물었다.

　아이가 씨익 웃었다.

　"오늘 새벽에 동물원이 폭격을 당해서 원숭이들이 도망
쳤대요! 지금쯤 원숭이들이 공원에서 마음대로 뛰놀고 있을
거예요. 신문 배달부가 직접 말하고 다녔어요……"

　가족들이 흥분해서 서로 말을 주고받는 동안 나는 꼼짝없
이 멈춰 서 있었다.

　런던 동물원이 떠올랐다. 여기에서 걸어서 한 시간 반 정
도 걸리는 곳에 있다. 조그마한 얼굴에 핑크빛이 도는 원숭

이를 나는 잘 알고 있다. 그 원숭이들은 잿빛의 갈색 털에 우수에 잠긴 듯한 사람 눈을 하고 있다.

매년 생일 때마다 로비는 원숭이 바위에서 원숭이를 한참 바라보곤 했다. 당연히 낙타 등에 올라타기도 하고 코끼리에게 땅콩을 몇 개 주기도 했지만, 언제나 중요한 건 원숭이였다.

그리고 지금, 로비의 인생에서 중요한 세 가지가 한 군데로 모여들었다. 도망친 원숭이와 폭탄, 그리고 모험.

제이가 나를 바라봤다.

"로비 걔 진짜 머리가 어떻게 된 거 아냐? 정말 혼자 공원으로 갔다고?"

제이가 목소리를 낮추고 물었다.

"응. 두말하면 잔소리지."

지하철이 선로로 들어왔다. 문이 열리고 사람들이 썰물처럼 쏟아져 나오는데도 나는 인식조차 하지 못했다. 우리는 대피할 곳을 찾는 피난민이다. 지하철 승객이 아니라. 몇 시간만 지나면 지하철이 운행을 멈추고, 지하철역 전체가 우리의 것이 된다.

"경찰한테 가 봐야겠구나. 곧 어두워지는데 로비가 거기에 혼자 있으면……"

엄마가 말했다.

바로 그때 제이의 손이 내 팔에 닿았다.

"같이 갈래?"

제이가 속삭이며 출발할 준비를 마친 지하철을 가리켰다.

"우리가 경찰보다 훨씬 더 빨리 로비를 찾을 수 있어."

"리젠트 공원으로 가자는 거야?"

나는 또다시 불꽃을 느꼈다. 영원히 사라져야 했을 불꽃이 전에 없이 번득인다.

"같이?"

제이가 고개를 끄덕이더니 바로 행동으로 옮겼다. 우리 가족의 이불 위에 있는 샌드위치 하나를 잽싸게 집어 들고 열린 지하철 문 사이로 번개처럼 빠르게 나를 끌어당겼다.

"우리가 로비 데려올게요."

제이가 지하철 안으로 들어가면서 소리쳤다.

"기다리고 있을게."

엄마가 외쳤지만, 지하철 문은 이미 닫히고 있었다.

"걱정 마세요."

지하철 문 마지막 틈 사이로 제이가 소리쳤다.

"로비 찾아올게요!"

그렇게 문이 닫히고 지하철은 출발했다. 나는 어지러움이 느껴져서 손잡이를 꽉 잡았다. 폭탄이 터질 때 유리 조각이 승객에게 날아들지 않도록 열차 창문에 검은 그물이 쳐져 있다. 그물마다 가운데에 작은 구멍이 나 있는데, 그 사이로 밖을 내다볼 수 있었다.

지하철 속도가 점점 빨라지자 가족들의 놀란 얼굴이 눈앞에서 사라졌다. 잠시 후 사람이 꽉 들어찬 승강장을 지나고 우리는 캄캄한 터널 속으로 빨려 들어갔다.

24

우리가 미친 걸까? 그렇다, 우리는 미쳤다.

제이와 나는 흔들리는 지하철에 나란히 앉아 샌드위치를 입안에 욱여넣었다.

주변 승객들이 우리를 못 본 체했지만, 나는 우리를 바라보지 않는 그들의 시선 속에 담긴 비난을 느꼈다. 제이는 이 열차 칸에서 가장 지저분한 사람이다. 폭격으로 인해 얼마 전 집을 잃은 실버타운 주민은 대체적으로 지하철을 타지 않고, 깡마르고 얼굴이 창백한, 출퇴근할 일이 없는 여자애도 마찬가지로 지하철을 탈 일이 없다.

그러나 우리는 지하철 의자에 나란히 앉아 점점 어둠이 내려앉는 도시를 달리고 있다. 태양이 자취를 감추는 중이다. 어스름이 짙어지고, 그 어느 곳에도 불이 켜져 있지 않다. 런던은 다시 새로운 밤을 맞이할 준비에 들어가고 있다.

나는 말없이 음식을 씹다가, 문득 아주 크게 소리치고 싶은 충동에 휩싸였다. 나는 **결정할 수 있다**, 라고.

우리는 결정할 수 있다. 제이와 나는 열여섯, 열네 살이고, 이 전쟁을 일으킨 건 우리가 아니다. 그런데도 우리에게는 전쟁을 끝낼 수 있는 티끌만큼 작은 기회도 주어지지 않는다. 이런 상황임에도 불구하고 나는 폭격이 시작된 이후 처음으로, 믿기지 않을 만큼, 심한 무기력과 돌아 버릴 것 같은 불안이 전혀 느껴지지 않았다.

우리는 옥스퍼드 서커스역에서 지하철을 갈아탔다. 리젠트 공원역까지 한 정거장 남았다. 헐레벌떡 지상으로 올라갔더니 이미 땅거미가 사라지고 밤이 찾아왔다.

"자. 이제부터 네 차례야. 우리는 공원에 있지만, 나는 이제 아는 게 없어."

제이가 차분하게 말했다.

나는 숨을 깊게 들이마셨다. 어스름 속에서 우리 둘은 보행로 위에 서 있고, 옆에서 나뭇잎이 바스락댄다. 발아래의 바닥이 얼마나 맨들맨들한지 느껴지는 듯하다. 차 지나가는 소리가 들리는 걸 보니 바로 옆에 도로가 길게 나 있는 모양이다. 자동차 헤드라이트의 빛줄기가 바닥의 가느다란 틈새까지 뒤덮는다. 이곳에서 차는 시속 30킬로미터 이하로만 달려야 한다.

"너, 여기 잘 몰라?"

내가 작은 목소리로 물었다.

"동물원에 와 본 적 없어?"

"없어. 우리 가족은 동물 구경에 돈을 쓰지 않아. 쥐랑 벼룩은 공짜인데 뭐. 그러니까 네가 알려 줘. 어디로 가야 해?"

나는 곰곰이 생각했다. 작년에는 아파서 가족들과 동물원에 가지 않았다. 런던 동물원에 마지막으로 가 본 게 이 년 전이다. 그때는 주위를 잘 살피지 않고 아빠 뒤만 졸졸 따라가며 이 거대한 공원을 지나 동물원까지 걸어갔었다.

"일단 길을 건너야 해."

전에 로비의 손을 잡고 이층 버스와 번쩍이는 차들로 꽉 차 있던, 정신없는 길을 건넜던 기억이 나 일단 그렇게 말했다.

지금은 누구도 내 손을 잡지 않는다. 우리는 양방향에서 차가 오지 않을 때까지 몇 분간 기다린 다음 보행로에서 벗어났다.

"감으로 가 보자!"

제이가 씩씩하게 말했다. 지난 몇 달 동안 매일 밤 차가 충돌하고 사람이 차에 치이고 있다.

우리는 함께 길을 건넜다. 제이가 더 빠르게 갈 수 있다는 걸 나는 알고 있다. 그러나 녀석은 그렇게 하지 않았다. 또 보행자용 길이 나오고 우리는 우리보다 키가 큰 울타리 앞에 섰다. 지나가는 자동차 라이트가 바닥을 훑고 지나가는 순간 길에 박힌 반짝이는 금속 조각이 모습을 드러냈다.

"그러니까 여기가 동물원이야?"

제이가 물었다.

"아직 멀었어. 이제 공원 시작이야. 입구는 더 앞쪽에 있어."

나는 어스름 속 저 먼 곳을 가리켰다.

그런데 공원 모퉁이를 돌아갔더니 입구가 잠겨 있었다. 창살을 붙잡고 흔들어 보았지만, 자물쇠는 꿈쩍하지 않았다.

"저쪽으로 돌아가 볼까?"

내가 제안했다. 그러나 목소리에 확신이 없었다.

"저쪽으로 가면 길이 하나 더 나와. 그 길 지나야 진짜 공원이 시작되거든."

"아 그래?"

"응."

우리는 말없이 어둑어둑한 길을 걸었다. 이제야 눈이 어둠에 익숙해졌다. 반대쪽 길가에 키 큰 집들이 한 줄로 늘어선 모습과 보행자용 길 테두리에 표시된 하얀 선이 희미하게 보였다.

우리는 다음 길을 건넜고, 이번에도 또 잠긴 문 앞에 섰다.

"흠. 나는 원래 공원에 절대 가지 않거든? 나한테는 그것보다 더 나은 일들이 많으니까. 공원은 원래 이렇게 밤마다 문을 닫아?"

제이가 물었다.

"아마 그럴 거야."

내가 말했다. 사실은 나도 잘 모른다.

나는 차가운 창살을 붙잡았다. 우린 정말 제정신이 아니다. 로비는 분명 이미 땅속 깊은 곳으로, 지하철역으로 돌아갔을 거다. 밤마다 폭탄이 떨어진다는 걸 로비도 알고 있으니까. 곧 있으면 공습경보가 울린다는 것도 틀림없이 알고 있을 거다.

그러나 원숭이들이 동물원에서 도망쳤다. 진짜 원숭이들이 이 공원의 나무들 사이를 기어다니고 있다. 아홉 살짜리 소년이 원숭이를 자기 쪽으로 유인할 수 있다고 생각한다면, 자기가 사람 눈을 한 잿빛이 도는 갈색 원숭이를 동물원으로 돌려보낼 수 있다고 상상한다면……

"네가 결정해. 다시 돌아갈래? 아니면 계속 갈래?"

제이가 진지한 눈으로 나를 봤다.

차가운 어둠이 내 폐를 채운다. 머리 위에서 나뭇잎이 바스락대고 저 멀리서 차가 빵빵댄다. 나는 결정을 해야 한다.

돌아가든지 계속 가든지. '계속'이 정확히 어떤 의미인지 나도 모르겠다. 적어도 이 순간만큼은, 자유롭게 내쉬어지는 호흡과 나의 맨다리를 어루만지는 바람, 멀리서 우는 올빼미, 그리고 앞으로 남은 인생을 땅속 아래에서 숨어 지내고 싶지 않은 마음 정도는 잘 알고 있다.

"계속 가자."

내가 말했다.

제이가 내 옆에 서서 울타리 옆 기둥의 가장 윗부분에 있는 창살에 손을 댔다.

"창살이 꽤 높네."

제이가 작게 말했다.

"그래도 저 위에 가로로 된 창살이 두 개 더 있으니까 그 위로 올라서면 되겠다. 널 먼저 올려 주고 난 다음에 나는 어떻게든 올라가면 될 거 같아."

녀석의 말이 정확히 무슨 뜻인지 이해하기 전까지는 퍽 괜찮은 계획이라고 생각했다. 제이가 손깍지를 껴서 발을 디디고 올라갈 수 있는 손 사다리를 만들면 내가 그 위에 발을 올리고 선다. 그다음 제이의 몸 절반을 넘고 울타리의 절반을 넘어서 창살 위로 올라가야 한다. 내 두 발을 가로 철창에 올리고 일어설 수 있을 때까지. 그런 다음 공원으로 뛰어내려야 한다.

이 모든 행동을 나는 불구가 된 다리와 몇 달 새에 눈에 띄게 짧아진 원피스 차림으로 해야 한다. 주위가 어두워서 어느 신체 부위가 어디에 있는지 알아볼 수 없을 때 말이다. 게다가 사흘 내내 갈아입지 않은 속바지를 입고서. 목욕을 안 한 지 일주일도 더 된 남자애와 함께……

"이제 울타리 위로 발을 디뎌."

제이가 내 한쪽 다리를 그의 가슴 앞에 딱 붙이고 숨을 몰아쉬며 소리쳤다.

"지금이야, 빨리해, 절름발이!"

"그 절름발이 소리 좀 이제 그만해."

내가 식식대며 단호하게 말했다.

녀석은 비틀대는 와중에도 비죽거렸다.

"왜, 듣기 싫어?"

"어!"

"나쁜 뜻으로 그런 건 아니야. 정말 아니야."

나는 한 손으로 울타리를 꽉 잡고 다른 손으로 녀석의 머리를 잡고 버텼다. 팔이 부들부들 떨렸다.

"이웃집 아저씨도 맨날 그러더라."

내가 계속 말했다.

"자기 부인 눈을 시퍼렇게 만들어 놓고는 나쁜 뜻으로 그런 건 아니야. 정말 아니야, 라고."

순간 정적이 감돈다. 심장이 미친 듯이 뛴다. 손가락으로 뻣뻣한 그의 머리칼을 움켜잡고 있는데, 녀석이 고개를 끄덕이는 게 느껴진다.

"약속할게."

제이가 숨을 몰아쉬며 말했다.

"앞으로는 온 힘을 다해 널 존중할게. 지금 바로 그렇게 해 줬으면 좋겠어? 아니면 일단 네가 울타리에 제대로 자리 잡고 난 다음에 내가 네 허벅지에서 손을 떼야 할까?"

25

볼이 화끈거리고 다리가 부들부들 떨린다. 하마터면 울타리 창살에 끼일 뻔했다. 제이와 나는 모든 힘을 끌어모아 거대한 새장이나 마찬가지인 울타리를 넘어갔다. 왠지 모르게 드디어 새장에서 탈출한 기분이 들었다.

공원 안으로 들어오니 밖에 있을 때보다 더 쌀쌀했다. 카디건 소매를 당겨 손을 감싸고 덜덜 떨었다. 우리는 한 걸음 한 걸음 칠흑 같은 좁은 길을 걸었다. 나뭇잎이 바삭바삭 흔들리는 소리와 함께 주위에서 으스스한 소리가 들렸다. 물기를 머금은 흙냄새도 어렴풋이 퍼져 있다.

구름 한 뭉치가 옆으로 밀려나자 달이 모습을 드러냈다. 갑자기 온 세상에 그림자가 드리워지더니 부드러운 빛이 스르륵 번졌다. 공원이 무척 크다. 우리 앞에 색을 잃은 널따란 길이 뻗어 있고, 하늘에는 은빛이 도는 회색 방공 기구가 둥둥 떠 있다. 밤에는 방공 기구가 땅과 연결된 채 그 자리에 고정되어 있다.

주위가 밝아지자 제이가 갑자기 욕을 내뱉었다.

"뭐야? 이제 드디어 뭐라도 볼 수 있게 됐는데 왜 그래!"

내가 목소리를 낮추고 물었다.

"네 말이 맞긴 하지. 그런데 폭격기 조종사들도 지금 같은 말을 하고 있지 않겠냐?"

그러더니 제이가 크게 소리쳤다.

"로오오비!"

나는 너무 놀라서 넘어질 뻔했다.

"어디? 어디 보여?"

"못 봤어. 지금 찾는 중이야."

"아, 그래? 이 멍청아!"

나는 버럭 화를 냈다.

제이가 멈춰 섰다.

"너는 나한테 그런 소리 해도 되냐? 왜?"

나는 한숨을 내쉬었다.

"내가 다리를 절룩이는 건 내 탓이 아니야. 그런데 네가 멍청한 건 네 탓이잖아."

그러고는 나도 소리쳐 부르기 시작했다.

"로비! 로오오오오비!"

우리는 고독한 공원을 나란히 걸으며 로비의 이름을 부르다가 혹시 대답이 들릴까 다시 조용히 했다. 나는 사람들이 우리를 알아채고 해가 진 지 한참이 지났는데 어떤 정신 나간 애 둘이 나무들 사이에서 시끄럽게 소리를 질러 댄다며 경찰에 신고할까 봐 무척이나 걱정되었다. 하지만 공원이 너무 거대해서 다행히 아무도 우리 소리를 듣지 못했다.

그리고 로비도 듣지 못했다. 우리가 외침을 끝내고 대답을 기다릴 때마다 주위에 정적만이 남을 뿐이다.

"로비가 여기에 없는 거 아닐까?"

꽤 오랫동안 걸어 다니며 로비의 이름을 외치고 나서야 나는 의문을 품었다.

제이가 한숨을 내쉬었다.

"로비는 이미 땅 아래로 다시 들어가 있을 거야. 배가 고파서 지하철역으로 갔을 테고, 지금은 터널 안에 따뜻하게 누워 있겠지."

"그리고 우리는 여기에서 다리가 부러지도록 돌아다니고 있고! 그러면……"

나는 말을 삼켰다. 갑자기 세상이 앓는 소리를 내기 시작한 것이다. 그 소리가 떠오르지 않도록 하루 종일 밀쳐 내고 또 밀쳐 냈지만, 이제 진짜 그 시간이 다가왔다. 공습경보가 울리기 시작했다.

우리는 꼼짝없이 서 있었다. 으스스한 소리가 사방에서 우리 쪽으로 달려들었다. 나는 머리를 젖히고 구름 한 점 없는

215

하늘을 올려다봤다. 수천 개의 별이 짙은 하늘에서 반짝였다. 이 끔찍한 울부짖음이 과연 저기 우주에서도 들릴까? 거기에 있는 누군가 우리의 존재를 알고 있을까?

그러나 십이 분 후에 우리는 더 이상 존재하지 않을 수도 있다.

일 분 뒤 사이렌이 멈추었을 때 우리는 서로를 바라보았다.

"제시간에 대피소에 도착할 수 없을 거야."

제이가 말했다.

나는 침을 삼켰다.

"맞아."

"그래도 해 볼래?"

나는 숨을 깊게 들이마셨다. 그러고는 고개를 저었다.

"그럼 죽고 싶어?"

제이가 아주 침착하게 물었다.

불현듯 슈우욱 날아들던 폭탄이 생각났다. 그게 언제였더라? 일주일도 안 되었다. 그때 나는 우리 집 앞에서, 내 앞에서 폭탄이 붕붕 날아드는 소리를 들으며 생각했다. 계속해.

지금 나는 여기에 서 있다. 십일 분 뒤면 폭격기가 나타난다. 어둠 속에서 풀 냄새와 이슬 냄새가 나고, 머리 위에서 별들이 반짝인다. 철의 폐 이후 처음으로 나는 확신한다.

"아니."

내가 단호하게 말했다.

"나는 죽고 싶지 않아."

팔을 옆으로 쭉 펴고 폭우가 쏟아지던 아침을 떠올렸다. 크윈이 나보고 바라는 게 있냐고 물었던 그때를 생각했다. 이제야 알겠다. 어이가 없을 정도로 너무 간단하다.

나는 계속 살고 싶다.

앞으로 무슨 일이 있을지 알고 싶다. 그다음에는 무슨 일이 있을지, 내일은 어떨지 궁금하다.

"너랑 있으면 하나도 지루하지가 않아. 그건 인정한다, 내가."

녀석이 불쑥 말하더니 내 손을 잡고 드넓은 잔디밭으로 나를 이끌며 말을 이었다.

"폭격 중에 밖에 있고 싶으면 제대로 해야지."

우리는 잔디밭 한가운데로 갔다. 우리는 함께 서서 기다렸다. 구 분 남았다. 아니면 팔 분.

제이가 내 손을 더 세게 잡았다. 그 순간 내 몸에는 숨결과 불꽃만 남겨졌다.

칠 분 남았다.

나는 처음으로 군인을 이해하게 되었다. 건강하고 젊은 남자들이 왜 전쟁터에 가겠다고 마음먹는지 알 것 같았다. 그들은 죽고 싶어서가 아니라, 살아 있음을 느끼고 싶어서 참전하려는 거였다.

육 분 남았다.

"내 생각에는 말이지."

제이가 또 불쑥 입을 열었다.

"나는 죽고 너는 살 것 같진 않거든? 그런데 만약 그렇게 되더라도…… 내 동생들한테 네가 좀 알려 줄래?"

피가 솟구쳤다. 나는 녀석의 살갗을 느끼며 대화를 이어 나갈 수 없기에 녀석과 잡은 손을 놓았다.

"어디에 사는데?"

"비치우드 레인……"

그가 말을 멈췄다.

"어디에 적어 놔. 잊어버리면 안 돼."

"나 종이 없어."

제이가 나를 바라봤다. 오 분 남았다.

"너 그때 일기장 왜 찢었어?"

세상이 무척 빠르게 돌아간다.

"뭐? 너 그때 옆에 없었잖아!"

"있었어. 내가 너 혼자 기차역을 뛰어다니게 그냥 뒀겠냐? 한밤중이었잖아. 그래서 널 따라갔지. 런던에는 도둑놈이 진짜 많으니까……"

"아 그러셔?"

나는 떨리는 목소리로 말했다.

"왜, 그 술 취한 도둑놈도 있잖아, 안 그래?"

제이는 대답하지 않고 먼 곳만 바라봤다.

"네가 거기 서 있었어. 인도 위에 너 혼자서. 종잇조각이 공중으로 휘날리고, 폭격기가 나타나기 전에 네가 안으로 들어갈 건지 어쩔 건지 도저히 모르겠더라고……"

"그건 일기장이 아니었어. 그 공책에 인생에 대해 썼어. 이 세상에 존재하지 않는 삶에 대한 이야기."

"왜?"

사 분 남았다. 모든 신경이 예민해졌다.

"나 아팠잖아. 내가 뭘 해야 할지 정말 모르겠더라. 그 공책은……"

나는 주먹을 꽉 쥐었다.

"그 공책은 나한테는 미국으로 가는 티켓이었어."

"나였으면 그 티켓을 찢어 버리지 않았을 거야."

제이가 즉시 받아쳤다.

"너는 진짜 티켓을 끊으려고 돈을 모으잖아. 내 티켓은 가짜야."

잠시 고요해졌다. 삼 분 남았다.

"비치우드 레인 22번지."

제이가 말했다.

"종이 없으면 외워. 나도 그렇게 해. 알파벳의 절반을 까먹으면 기억력이 엄청나게 좋아지거든."

이 분 남았다.

제이는 주소를 다시 한 번 말하고, 동생들이 사는 집주인

이름을 알려 준 다음 내가 처음부터 끝까지 반복하게 했다.
한 번 더. 그리고 또 한 번 더.

멀리서 고요한 경보음이 들렸다.

"이제 온다."

그가 숨죽여 말했다.

26

바람이 머리카락을 어루만지고 내 입술은 바짝 마른다. 제이는 널떠란 잔디밭 위에서 내 옆에 착 붙어 서 있다. 나의 예전 삶은 다 갈기갈기 찢어졌고, 이제 앞으로 무슨 일이 벌어질지 궁금하다.

경보음이 점점 커지고 하늘이 번득인다.

탐조등이 하나둘씩 번쩍이며 켜진다. 거인들이 무슨 놀이를 하는 것 같다. 거인들이 캠프장에 모여서 손전등으로 밤하늘을 비춰 보는 것 같다.

무시무시한 빛줄기가 하늘을 후드득 때리며 가로지르고 하늘 저 높이에서 서로 교차하며 별 하나하나를 뒤덮어 보이지 않게 만든다. 어느새 거인들은 손전등 놀이를 끝내고 무언가에 빛줄기를 고정한다.

나는 숨을 참았다.

칙칙한 폭격기 무리가 빛줄기 안에 잡혔다. 폭격기는 대형을 이루며 날아서 도시로 점점 접근했다. 폭격기의 엔진 소리가 내 뱃속에서 진동했다. 폭격기가 우리 쪽으로 차츰 가까워졌다. 나는 생각을 더 이어 나갈 수 없었다. 머리로는 두려워해야 한다는 걸 알지만, 마음으로는 그 진동이 마치 설렘처럼 느껴져 몸속 깊숙이 파고들었고, 나는 이 느낌이 계속되길 바랐다.

바로 그때 고사포* 발사가 시작됐다. 도시 전체에 굉음이 울려 퍼졌다. 거인 수백 명이 냄비를 들고 모여서 성난 듯 마구 두드리고 손끝으로 재빠르게 쳐 대며 온갖 소동을 일으키고 있는 것 같다. 수류탄이 탐조등 빛줄기 속에서 흩어졌다.

온 세상이 흔들리고 진동하지만, 짙은 색의 폭격기 대형은 흔들리지 않고 계속 날아갔다. 그 대형을 유지하며 폭탄을 떨어뜨렸다.

이제 거인들에게 새로운 임무가 주어졌다. 다 같이 손톱으로 칠판 긁기. 스윽스윽 날카로운 소리, 끼익끼익 날카로운 소음이 사방을 뒤덮으며 폭탄이 떨어지고 또 떨어졌다.

아주 짧은 순간, 적막이 내려앉았다.

그리고 폭발했다.

십 초 후면 폭탄이 전혀 없었던 세상을 상상하기 어려울

* 항공기를 공격하는 데 쓰는 큰 대포.

것이다. 폭발음에 귀가 먹먹해지고, 땅이 흔들리고, 섬광과 불길이 번지고, 연기가 피어올라 달이 있는 곳까지 닿았다.

나는 숨을 몰아쉬며 제이를 바라봤다. 땅으로 내려오는 낙하산에 달린 횃불이 그의 얼굴에 이글거렸다. 그의 눈에 연한 녹색 불꽃이 반사되고, 그의 온몸은 경직되어 있었다.

나는 로비를 떠올렸다.

경보가 시작된 이후로 지상에 살아남은 유일한 생물은 제이와 나, 둘뿐인 것 같은 기분이 들었다. 우리 둘하고 폭탄. 우리는 운명에 맞섰고, 히틀러에게 도전장을 내밀었다. 그리고 나머지 세상은 땅속 깊은 곳에 안전하게 머물러 있었다.

그런데 로비는 어디에 있을까?

당연히 터널로 다시 돌아가 있을 거다. 그냥 당연한 일이다. 하지만 만약에⋯⋯ 입술이 바짝 마른다. 만약에 로비가 밖에 있으면? 하루 종일 공원을 돌아다니다 공습경보가 시작되었고, 이제 어떻게 해야 할지 모르고 있다면?

그 누구도 길에 서서 폭탄을 구경하고 있을 수 없다. 경보가 시작되자마자 해당 지역 경비대원이 사람들을 근처 대피소로 보낸다. 하지만 여기 공원에는 경비대원이 없다. 사람이 없는 이런 새장에는 구조되어야 할 사람이 없으니까.

오늘 밤을 제외하고는.

"여기에서 나가야 해!"

내가 소리쳤다.

웅웅대는 폭격기 소리가 들린 이후 처음으로 제이가 내 쪽으로 고개를 돌렸다. 나는 녀석의 눈을 바라봤다. 제이도 남은 세상을 잊고 있던 모양이다. 그의 인생에서 가장 진짜이고 현실인 지금 이 상황이 가짜처럼 느껴져서 어리둥절한 표정이었다.

"몇 시간은 계속될 거야."

내가 외쳤다.

"제이, 여기에 머물러 있으면 안 돼!"

제이가 정신을 차렸다. 머리를 쓸어 넘기고 주위를 둘러본다. 폭탄이 우리 발아래에 흩어져 있고, 저 멀리에서 새로운 폭격기가 돌진하는 소리가 들렸다.

"동물원에 대피소가 있을 거야. 따라와!"

제이가 소리쳤다.

그 생각은 전혀 하지 못했다. 모든 백화점이나 호텔, 대형 건물에는 저마다 대피소가 있다.

"로비가 거기에 있을 수도 있어."

제이는 내 말을 알아들었지만, 대답하지 않았다.

탐조등이 탐욕스레 하늘을 뒤지는 동안 우리는 뛰기 시작했다. 찌릿한 통증이 다리를 타고 오르고 발목이 꺾이고 추위로 몸이 뻣뻣하게 굳어 갔다. 십오 분 전에 느꼈던 동화 속에 있는 듯한 기분과 그에 뒤따라왔던 짜릿한 설렘은 이제 전부 사라졌다.

공포만 남았을 뿐이다.

나는 숨을 몰아쉬며 비틀비틀 뛰어갔고, 제이도 내 옆에서 함께 뛰었다. 제이에게 먼저 가도 된다고, 날 혼자 둬도 괜찮다고 소리치고 싶었지만 뜻대로 되지 않았다.

잠시 폭발이 멈추는 순간이 되자 곧바로 삐용삐용대는 소방차와 구급차 소리가 울렸다. 그 차들이 어디로 가는지 나는 모른다. 내가 아는 거라고는, 동쪽에서 폭격기가 계속 날아들어 여태 대부분의 폭탄을 떨어뜨렸던 그 항구로 또 향한다는 것뿐이다.

어쩌면 우리는 운이 좋은 걸 수도 있다.

"가자!"

제이가 소리쳤다.

"우리 이제—"

그의 목소리가 뚝 끊겼다.

거인이 또다시 손톱으로 칠판을 긁어 대고 날카로운 소음이 귀를 먹먹하게 했다.

그러다 이내 멈추었다.

나는 다시 철의 폐 안으로 들어간다. 숨이 쉬어지지 않는 걸 보니 맞는 것 같다. 펌프가 산소를 쫙 빨아들인다. 하나도 남아 있지 않게 전부.

공기 없는 세상은 공허하다.

모든 것이 소리 없이 무너진다.

27

나는 바닥 위에 누워 있다.

주위가 아주 깜깜하다. 입에서 흙과 피 맛이 난다. 거센 파도가 나를 덮쳐 내 옷을 휩쓸고, 모래와 조약돌이 공중으로 날아든다. 나는 넘어진 것처럼 바닥에 배를 깔고 엎드려 있다. 내 몸을 꽉 붙들기 위해 온몸으로 바닥을 누르고 손가락으로 흙을 움켜쥔다.

펌프가 공기를 세차게 불어 넣기를 멈추고, 파도가 하얗게 부서지기를 멈춘다. 그리고 나도 생각하기를 멈춘다.

저 멀리서 어떤 목소리가 들린다. 내 이름을 부르는 목소리인데, 다급한 목소리는 아니다.

바닥이 딱딱하지만 부드럽게 느껴지고, 머릿속은 따뜻하지만 차갑다. 쏴쏴 바다의 소리가 귓가에서 울린다.

"엘라!"

목소리가 가까워진다. 갑자기 내 몸에 닿는 손길이 느껴진다. 그 손길이 내 몸을 뒤집어 등이 바닥에 닿도록 한다. 따뜻한 손가락이 내 코와 입술을 스친다.

"으웩."

내가 몽롱한 상태로 웅얼거렸다.

"네 손 더럽잖아. 손 안 씻었잖아."

그때 갑자기 머릿속이 맑아졌다. 모래가 눈을 찌르고, 나는 입에 들어간 흙을 뱉어 냈다. 무릎이 불에 타는 듯 아팠다.

"제이! 그거 폭탄이었어……"

"맞아."

그가 헛기침을 했다.

"으흠, 여기에서 꽤 멀리 떨어진 곳에 떨어졌어. 잔디밭에 엄청나게 큰 구덩이가 생겼고."

녀석의 손이 내 얼굴을 또다시 스쳤다.

"한번 일어나 봐. 여기를 벗어나야 해."

내 팔과 다리가 어디에 있는지 기억해 내기까지 시간이 좀 걸렸다. 팔다리를 움직여 봤다. 된다. 조심스레 몸을 일으켰다.

"너 다쳤어?"

내가 물었다.

"그냥 조금 긁혔어. 그게 다야."

녀석이 아래팔을 문질렀다.

달빛 아래 그의 팔에서 무언가 반짝였다. 녀석의 팔을 홱 움켜잡아 확인해 보니 살갗에 액체가 묻어 있었다.

"피나잖아!"

"별거 아니야. 살짝 베었어. 우리 조금 전에 폭탄 공격에서 살아남았거든……"

캄캄한 공원 울타리 밖 사방에서 애앵거리는 경보가 울리고 가끔씩 둔탁한 쿵 소리도 들렸다. 우리를 내려다보고 있는 하늘은 아주 잠깐이지만 텅 비어 있었다. 멀리서 불 냄새가 나고 가까이에서 땅속을 뚫고 나온 흙과 축축한 풀 그리고 제이의 냄새가 났다.

그가 내 옆에 붙어 앉아 나를 바라봤다.

나도 그를 바라봤다. 무언가를 알아보기엔 어둑어둑했다. 그래서 나는 용기를 냈다. 그의 얼굴은 그늘로 덮여 있고, 우리는 방금 폭탄 공격에서 살아남았다.

제이와 나는 정확히 동시에 한숨을 내쉬었다. 그가 웃었다. 그리고 나는 그의 입술에 내 입술을 맞추었다.

그의 입술은 따뜻하고 모래처럼 깔깔했다. 나는 아주 잠깐 그의 뒷목에 손을 얹었다가 재빨리 다시 내렸다.

나는 말없이 몸을 벌떡 일으켜 미친 듯이 달리기 시작했다. 입술에 불이 나는 것 같고 뺨도 붉어졌다. 내 몸에 철썩하는 강한 충격이 가해졌지만, 뇌 속에 가해진 충격은 훨씬 더 강력했다.

믿기지가 않았다.

조금 전 제이는 아무 말도 하지 않았고 아무 행동도 하지 않았다. 그저 쳐다보기만 할 뿐이었다. 그리고 내가 그에게 입을 맞추었다.

머리 위로 다시 나타난 폭격기가 부우웅 날아가고, 뒤에서는 다급한 발소리가 들렸다. 저 멀리서 우레와 같은 소리가 쾅 울려 퍼졌다. 하루 종일 다람쥐 쳇바퀴 돌 듯이 이 길도 끝이 나지 않을 것처럼 계속 이어졌다. 마치······

"잠깐만요!"

톤이 높은 남자애 목소리가 불쑥 들렸다.

"나 좀 데려가요······"

심장이 멈추지 못하고 공중제비를 돌듯 정신없이 뛰었다.

"로비!"

내가 소리쳤다.

나무들 사이에서 어두운 그림자가 튀어나왔다. 그림자는 무척 빠른 속도로 내게 날아들어 내 품에 폭 안겼다.

그러고는 곧바로 눈물을 쏟아 냈다.

"누나! 나 저 벤치 아래에 있었어······ 저기에서 밤새 있어야 될 줄 알았단 말야!"

로비가 내 어깨에 코를 파묻었다.

"발소리가 들리길래 소리를 질렀어. 그런데 누나 목소리가 들리는 거야······"

나는 로비를 꽉 안았다. 로비는 차가운 몸을 덜덜 떨었다. 그래도 살아 있었다.

"누나랑 형 여기서 뭐해?"

로비가 물었다.

"너 무사했구나!"

제이가 소리쳤다. 그는 내 쪽은 보지도 않고 로비만 보았다.

"우린 너 찾아다니고 있었어, 이 녀석아."

"정말?"

로비가 나를 놓아주었다.

"나는 원숭이들을 잡으려고 했어."

로비는 소매로 코를 훔치고는 계속 말했다.

"한 마리는 거의 잡을 뻔했어. 진짜 예쁜 원숭이였어. 그 원숭이가 나무를 타고 움직였는데 그 뒤를 쫓아가다가 그 만……"

"됐어. 그만해."

제이가 무뚝뚝하게 말했다.

"일단 내일 아침에 한 대 맞기로 하고, 지금은 대피소로 들어가야 해. 최대한 빨리 동물원에 가려면 어떻게 가야 하는지 알아?"

"오호라."

로비가 눈물을 훔치면서 큰 소리로 말했다.

"우리 동물원에 숨는 거야? 진짜 멋지다!"

제이는 한숨을 쉬었고, 나는 숨을 참았다. 드디어 제이가 나를 다시 바라볼까?

하지만 그는 내가 존재하지 않는 것처럼 행동했다. 로비와 이야기를 마친 뒤 로비를 스윽 밀며 둘이 같이 널따란 길 위를 달리기 시작했다. 저 멀리서 또다시 폭탄이 떨어지고, 나는 홀로 둘의 뒤를 따라갔다.

28

남은 밤은 완전히 색을 잃었다. 주변 소음이 둔탁하게 들리고 내 몸은 얼음처럼 차갑다. 폭격기와 탐조등, 거칠었던 입술에 대한 생각 하나하나를 나는 힘겹게 참아 냈다.

우리는 안전한 곳을 찾았다. 이제 더 이상 생각은 필요하지 않았다.

로비는 가장 가까운 동물원 입구가 어디인지 정확히 알고 있었다. 그 앞에서 우리의 목소리가 경비대원에게 닿을 때까지 우리는 계속 크게 외쳤다. 동물원에서는 밤마다 철제 헬멧을 쓴 경비대원들이 동물 우리를 순찰하면서 폭발한 폭탄을 최대한 빨리 처리하고 손상된 우리를 수리하곤 했다.

수염이 덥수룩하고 호리호리한 체형의 경비대원이 문을 열어 주었다. 경비대원은 당연히 우리 셋을 호되게 꾸짖었고, 우리는 혼나야 마땅했다.

어느새 우리는 양쪽에 모래주머니가 어마어마하게 많이 쌓여 있는 서늘한 보행자용 터널 안에 다 같이 앉아 있다. 벽 앞에 가느다란 나무 벤치가 있고, 등유 난로에서 연기가 자욱하게 피어오르고 있다. 벤치에는 남자들이 앉아 카드 게임을 하고 있다. 그 어디에도 물이 나오는 수도꼭지가 없었기 때문에 제이와 나는 지금도 여전히 꾀죄죄한 상태다. 원래 그렇긴 하지만.

로비는 옆에 앉은 얼룩말 사육사와 금세 친해졌다. 나는 눈을 감고 벽에 머리를 기댔다. 사육사의 목소리가 들렸다.

사육사의 말에 따르면, 어젯밤 폭격 후 원숭이뿐만 아니라 얼룩말도 도망쳤다고 한다. 얼룩말은 런던 시내를 가로지르며 약 1.6킬로미터를 달린 뒤 잡혔다.

내 옆에 제이가 앉아 있다. 녀석은 아직 내게 한마디도 하지 않았다.

상처 난 두 손을 접자 어둠 속 잔디밭에서 있었던 일이 의도치 않게 머릿속에 떠올랐다. 그때 제이와 내가 함께 폭탄을 기다리고 있는 모습이 어땠는지 다시 되짚어본다. 불길이 번져 세상이 활활 타오르고, 폭탄에 맞서 폭탄을 기다리는 행동 그 자체 만으로는 용감했다.

내가 이런 엄청난 위험에 맞섰다는 사실이 믿기지 않았다. 폭격 중에 밖에 머물기로 결정했다는 것과 그런 행동에 설렘을 느꼈다는 것이 정말 믿기지 않았다.

또한 내 남동생을 찾는 중이라는 사실을 그 짧은 저녁 시간 동안 적어도 다섯 번은 잊고 있었다는 것도 믿기지 않았고, 심지어 그러는 사이 동생 걱정을 전혀 하지 않은 순간이 더러 있었다는 사실 또한 믿기지 않았다.

게다가 폭탄이 떨어졌을 때 벌어진 일도 믿기지 않았다. 그 이후 우리가 계속 이렇게 살아 있다는 것도.

나는 밤새 입을 꾹 다물고 있었다. 제이도 마찬가지다. 그리고 로비는 동물원에 대한 모든 걸 배우는 중이다.

이른 아침이 되자 마침내 공습경보가 해제되었고, 우리는 끙끙 앓는 소리를 내며 몸을 일으켰다. 불과 몇 시간 전에 공중으로 내던져지고, 눈이 타오르고, 상처 난 무릎에 마른 흙이 치덕치덕 묻어 있던 순간들이 꿈처럼 느껴졌다.

우리는 인적이 드문 동물원을 느릿느릿 걸었다. 이제 막 해가 떠오르고, 안개는 바닥에 닿을 만큼 낮게 걸려 있다. 나뭇잎에 가을 색이 서서히 입혀지고 있다. 낙타가 풀을 아주 조용히 우물우물 씹고 있고, 갈색곰은 콘크리트 창고 안에서 팔을 베고 누워 있다. 제이조차도 로비에게 서두르라고 강요하지 못한다.

드디어 우리는 동물원 주 출입구를 통해 밖으로 나갔다. 바로 그때 택시 한 대가 우리 앞에 멈춰 섰다. 차문이 벌컥 열리더니 크윈이 뛰어내렸다.

"너희들 살아 있었네!"

크윈이 고요한 아침을 깨웠다.

그러고는 우리에게 달려들어 우리를 한 아름에 안으려고 팔을 활짝 벌렸지만, 그렇게 하지 못했다. 왜냐하면 제이와 나 사이에 최소한 라마 한 마리 정도가 들어갈 만큼의 공간이 확보되어야 하니까. 다들 서로에게 말을 건넸다. 크윈이 로비를 엄하게 꾸짖은 다음 지난밤의 모험에 대해 전부 알고 싶다고 말했다.

"어떻게 여기까지 왔어? 어제저녁에 너 지하철역에 없었잖아!"

내가 중간에 끼어들었다.

"있었어. 역에 있었어."

크윈의 말투가 갑자기 진지해졌다.

"처음에는 가고 싶지 않았어. 그런데 세바스찬이 터널에 올 수도 있다는 생각이 들더라고. 그래서 터널로 갔지."

"세바스찬이 누구야?"

로비가 물었지만 크윈은 답하지 않았다.

"어쨌든 그래서 터널로 갔거든."

그녀가 계속 말했다.

"그런데 너희들이 없는 거야. 네 가족들이 무척 걱정하고 있었지만, 너희를 찾으러 나가기엔 너무 늦은 시간이었어. 폭격이 시작됐으니까. 그래서 오늘 아침에 여기로 바로 온 거야. 너희들이 무사하길 바라도 되는 건지 잘 모르겠더라……"

그녀가 제이와 나를 보고 숨을 깊게 내쉬었다.

"너희 둘 정말 용감했어."

"용감한 거 아니야. 절대로."

내가 단호하게 말했다. 나는 몸이 으슬으슬하고, 근육 여기저기가 쑤셨다. 그리고 이 보이지 않는 라마를 발로 세게 걷어차고 싶었다.

"우린 제정신이 아니었어. 말도 안 되는 위험한 짓을 했지. 절대 그러지 말았어야 했어."

"그래?"

제이가 바지 주머니에 손을 밀어 넣으며 말했다. 그의 소매에 피가 묻어 있었다. 그 일 이후 제이가 나를 처음으로 바라보았다.

"저 코흘리개, 우리가 찾은 거 아냐? 우리 아니었으면 로비는 밤새 벤치 아래에 누워 있었을걸?"

"우리 완전히 정신 나갔던 거 맞잖아! 주위의 모든 걸 다 잊었었다고. 정말 부끄러워."

내가 화를 내며 말했다.

"나는 다음에도 똑같이 할 거야. 넌 아니야?"

제이가 차분하게 물었다.

"당연히 아니지!"

"그래, 알겠다. 알겠어."

제이가 어깨를 으쓱했다.

"그럼 다음번에는 나한테 입술 갖다 대지 마. 문제 해결됐네 이제."

순간 적막이 내려앉았다. 동물원에서 새들이 울부짖고 당나귀가 비웃듯 히이힝 울지만, 여기 동물원 앞 보행로 위에서는 아무도 움직이지 않았다.

크원과 로비가 영화관에 앉아 있는 듯 우리를 구경했다. 둘은 숨을 참고 기다리고 있었다.

"이제 집으로 갈 거야. 얼른 좀 씻고 싶어."

내가 식식대며 말했다. 그러고는 발걸음을 내디뎠다.

"나도 가서 씻어도 될까?"

제이가 물었다. 녀석은 당연히 안 된다고 할 거라 예상하고 있을 거다.

"당연히 안 되지!"

제이가 한숨을 푹 내쉬었다.

"아쉽네."

그러더니 씨익 웃고는 말했다.

"나는 네가 날 다시 정신 나가게 하고 싶어 하는 줄 알았지."

29

 사흘간 아무런 일도 벌어지지 않았다. 여느 때와 똑같이 전쟁 중이다. 우리는 이제 군복이나 소방대원복을 입지 않은 시민이 무엇을 의미하는지 알고 있다. 그리고 줄을 서고 땅속 깊은 곳에서 하염없이 기다리는 반복된 일상에 익숙해졌고, 하늘에서 불길이 타오르는 것과 소화용수가 잔뜩 뿌려진 길거리도 익숙해졌다. 그리고 이제는 보행로에 흩뿌려져 있는 유리 조각 때문에 신발 밑창에서 빠지직 소리가 나도 놀라지 않는다.

 터널의 밤은 내가 우리 집 부엌에서 씻는 동안 세운 규칙대로만 하면 그럭저럭 견딜 만했다. 그날 동물원에서 나온 뒤 크윈은 우리를 택시에 태워 집까지 데려다주었다. 우리 부모님은 침착하게 우리 모두를 맞이했고 다 같이 돌아와서 무척 기뻐했다. 아침 식사 후 엄마가 주전자에 물을 끓이는 동안 나만 남겨 두고 다들 부엌 밖으로 나갔다.

나는 천천히 옷을 벗었다. 따뜻한 물에 수건을 담가 적시고 몸을 문지르기 시작했다. 상처 난 무릎과 퍼렇게 멍든 팔, 부풀어 오른 입술과 다리를 문질렀다. 정강이뼈가 얼마큼 툭 튀어나와 있는지, 발목은 얼마나 얇은지, 발이 얼마나 안쪽으로 돌아가 있는지 살펴보았다. 그런 다음 나만의 규칙을 세웠다.

첫째, 나의 새장은 철제가 아니라 근육과 뼈로 만들어졌다.

세상이 얼마만큼 변하든 상관없이 나는 계속 다리를 절룩일 거다. 이런 삶에도 해결책이 딱 하나 있다. 다시 종이 위의 삶으로 돌아가는 것. 새로운 이야기 공책을 써야 한다. 종이 위에서는 공중으로 내던져지는 일이 그렇게 자주 있지는 않으니까.

둘째, 입을 맞추는 일은 더 이상 없다.

뭇 소년들에게 열렬한 사랑을 받는 아름다운 소녀는 자기가 원한다면 누군가와 입을 맞추고 사랑을 나누기 위해 마음 편하게 자신의 새장을 떠날 수 있다. 그러면 사람들은 그 소녀를 '현대적'이라고 말한다. 그러나 만약 절름발이가 나도 아니고 너도 아닌 다른 누군가와 입을 맞추면 '볼썽사납다'라고 하면서 손가락질을 할 거다.

셋째, 계속 나아간다.

나는 죽고 싶지 않다. 앞으로 내 인생에서 어떤 일이 일어날지 알고 싶다. 나는 내가 원하는 걸 생각할 수 있고, 원하는 내용을 쓸 수 있고, 원하는 감정을 느낄 수 있다. 누구도 내 머릿속에 창살을 갖다 놓을 수 없다. 그것이 전부는 아닐지 모르지만, 그 정도면 충분할 것이다.

동물원 이후 맞이한 네 번째 저녁에 크윈이 내게 다가왔다. 그녀가 터널에서 내 옆에 앉더니 내 팔을 덥석 붙잡았다.

"더는 못하겠어. 미칠 것 같아."

크윈이 말했다.

나는 새로운 이야기 공책에서 눈을 뗐다. 오래된 공책인데, 반 정도 비어 있다. 승강장에 조명이 더 많아서 글쓰기에는 터널보다 좋지만, 그만큼 일도 더 많이 벌어진다. 사람들은 어쩌면 앞으로 수개월 동안 밤마다 이곳에 웅크리고 있어야 할지도 모른다는 사실을 이제 받아들이면서 동호회를 만들기 시작했다. 체스 동호회, 뜨개질 동호회, 독서 동호회 그리고 머지않아 크리스마스캐럴을 부를 수 있기를 바라는 합창단까지.

사람들이 상황에 얼마나 빨리 적응하는지 지켜보고 있으니 대단하다는 생각이 들기도 하고 동시에 걱정스러웠다. 땅속 아래에서의 삶이 날이 갈수록 평범하게 느껴졌다.

하지만 모두가 견딜 수는 없는 법이다.

"미쳐 버릴 것 같아."

크윈이 같은 말을 반복했다.

"한 일주일 전에 네가 세바스찬한테 갔다 왔잖아. 이제야 확실해졌어. 세바스찬은 안 올 거라는 거. 이제 그만 기다려야 하는데, 어떻게 하지? 저녁마다 여기로 달려와서 터널로 들어오는 발걸음 소리가 들릴 때마다 고개를 들고 있다니까……"

"나는 세바스찬이 정말 올 줄 알았어. 미안해."

내가 말했다.

"무슨 소리야! 네 잘못이 아니잖아."

크윈이 한숨을 내쉬었다.

"후우, 그래, 나는 화가 쉽게 나는 사람이야. 그래서 제이에 대해서도 그렇게 쓴소리를 한 거고. 나는 제이를 돈 욕심 많은 도둑놈이라고 생각했어. 그런데 몇 시간 뒤에 위험을 무릅쓰고 로비를 구하러 나서더라……"

나는 아무 말 하지 않았다.

터널 끝에 위치한 우리만의 구역이 또다시 무인도처럼 느껴졌다. 여기를 제외한 다른 곳에서는 소란스러운 아우성이 계속되고 있다. 제이와 로비는 빵을 더 사기 위해 쟁반을 목에 건 여자아이에게 갔고, 우리는 둘의 자리를 맡아 놓고 있었다.

크윈이 연필을 가져가더니 우리 사이의 철근에 선을 그리기 시작했다. 그러더니 갑자기 못 참겠다는 듯 머리를 흔들었다.

"집에서 반항하는 게 훨씬 쉬웠어! 나는 아빠랑 엄마, 언니들과 저택에 살면서 모두와 맞서며 살았어. 세상이 변해야 한다는 걸 잘 알고 있었고, 그건 정말 대단하고 중요한 거라고 생각했지."

"그건 지금도 마찬가지잖아, 안 그래?"

그녀가 고개를 끄덕였다. 그러나 말은 하지 않았다. 일주일 사이 크윈은 부쩍 살이 빠졌다. 그리고 그녀의 손은 내 손보다 더 더러웠다.

"진짜 미쳐 버릴 것 같은 게 또 뭔지 알아?"

크윈이 물었다.

나는 고개를 저었다.

"우리 부모님은 절대 변하지 않을 거라는 거야. 부모님과 나는 생각이 완전히 달라. 그런데도 엄마 아빠가 그리워."

나는 팔로 무릎을 감쌌다. 터널이 따뜻한데도 다리는 항상 으슬으슬한 느낌이다.

"그렇게 딱 분리해서 생각할 필요 없어. 너는 세상을 바꿀 수 있고 동시에 부모님을 그리워할 수도 있는 거야. 두 가지 감정이 동시에 있을 수 있다는 거지."

내가 말했다.

"정말 그렇게 생각해?"

나는 고개를 끄덕였다.

크윈의 굳은 얼굴이 조금씩 풀어졌다. 그녀는 철근에 연필로 그린 선을 손가락으로 조심스레 문질렀다. 그런 그녀를 보고 있으니 이제 집으로 돌아갈 수 있는 죄수가 떠올랐다.

"돌아갈 거야?"

내가 걱정스레 물었다.

"너희 저택으로 갈 거야? 부모님이랑 언니들한테 돌아갈 거야?"

크윈은 주저없이 고개를 저었다.

"십오 년 동안 메추라기랑 캐비어 같은 음식은 질리도록 많이 먹었어. 그거면 됐어."

그러면서 얼룩진 뺨을 훔쳤다.

"피난처에는 내가 필요해. 테니스 경기에 내가 꼭 필요한 건 아니잖아. 여기는 내가 있는 것과 없는 것에 차이가 있어."

크윈이 숨을 깊이 들이마시고 큭큭 웃었다.

"헤헤. 나는 집으로 가지 않을 거지만, 부모님한테 이제 감자 껍질을 깔 줄 안다고 말하고 싶어. 매일 밤 바닥에서 자고, 소변 통에 볼일을 보고, 내가 생각했던 것보다 세상은 훨씬 크다는 얘기를 해 주고 싶어. 그리고 너랑 로비, 제이에 대해서도 알려 주고 싶고……"

나는 움직이지 않았다.

"그나저나 엘라, 그 얘기 좀 해 봐!"

크윈이 목소리를 낮췄다.

"너 아직 나한테 한마디도 안 했어. 제이가 말한 거 진짜야? 너 진짜 제이랑 입 맞췄어?"

나는 말없이 바닥만 내려다봤다. 언젠가 전쟁이 끝나면 이 터널은 공사가 계속되고 더 깊이 파일 것이다. 그러면 이 위로 지하철이 지나다닐 거다. 열차에 탄 승객들은 이 터널에서 우리가 무슨 생각을 하고 있었는지 전혀 모르겠지.

"그때 폭탄이 막 떨어지고 있었어."

나는 크윈을 보지 않고 입을 열었다.

"불길이 번지고 하늘도 번쩍번쩍거리고 있었고. 나는 내가 누구인지 잊고 있었지."

"말도 안 되는 소리."

그녀가 참을성 없이 끼어들었다.

"넌 너 자신을 잊는 사람이 아니야. 나머지 세상을 잊었겠지!"

"그게 무슨 차이가 있겠어? 나는 다리를 절룩이는 여자애인데……"

"그래서 그게 뭐? 누구나 약점이 있어. 네 약점은 그냥, 어쩌다 보니 남들 눈에 바로 보인다는 거, 그것뿐이야."

"제이는 나에게 입을 맞추지 않았어."

내가 속삭여 말했다.

크윈이 웃기 시작했고, 나는 놀라서 그녀를 바라봤다.

"폭탄이 떨어지고 있는데? 너 진심이야?"

크윈이 재밌다는 듯 덧붙였다.

"제이가 네 입맞춤에 반응이 없었다, 이거지? 그때 너희 둘 막 공중으로 내던져지고 꾀죄죄한 모습으로 무척 추운 공원에 나자빠져 있는데? 너는 그게 네 다리 때문이라고 생각하는 거니? 제이가 그 순간에 너한테 어떤 은밀한 행동을 하지 않은 게?"

"어쨌든 제이는 나에게 단 한마디도 하지 않았단 말이야." 내가 툴툴거렸다.

"그럼 넌 뭘 했는데?"

"난 도망쳤지. 그때 폭격기가 또 내려오고 있었거든."

크윈의 눈이 번쩍였다.

"너 말해 봐. 그다음에 어떻게 해야 하는지 궁금해? 그러니까 세상이 또다시 불길에 휩싸여 있는 동안 네가 제이랑 또 입을 맞춘다면……"

"그만!"

"그럴 때 남자들이 어떻게 되는지 난 정확히 알고 있어."

"으웩."

"그리고 그 이후의 일들이 어떻게 맞물려 있는지도 잘 알아. 내 말 잘 들어. 사실 여러 가지 가능성이 있기 때문에 그렇게 간단한 문제가 아니거든."

바로 몇 초 전에 듣고 싶지 않다고 했던 걸 나는 그새 잊었다.

"여러 가지 가능성?"

내가 목소리를 낮추고 물었다.

크윈이 진지하게 고개를 끄덕였다.

"아니다. 다음은 없어. 다시는!"

30

동물원 이후 다섯 번째 저녁, 제이가 내 옆에 앉았다.

나는 모른 척하며 공책을 서둘러 덮었다. 집에서 초를 챙겨 와서 이제 저녁에도 터널에서 글을 쓸 수 있다.

제이가 벽에 등을 기대고 아무 말 없이 앉아 있다.

그날 밤 공원 이후로 녀석이 내 옆에 앉은 건 처음이다.

그날 밤 이후 내게 아무 말도 건네지 않은 건 처음이 아니다.

제이가 신발로 바닥을 직직 긁었다. 그리고 손가락으로 철근을 톡톡 두드렸다.

"저기, 음……"

제이의 손가락이 멈췄다.

"뭐 좀 물어보고 싶은데."

나는 기다렸다.

"그때 잔디밭에서……"

녀석이 그 말을 꺼내자마자 내 심장이 정신없이 날뛰었다. 나는 재빠르게 세 가지 규칙을 되뇌었다.

첫째, 둘째, 셋째.

"우리가 폭격기를 기다리고 있을 때. 네가 공책에 대해 말했잖아. 일기장 아니었다고. 미국행 티켓이라고 했지. 진짜가 아니어서 찢어 버렸다고 했고."

녀석이 무슨 말을 할지 전혀 감이 잡히지 않았다. 제이가 말을 이었다.

"우리 거기에 서서 기다리고 있었지. 그때 난 십오 분 후에도 우리가 살아 있을지 확신할 수 없었어. 그런데 문득 이런 생각이 나더라. 내가 지금 누구를 바보라고 생각하는 거지? 내 티켓도 마찬가지로 가짜인데. 내가 정말로 티켓을 살 수 있다면, 미국에 가서 뭘 해야 하지? 나는 할 줄 아는 게 없는데."

제이가 주먹을 쥐었다. 팔에 난 상처가 아직 아물지 않았다. 이따금 상처가 벌어지기도 했지만 그는 신경 쓰지 않았다. 제이가 계속 말했다.

"이제 나도 바보처럼 사는 거에 지쳤어. 그래서 제안 하나 하려는데. 앞으로 너희는 터널 안 누울 자리에 돈을 내지 않아도 돼. 공짜로 줄게. 대신 네가 나한테 글 읽는 법을 가르쳐 줘."

나는 아무 말도 하지 않은 채 앉아 있었다.

이제 더는 철의 폐에 혼자 있을 필요가 없는 것 같다. 녀석이 내 옆에 있어도 되는지 물어보는 것 같다.

공원에서의 그날 밤 이후 처음으로 나는 녀석을 가만히 바라봤다.

"내가 글을 가르쳐 줬으면 좋겠어?"

"어때? 이 거래 별로야? 내가 돈을 더 주면 좋겠어?"

"아니. 그게 아니라……"

"안 될 거 같아? 내가 너무 멍청한가?"

제이가 한숨을 푹 내쉬었다.

"휴우, 난 인생의 절반을 빈둥거리며 시간을 보냈어. 신경을 좀 썼어야 했는데. 그래서 그렇겠지. 그러니까 나는 내가 잘 배울 수 있을 거라고 생각해."

지난 닷새 동안 나는 내 몸속의 불꽃이 없어진 줄 알았다. 또다시 규칙을 되뇌었다. 첫째, 둘째, 셋째. 그러나 규칙 중에 제이에게 글 읽는 법을 가르치면 안 된다는 없다. 머릿속으로 규칙을 반복해 되새기면서 앞으로의 모습을 상상했다. 저녁마다 둘이 터널에 나란히 앉아 있는 모습을. 철근 위에 올려진 양초와 우리 둘 사이에 놓인 책을.

제이가 다 잊어버린 알파벳부터 시작하는 모습을, 너무 어렵지 않은 어린이책을 같이 읽는 모습을, 내가 좋아하는 책들을 제이와 함께 전부 다 읽는 모습을……

물론 그건 잘 다듬어진 상상이라는 걸 나는 알고 있다. 현실은 다를 것이다. 현실에서 제이는 글을 배우기 싫어할 수도 있고, 내가 좋아하는 책을 비웃으며 나를 짜증 나게 할 수도 있고, 어쩌다 한 번씩 나를 절름발이라고 부를 수도 있다.

그러나 그럼에도.

"어때? 할 거야?"

제이가 참지 못하고 물었다.

"그래."

내가 답했다.

31

동물원 일이 있은 지 여섯 번째 되는 날, 승강장에서 음악 소리가 들렸다.

크윈과 로비는 카드 게임을 하고, 제이와 나는 첫 번째 수업을 시작했다. 사실 제이는 우리의 거래를 다른 사람에게 비밀로 하고 싶어 했지만, 그건 당연히 불가능하다.

"글을 읽을 수 없다는 건 창피한 일이 아니야. 창피해할 필요 없어."

내가 목소리를 낮추고 말했다.

"창피하진 않아! 그렇지만 내가 뭘 배우고 싶다는 게 좀 우스운 거 같아서……"

"글을 배우고 싶은 게 창피해?"

"어."

"바보."

제이가 히죽거렸다.

"절름발이."

크윈이 우리 쪽을 흘긋하더니 고개를 획 돌렸다. 그녀는 소리 없이 입 모양으로만 '여러 가지 가능성'이라고 말하는 듯하더니 고개를 흔들고 다시 카드 게임에 진지하게 임했다.

저 멀리에서 어떤 음악 소리가 들리기 전까지.

가끔 사람들은 승강장에서 함께 노래를 부르곤 했다. 입으로 하모니카를 연주해 런던 전체를 넋 나가게 만드는 남자의 연주도 다들 잘 알고 있다. 하지만 이 음악은 그 남자의 하모니카 연주가 아니다.

멜로디가 풍성하게 부풀어 오르더니 터널 초입에 두 사람이 나타났다. 왼쪽 사람은 긴 옷을 입고 있고, 오른쪽 사람은 색소폰을 들고 있다.

한동안 음악이 멈추고, 잠시 후 색소폰이 연주를 시작했다. 깊고 따뜻하며 꿀처럼 달콤한 음악 소리가 터널 안으로 굴러들어 와 메아리가 되어 우리를 감쌌고, 전쟁 말고 다른 무언가 존재한다고 느끼게 만들었다.

사람들이 고개를 들었다. 모두 이야기를 멈추고, 신문과 카드를 내려놓고, 뜨개질하던 걸 옆으로 치웠다.

왼쪽 사람이 노래를 부르기 시작했고, 첫 한 마디부터 나는 그의 목소리를 알아챘다.

"크윈 오빠야!"

내가 제이에게 속삭였다.

"저 긴 옷 입은 사람?"

"저거 가운이야."

제이가 한숨을 쉬었다.

"하아, 크윈은 바지를 입고. 이제야 확실히 알겠네. 둘 다 아주 뭐 귀족이야, 귀족."

세바스찬이 크윈과 내가 함께 찾아갔을 때 들었던 노래를 불렀다. 해변 의자가 놓여 있던, 햇볕이 잘 드는 학생 기숙사 안뜰에서 들었던 노래.

무지개 너머 어딘가에 푸른 하늘이 펼쳐진 그곳은,
가슴 깊이 꿈꾸던 꿈들이 실제로 이루어지는 곳이죠.

올해 초 내가 더 이상 뭘 할 수 없을 때, 철의 폐에서 나온 뒤에도 수개월 동안 아팠을 때, 엄마가 나를 영화관에 데리고 갔다. 어느 날 대낮에 우리는 함께 「오즈의 마법사」를 보았다.

그리고 지금 나는 무지개 너머의 세상에 대한 노래를 다시 듣고 있다.

폭탄을 피해 도망쳐 땅속 깊은 곳에 있는 나는 새파란 하늘을 생각하며 침을 삼켰다. 세바스찬이 현실이 될 꿈을 노래하고 있는 지금 손톱으로 손바닥을 지그시 눌렀다. 그리고 여기 제이 옆에 앉아 글을 가르쳐 준다. 언젠가 전쟁이 끝나면 제이가 새장을 탈출해 미국으로 갈 수 있도록.

저쪽에 있는 크윈을 바라봤다. 그녀의 얼굴에 빛이 번졌다.

크윈은 평소에 기분이 좋으면, 갑자기 팔을 공중으로 활짝 펼치곤 한다. 때로는 쏟아지는 빗속에 서서 소리를 지르고 어떤 소리든 할 수 있는 말은 다 하기도 한다. 그리고 마음이 내키면 마구간 소년과 입을 맞춘다.

그러나 여기에서는 다르다. 터널 초입에 그녀를 가장 잘 이해해 주는 한 청년이 서 있다. 크윈은 꼼짝 않고 가만히 앉아서 음악에 귀를 기울인다. 두 눈을 반짝이며 기다린다. 벌떡 일어서거나 그에게 달려가지 않고 침착하게 앉아 있다. 지금 이 장면은 크윈에게 그저 스쳐 지나갈 순간이 아니라, 그녀의 삶 전체를 말해 주는 순간이다.

크윈의 오빠가 저 앞에 서 있다.

색소폰이 마지막 음을 연주하고 멈추자 사람들이 박수를 치기 시작했다. 우레와 같은 박수 소리가 지하철역 터널을 따라 데구루루 굴러온다. 남자들은 휘파람을 불고, 아이들은 더 듣고 싶다며 소리를 질렀다.

그들은 사람들 환호에 응해 연주를 계속 이어 나갔다.

나는 세바스찬이 음악을 멈추고 여동생에게 갈 줄 알았다. 보통 음악가는 도시의 절반이 노래를 더 해 달라고 하면 연주를 더 이어 나가곤 한다. 색소폰을 든 청년과 가운을 입은 청년도 자신들의 음악으로 수백 명이 근심과 걱정을 잠시나마 잊을 수 있도록 당연히 노래를 더 이어 나갔다.

우리는 음악에 귀를 기울였다. 우리의 삶이 다시 살아나기 시작하는 것 같았다. 아주 잠깐이지만 눈앞에 모든 장면이 주마등처럼 지나갔다. 밤낮으로 악착같이 버티는 모습, 씩씩하게 참아 내는 모습, 그 과정에서 망가져 가는 모습, 서로 참 많이 다르지만 그럼에도 몇 주 혹은 몇 달 또는 몇 년 동안 땅속에서 함께 지냈던 이 나날들을 평생 추억하며 살아갈 모습이 저절로 떠올랐다.

생존하지 못한 사람들을 제외한 모두의 눈앞에.

마침내 연주가 끝났다. 세바스찬이 색소폰을 분 청년의 어깨를 톡톡 두드리자 색소폰 청년이 자리를 떠나고 세바스찬이 우리에게 다가왔다.

크윈에게 도착하기까지 철근 세 개를 남겨 두고 세바스찬이 멈춰 섰다.

"거기에 잠깐 앉아도 될까?"

그가 물었다.

"그럼. 당연하지."

크윈이 말했다.

"여기 내 친구들 소개해 줄게."

그리고 그게 다였다.

그들은 서로를 안아 주지 않았고, 미안하다는 말도 하지 않았다. 그냥 원래 하던 대로 행동했다. 두 사람 얼굴에 빛이 번졌다.

저녁 내내 나는 평범한 오빠와 여동생의 모습 외의 다른 부분을 보지 못했다. 둘이 어쩜 저렇게 닮았는지 정말 놀라웠다. 크윈은 대피소에서의 힘든 일에 대해 이야기하고, 세바스찬은 대학에서 있었던 일을 이야기했다. 대학 졸업을 일찍 하게 되어서 다음 여름에 군대에 갈 수 있게 되었다고도 했다.

"그때도 계속 전쟁을 해요? 그러면 진짜 일 년이 걸리는 건데!"

로비가 물었다.

세바스찬은 크윈 옆에 가까이 앉아 있었다. 그의 부드러운 가운이 촛불 빛을 받아 반짝였다. 그는 유일하게 손톱 아래에 떼가 끼지 않은 사람이다.

세바스찬이 진지한 얼굴로 로비를 쳐다봤다.

"히틀러는 유럽 절반을 정복했어. 점점 더 많은 나라와 연합해서 강력한 전쟁 무기를 손에 넣고 전쟁을 치르고 있지. 미국이 계속 중립을 유지한다면 우리한테는 아주 좋지 않을 거야."

"천만에!"

크윈은 자기 오빠를 툭 밀었다.

"히틀러가 영국인을 몰라서 그래. 그 사람은 자기가 우리 나라를 엉망으로 만들고 파괴시키면 우리가 항복할 줄 아는 거야. 하지만 천만에! 그 사람이 런던에 폭탄을 많이 던지면 던질수록 우리는 더 단단해질 거라고!"

제이가 히죽 웃었다.

"네가 전쟁터에서 제일 앞에 서면 되겠네."

"되기만 한다면 당연하지."

크윈은 망설임 없이 대답했다.

"그럼 제이 너는? 넌 언제 가는데?"

"아직 일 년 반 남았지. 1942년 4월에 열여덟 살이 되거든."

터널 벽이 흔들렸다. 저 멀리서 열차가 돌진하고 있다. 내 머릿속 깊은 곳도 흔들렸다.

"그럼 그때 가?"

내가 제이에게 물었다. 나는 목을 가다듬고 다시 물었다.

"으흠, 이 나라가 평생 너를 못살게 괴롭혔는데 넌 그런 나라를 위해 싸울 준비를 하는 거네?"

크윈과 세바스찬이 놀라서 눈을 휘둥그레 떴지만 나는 모른 체했다.

"어. 그때 갈 거야."

제이가 차분하게 말했다.

그 대화는 계속 이어졌지만, 내 귀에는 더 이상 들리지 않왔다.

나는 내내 제이 옆에 앉아 있었다. 우리 둘 사이에 놓인 양초가 거의 다 탔고, 글자가 적힌 공책은 바닥에 놓인 채 잊혀 갔다. 나는 크윈과 세바스찬을 번갈아 쳐다보면서도, 내 팔과 제이의 팔이 나란히 쭉 뻗어 있다는 것과 우리 둘의 다리도 거의 딱 붙어서 가지런히 놓여 있다는 걸 인식하고 있었다.

그리고 앞으로 내 인생에서 가장 중요한 시점은 그때가 될 거란 걸 깨달았다. 1942년 4월.

아주 간단하다.

남자가 열여덟 살이 되면, 나라는 이렇게 말한다. 우리는 당신이 필요하다. 그러면 가는 거다.

그러나 여자는 열여덟 살이 되어도 그냥 뒤에 남아 있어야 한다.

"다음 주면 나 열 살이야."

로비가 입을 열더니 조심스레 내 쪽으로 시선을 돌렸다.

"엘라 누나?"

로비는 삐쩍 마른 다람쥐 같다.

"누나는 어떻게 생각해? 우리 다시 동물원에 갈 수 있을까……?"

"너 진짜 대단하다! 지난번에 네가 덜 혼났구나!"

제이가 목소리를 높였다.

"혼났어. 아빠한테. 사흘 동안 앉을 수도 없었단 말이야."

로비가 시무룩해했다.

크윈이 세바스찬에게 그날 밤 공원에서 있었던 일을 이야기하는 동안 나는 내 남동생을 바라봤다. 로비는 철의 폐에 대해 절대 묻지 않았고, 내 다리에 대해 단 한마디도 꺼낸 적이 없었다. 그러나 로비는 내가 뒤처지면 언제나 날 기다려 주었고, 매일 밤 내 옆에 누워 주었다. 내가 호흡을 놓치지 않는지 세심하게 살펴 주었다.

"아빠 엄마는 절대 너랑 동물원에 가지 않을 거야."

내가 목소리를 낮추고 말했다.

"하지만 내가 같이 갈 수도…… 아 아니다. 안 되겠다. 아빠가 입장권을 사 줄 리 없어."

나는 로비의 얼굴을 바라봤다. 로비를 안아 주고 싶은 마음이 들었다. 그러나 로비도 벌써 열 살이다. 이제는 폭격을 피한 직후에만 로비를 안을 수 있다.

"정말 이상한 게 뭔지 너희들 알아?"

세바스찬이 물었다.

"난 동물원에 한 번도 안 가 봤다는 거야. 그 부분이 내 성장 과정 속의 명백한 구멍이라고 생각해. 다음 주에 너희와 함께 동물원에 가는 거, 다들 어떻게 생각하니?"

나는 웃음을 터뜨렸다.

"정말 가고 싶어요?"

261

"물론이지."

"그 가운 입고 낙타 구경하려고요?"

"음…… 한번 따져 보자…… 아니! 목요일부터는 날마다의 상황에 따라 정해진 주간 의상을, 아주 지긋지긋한 그 옷을 또 입어야 해."

"내 생일에는요?"

로비가 답을 듣기도 전에 또 물었다.

"그럼 우리 정말 가는 거예요?"

우리는 고개를 끄덕였고, 남은 저녁 시간 동안 로비의 얼굴에서는 빛이 사라지지 않았다.

마지막 열차가 떠나기 직전에 세바스찬은 집으로 돌아갔다.

"내일 저녁에 친구들하고 포커를 치기로 했거든. 하지만 포커 게임 끝나면 여기 이 먼지 속에 다시 앉아 있고 싶어."

세바스찬이 힘없이 말하고는 자기 여동생에게 고갯짓을 했다.

"어때……? 내가 너희들을 또 방문해도 괜찮을까?"

크윈이 재치 있는 대답을 하기 위해 번개처럼 빠르게 고민하는 모습이 내 눈에 보였다. 어휘 사전이 잔뜩 있는 시골의 한 저택에서 성장한 사람이 주로 쓰는, 왠지 차갑고 딱딱한 느낌의 귀족의 어휘를.

하지만 크윈의 얼굴이 이내 부드러워졌다.

"응. 그래도 되지."

그녀가 말했다.

세바스찬이 승강장으로 돌아가고 있는데, 어떤 여자가 그를 불렀다.

"이봐요, 가수 양반! 「우리 다신 만날 거예요」도 부를 줄 알려나?"

세바스찬은 당연히 그 노래를 알고 있었다. 라디오만 켜면 그 노래가 나왔고, 사람들은 길에 모여 있거나 정육점 앞에 줄 서 있거나 또는 지하철역 출구 앞에서 대기 중일 때 그 노래를 흥얼거렸다. 그렇게 될 거라는 확신의 노래이며 희망으로 가득 찬 노래이지만, 사람들의 가슴을 사무치게 하는 노래이기도 했다.

지금 다 잘되고 있으면 굳이 희망을 품을 필요 없으니까.

색소폰 연주자는 없지만, 세바스찬은 터널을 따라 걸어가면서 노래를 부르기 시작했다.

우리는 다시 만날 거예요.
어디인지 모르지만
언제인지 모르지만
언젠가 화창한 날 우리가 다시 만날 거란 걸 난 알아요.

요즘 병사들이 전쟁을 나가면서 이 노래를 부른다. 그들은

온 힘을 다해 이 노래를 부르지만, 그들과 작별하는 그들의
아버지나 형제, 아들은 다 안다. 누군가는 운이 좋겠지만, 누
군가는 그렇지 않다는 걸.

늘 그랬듯 미소를 지어 주세요.
파란 하늘이 먹구름을 몰아낼 때까지.

나는 제이 옆에 앉아서 1942년 4월을 생각했다.

32

로비의 생일, 우리 중 한 사람이 죽었다.

햇살이 내리쬐는 아침이었다. 리젠트 공원의 나무들은 날이 갈수록 노랗고 빨갛게 변해 가고 있고, 서늘한 공기는 수정처럼 맑고 깨끗했다.

우리는 거대한 문으로 들어갔고, 로비는 마치 자기가 동물원 책임자인 듯 뽐내며 걸어 다녔다. 새 재킷을 입고 머리를 반듯하게 빗어 넘기고 무르팍도 신경 써서 닦았다. 로비는 동물원 관리자들과 수다를 떨며 탈출한 원숭이들이 다시 안전하게 돌아왔다는 이야기를 듣고 크게 안심했다. 배가 고프면 진짜 나무에 매달려 있는 것보다 동물원 우리 안에 있는 게 더 편하다는 건, 너무 당연한 사실이다.

나는 지난번 이곳에 왔을 때를 생각하지 않으려 끊임없이 애를 썼다. 그리고 크윈과 제이가 오늘 아침 함께 피난처에 일하러 갔다는 걸 생각하지 않으려 무척 노력했다. 교실이 두 개 더 추가되는 바람에 청소할 사람이 필요했고, 크윈이 어떻게 제이를 꼬셨는지 모르겠지만 제이가 그녀를 돕겠다고 나섰다.

나는 셔츠 차림의 제이가 걸상을 질질 끌고 지하실로 옮기는 모습을 상상하지 않으려 무진 애를 썼다.

세바스찬과 나는 로비 뒤에 서서 조용히 걷고 있었다. 여기에 있는 한 시간 반 동안은 전쟁이 아주 먼 나라 이야기처럼 느껴졌다. 세바스찬은 밝은 회색 정장 차림에 기품 있는 펠트 모자를 썼다. 구두도 반짝이고, 면도도 말끔하게 했다.

우리는 날씨에 대해 이야기를 나눴다. 예외적으로 따뜻한 여름날에 대해, 어제 내렸던 비에 대해, 이번 겨울이 무척 추울지에 대해. 그러다 갑자기 날씨 얘기를 멈추었다.

"지난번 저녁에 말이야."

세바스찬이 입을 열었다.

"크윈은 정말 단 일 초도 입을 다물지 않았어. 그제야 크윈이 런던으로 도망 나온 이유를 전부 알게 되었지."

"그래요?"

나는 두루미 쪽으로 천천히 걸었다. 다른 여자애들은 아직도 맨다리로 다니지만, 나는 두꺼운 스타킹을 신고 스웨터도 겹쳐 입었다.

"그래."

세바스찬이 진지하게 말하고는 목을 가다듬었다.

"엘라……"

나는 걸음을 멈추었다.

"다과실에서 내가 내 새장에 대해 이야기했잖아."

세바스찬은 나를 바라보지 않은 채 말을 이어 갔다.

"오해가 있었던 것 같아. 네가 마구간 소년 얘기를 했을 때, 내가 말실수를 했어. 크윈이 그날 밤 토마스와 있었던 이야기를 전부 해 줬거든. 이제 네가 그 얘기를 왜 했는지 알았어. 넌 그날 크윈 이야기를 했던 거야. 내가 아니라."

"맞아요."

세바스찬과 나는 사향고양이 우리 앞에 섰다. 우리는 사향고양이의 얼룩과 뾰족한 주둥이, 가느다란 눈을 유심히 바라봤다.

"크윈에게 우리의 대화에 대해 말했어?"

세바스찬이 물었다.

"혹시 내 여동생이 전에 몰랐던 걸 알게 됐을까?"

나는 고개를 저었다. 옆에서 꾹꾹 억눌린 긴 한숨 소리가 들렸다.

"하아, 그렇구나. 좋아. 언젠가 내가 크윈에게 다 말해야겠어. 하지만 내가 집에서 나올 때 크윈은 너무 어렸어……"

세바스찬이 넥타이를 매만졌다.

"내 이야기는 이쯤 하고. 너랑 제이 얘기 좀 해 봐."

267

볼이 훅 달아올랐다. 세바스찬이 웃기 시작했다.

"여어, 이거 볼 만 했겠는데?"

그가 도리질을 했다.

"캄캄한 공원의 잔디밭 한가운데 서서 말이지."

"알겠어요."

나는 어깨를 으쓱했다. 나의 새장이 느껴진다. 나는 창살을 잡고서 자물쇠를 흔든다. 그러고는 세바스찬의 눈을 바라봤다.

"제이 진짜 잘생겼죠, 그렇죠?"

세바스찬은 아무 말 없이 걸음을 멈추었다. 우리 주변에 아무도 없었다. 두루미와 사향고양이만 우리의 대화를 엿듣고 있었다.

세바스찬의 볼이 내 볼처럼 벌겋게 달아올랐지만, 그는 어깨를 움찔 올렸다가 내리기만 할 뿐이었다.

"그건 금지되어야 해. 그렇게 잘생기는 거 말이야."

세바스찬이 힘을 쭉 빼고 말했다.

"제이 눈 봤어요? 은빛이 감도는 어두운 회색!"

세바스찬이 한숨을 내쉬었다.

"후우, 그리고 그 어깨……"

우리는 함께 킥킥대다가 어느 순간 내가 먼저 웃음을 멈추었다.

"이제 어떻게 할 거예요?"

내가 소곤소곤 말했다. 갑자기 내 새장이 아니라 세바스찬의 새장이 느껴진다. 평생 철의 폐에 갇혀 살아야만 하는 사람들의 미래를 헤아려 본다. 무언가 다른 존재가 그들의 남은 인생을 결정하기도 하니까.

"어떻게 견뎌 낼 건데요?"

"모르겠어. 어떻게 해야 할까?"

"맞서 싸워요."

그가 나를 빤히 쳐다봤다.

"너처럼?"

나는 답하지 않았다.

동물원에서의 그날 밤 이후 세운 규칙을 다시 떠올렸다. 그리고 새로운 이야기 공책과 그 공책에 적힌 나약하고 긴 삶을 떠올렸다.

나는 아무 말 하지 않고 돌아서서 출구 쪽으로 향했다.

우리는 세바스찬과 함께 택시를 타고 집으로 왔다. 엄마가 세바스찬에게 고마움을 표하기 위해 밖으로 뛰어나왔다. 설거지를 하던 중이었는지 손에서 물이 뚝뚝 떨어지자 엄마는 재빨리 앞치마에 스윽 닦았다.

"정말 정말 친절하네요. 정말로!"

엄마는 같은 말을 세 번이나 반복했다.

"로비, 고맙다고 말씀드렸니? 엘라, 너는……"

엄마가 갑자기 말을 멈추었다. 자전거를 타는 어떤 남자아이가 끼익 브레이크를 잡으며 우리 집 앞에 정차된 택시 바로 옆에 섰다.

"아줌마, 피난처 소식이에요."

남자아이가 숨을 헐떡이며 소리쳤다.

"어서 가 보셔야 해요. 폭탄이 터졌어요."

"말도 안 돼."

엄마는 잠시도 생각하지 않고 내뱉었다.

"오늘 아침에도 피난처에 있었어. 지난밤에 별 일 없이 무사히 잘 보냈는데!"

"지하실에 불발탄이 있었어요. 삼십 분 전에 폭발했고요."

남자아이가 말했다.

이 세상의 테두리가 검은색으로 변한다.

세세한 것들은 전보다 더 선명하게 보이지만, 그밖에 나머지는 점차 어두워진다. 엄마의 손에서 떨어진 물방울 자국이 길바닥에 선명하게 나 있다. 세바스찬의 반짝이는 구두에 풀한 가닥이 붙어 있다.

불발탄이 있었단다. 지하실에.

그 폭탄이 조금 전에 폭발했다.

남자아이는 이마에 난 땀을 훔치고 다시 자전거에 올라탔다. 세바스찬과 로비, 나는 아직 한마디도 내뱉지 못했다. 그아이가 자전거를 타고 돌아가려 하자 비로소 세바스찬이 움찔했다.

"다친 사람 있어?"

세바스찬이 처음 들어 보는 목소리로 외쳤다.

"네. 그래서 지금 사람이 필요한 거예요."

남자아이가 어깨 너머로 소리쳤다.

남자아이가 모퉁이를 돌아가고, 그 순간 우리는 다시 무인
도에 우두커니 서게 된다. 머리 위로 카펫을 두드리는 둔탁
한 소리가 들린다. 먼지가 흩어져 햇살 안에서 둥둥 떠다닌
다. 스타킹을 신은 다리가 따끔따끔하다.

"응급 처치 가방이랑 침대보를 몇 장 챙겨야겠구나. 뭐가
필요할지 모르겠네. 엘라, 동생이랑 여기에 있으렴."

엄마가 말했다.

"싫어요."

내가 답했다.

엄마는 내 말을 듣지도 않고 집 안으로 달려갔다. 이 분
뒤 엄마가 다시 나왔을 때 로비와 나는 택시 안에 앉아 있었
다. 세바스찬이 엄마에게 문을 열어 주었다. 엄마가 마지막
으로 택시에 올라타고, 세바스찬이 차 문을 닫자마자 차가
움직였다.

로비와 엄마, 나는 뒷자리에 나란히 앉아 있고, 세바스찬
은 우리 맞은편 덜컹덜컹 흔들리는, 등받이가 접히는 좌석에
앉아 있다.

"너희는 집에 있었어야지. 괜히 방해만 될 텐데. 폭탄이 또 터질 수도 있고……"

엄마가 입속말로 나무랐다.

나는 헛기침을 했다.

"으흠, 크윈과 제이가 거기에 있어요."

나는 세바스찬의 얼굴을 도저히 쳐다볼 수 없었다. 그의 얼굴을 아주 잠깐 봤는데, 마치 거울을 보는 것 같았다. 뒷면이 없는 거울, 그 속으로 빨려 들어가다가 어느 순간 사라져버리는 거울.

아직 아무런 소식이 없는 몇 분이 지나간다.

나는 창밖으로 햇살을 받으며 걷는 사람들을 쳐다봤다. 이층 버스의 경적 소리가 들리고, 우리는 거대한 붉은색 우체통을 지나갔다. 전에 로비가 그 우체통 위에 올라서서 팔을 활짝 벌리고 뛰어내렸었다.

오늘 아침 내내 나는 크윈과 제이를 생각하지 않으려 노력했다. 너무 질투가 났으니까. 맑고 깨끗한 날씨에 내가 동물원을 걷는 동안, 둘은 웃으면서 의자를 하나씩 지하실로 옮기고 있을 터였다.

게다가 둘은 같이 가서 돕겠느냐고 나한테 물어보지도 않았다. 둘이 의자를 옮기는 동안 내가 문을 잡아 줄 수도 있고, 거미줄을 떼어내거나 마지막 남은 몽당 분필을 정리할 수도 있는데 말이다.

어쨌든 둘은 내게 물어보지 않았고, 나는 낙타와 올빼미, 두루미를 구경하면서 계속 둘의 모습을 상상했다. 둘이 웃고 있는 모습이 지금 또다시 머릿속에 그려졌다.

제이는 셔츠를 입고 있고, 크윈은 남성용 바지 차림으로 머리에 빨간색 스카프를 두르고 있다. 그 모습을 다시 앞으로 끄집어내 이번에는 그 이야기에 결정적인 요소를 덧붙인다. 지하실의 불발탄.

나는 분필과 칠판지우개, 망가진 걸상이 쌓여 있는 지하실을 잘 안다. 복도에 있는 지하실 문을 열면 벽돌 계단이, 갈라져서 틈이 나 있는 그 계단이 어떤 식으로 지하실까지 연결되어 있는지 아주 잘 알고 있다. 그리고 축축한 벽의 쿰쿰한 냄새도 정확히 기억한다.

이제 단 하나의 구체적인 요소가 모든 걸 결정할 것이다.

걸상을 앞에서 든 사람이 누구고, 뒤에서 든 사람이 누구일까? 누가 먼저 모퉁이를 돌았을까? 불발탄이 계단에서 먼저 폭발했을까? 둘이 헐떡이면서 지하실로 가고 있는 동안에? 아니면 의자를 차디찬 바닥에 쿵 내려놓은 직후 두 사람이 폭탄 바로 옆에 서 있을 때……

33

저 앞에 소방차 두 대와 구급차 한 대 그리고 구경꾼들이 보였다. 손이 얼음장처럼 차갑다. 택시가 멈추자마자 우리는 우르르 밖으로 나갔다.

나는 혼란과 소음, 불길이 타오르는 타닥타닥 소리와 비명을 예상했다.

그러나 유리 조각을 한 군데로 모으는 달그락 소리뿐이었다.

학교 운동장에 사람들이 무리 지어 앉아 있었다. 상처 난 아이들, 침묵하고 있는 노인들, 먼지를 뒤집어쓴 여자들.

학교 건물만큼은 아직 그대로였다. 창문은 전부 깨져 산산조각 나 있고, 한쪽 벽에는 커다란 구멍이 뻥 뚫려 있었지만. 어디선가 가스 냄새가 은은하게 풍겨 왔다. 그러나 불은 보이지 않았다.

나는 최대한 빠르게 운동장에 앉아 있는 사람을 훑어봤다. 위쪽이 매듭지어져 있는 빨간색 스카프가 보이지 않았다. 덥수룩한 머리와 해진 셔츠도 보이지 않았다.

그때 내 눈에 짙은 회색 담요가 들어왔다.

학교 안쪽 길 앞에 사람들이 반원 모양만큼을 비워 두고 모여 있었다. 그 앞에 담요 세 개가 나란히 놓여 있고, 담요 아래에는 기다란 형체 세 개가 누워 있었다.

세바스찬은 주변을 둘러싼 사람들을 밀치고 곧장 담요 쪽으로 가로질러 갔다. 나도 말없이 따라갔다.

세바스찬은 문 앞에 서 있는 소방관들에게도 질문하지 않고 몇 주째 이곳에서 일하고 있는 여자들 쪽도 쳐다보지 않은 채 곧바로 담요로 향했다. 나 역시 세바스찬에게 그러지 말라고 소리치지 않았다. 그 일을 그가 아닌 다른 누군가에게 맡기고 싶지 않았으니까.

세바스찬은 망설임 없이 첫 번째 담요를 들춰 옆으로 당겼다. 그가 자신의 이런 행동을 용감하다고 생각하지 않는다는 걸 안다. 고민하며 주저하지 않는다는 것도 안다. 세바스찬에게는 다른 방법이 없었다.

우리도 알아야 하기 때문에 나도 세바스찬 옆에 서 있었다.

우리는 백발의 나이 든 여자의 얼굴을 응시했다. 세바스찬은 그 담요를 재빠르게 다시 덮었다.

소방관이 우리에게 다가왔지만, 세바스찬은 이미 두 번째 담요를 걷고 있었다.

긴 머리를 땋은 한 소녀였다. 목에 피가 흥건했다. 소녀는 『오즈의 마법사』의 도로시를 닮았다. 파란 하늘을 보며 노래하고 꿈이 이루어지길 노래하는 도로시를.

이제 담요 하나가 남았다.

나는 사람들이 세바스찬을 막으려 앞으로 나설 거라 생각했지만, 이제 다들 그를 허락하고 있었다. 우리가 무얼 하고 있는지 다들 잘 알고 있었다. 담요를 하나하나 들출 때마다 혹시 아는 얼굴이 나오면 우리가 엄청난 충격을 받게 될 거란 걸, 그리고 지금 우리는 그 충격을 대비하고 있다는 걸 모두들 이해하고 있었다.

나는 세 번째 담요 밖으로 빼꼼 나와 있는 신발을 보았다. 밑창이 닳은, 투박하고 검은색의 작업용 신발.

그 신발을 보자 몸이 휘청거렸지만, 여기에서는 날 잡아줄 사람이 없었다.

손톱으로 손바닥을 꾹 눌렀다. 그리고 세바스찬이 세 번째 담요를 걷어 옆으로 치웠다.

나는 피가 잔뜩 묻은 부분은 보지 않고 일단 머리 쪽에만 시선을 고정했다. 머리카락이 없다. 머리칼이 한 가닥도 없는 민머리다. 세바스찬은 담요를 다시 덮어 놓았다.

택시에서 내린 뒤 우리는 처음으로 서로를 바라보았다.

"어디에 있을까요?"

내가 쉰 목소리로 물었다.

이 세상이 더는 현실 같지 않다. 구멍 뚫린 저 건물은 예전에 내가 다니던 학교였다. 유리 조각이 사방으로 흩어져 있는 이 운동장에서 나는 몇 년 동안 줄넘기를 했었다. 어떤 사람이 나뭇가지를 들고 울타리의 창살을 탁탁 치며 지나가면, 아이들은 노래를 부르기 시작했다.

"폭발하기 전에 일이 다 끝났나?"

세바스찬이 말했다. 지금도 난 거울 속을 들여다보는 기분이 든다. 세바스찬의 얼굴이 분필처럼 새하얗다.

"로비의 생일 케이크를 사러 갔을까요? 아니면 벌써 지하철역으로 돌아갔나?"

내가 말했다.

그 순간 운동장에 있는 모든 머리가 양쪽으로 열리는 문쪽으로 돌아갔다. 어두컴컴한 복도에서 남자 셋이 천천히 밖으로 나왔다. 앞에 선 남자 둘이 들것을 들고 있었다. 그들은 위아래가 붙은 작업복 차림에 헬멧을 쓰고 있었다.

들것 위에 빨간색 스카프가 보였다. 위쪽에 매듭이 있다.

모습을 드러내는 세 번째 남자는, 제이였다.

34

세바스찬은 세 사람이 걸음을 멈추기도 전에 들것 옆으로
갔다.

내가 세바스찬의 뒤를 따라갔지만, 제이가 길을 막았다.

"보지 마."

제이가 크게 소리치며 내 팔을 붙잡았다.

"엘라, 따라와."

제이의 얼굴에 상처가 가득하고 입술은 퉁퉁 부어 있었다.
그리고 다리를 절뚝였다.

"이거 놔!"

나는 제이를 뿌리치고 들것으로 달려갔다.

거기에 그녀가 누워 있다.

등줄기를 타고 오한이 깃든다.

그녀가 살아 있기를 바라는 것조차 불가능한 상황이다. 살

면서 처음으로 눈앞에 보이는 이 모습을 뭐라 설명해야 할
지 몰라 생각이 멈춰 버린다. 그녀의 오른쪽 얼굴에 대해선
어떤 말도 떠올릴 수 없다. 색을 묘사할 수도, 형태를 설명할
수도 없다. 그녀의 오른쪽 얼굴에 전쟁의 흔적이 고스란히
남아 있다.

왼쪽 얼굴은 그래도 우리의 것으로 남아 있다.

여전히 매끄러운 그녀의 볼을, 흠 하나 나지 않은 그녀의
귀를, 전혀 손상되지 않은 그녀의 코를 바라본다. 짙은 색의
긴 속눈썹을. 빨간 스카프 아래로 나와 있는 곱슬머리를.

세바스찬은 아무 소리도 내지 못한 채 무릎을 꿇고 자기
여동생 옆에 털썩 앉았다. 동생의 새하얀 손가락을 잡고 손
위로 머리를 숙인 채 더 이상 움직이지 않았다.

머리가 어질어질했다.

내가 아무것도 생각하지 않으면, 그 어떤 것도 마지막이
되지 않는다. 그리고 울지 않으면, 나는 숨을 쉴 수 없다.

나는 이를 꽉 물고 세바스찬 옆에 앉았다. 제이는 다른 쪽
에 서 있고, 로비는 내 옆에 무릎을 꿇은 채 내 어깨에 얼굴
을 파묻었다.

"못 보겠어, 누나."

로비가 속삭였다.

그녀가 사라지고 있다는 것이 느껴져서 나는 고개를 돌리
지 않았다. 마지막 순간이다. 내 머릿속 저 깊숙한 구석에서

는 그녀가 아직 살아 있다. 나는 그 구석을 그대로 남겨 두고 싶다. 그녀가 길 건너편에 서서 나한테 뭐라고 소리치는 그 순간을 언제나 기다리고 싶다.

그녀가 크윈인 순간이 아직 조금 더 남아 있다.

하지만 금세 지나가 버린다.

나는 그녀의 머리에 난 구멍 밖으로 흘러나온 혈액이 굳어지는 걸 보고 있다.

엄마가 하얀색 침대보를 가지고 우리 쪽으로 왔다. 엄마는 천천히 세바스찬 옆에 섰다. 세바스찬이 침대보를 펼쳤고, 우리는 말없이 모서리를 한쪽씩 잡았다. 제이와 로비, 세바스찬 그리고 내가 침대보 끝을 잡았다.

침대보가 그녀 위에서 아주 잠시 너풀거린다. 눈부신 흰색이 바람에 휘날린다. 그리고 우리는 침대보를 그녀 위로 살포시 내려놓았다.

천이 그녀를 덮는 순간 세바스찬이 털썩 쓰러졌다. 세바스찬이 흐느껴 우는 소리가 우리에게 들렸다. 그의 절규가 메아리친다. 잠시 뒤 그는 진정하고 다시 마음을 다잡았다.

나는 침대보를 바라보았다. 눈앞에 크윈이 빗속에 서 있는 모습이 나타난다. 단지 여자라는 이유만으로 절반짜리 인생을 살고 싶지 않다며 소리 지르는 모습이 눈앞에 아른거린다.

늘 생기 있게 삶을 사는 사람이 누구냐고 묻는다면, 그건 바로 크윈이다.

나는 고개를 흔들며 울기 시작했다.

35

나는 시도해 보았다.

다른 사람들처럼 그냥 아무렇지 않게 해 본다. 굳은 얼굴로 빵에 버터를 펴 바른다.

소방대는 망가진 학교 건물 안에 머물 수 있는 곳이 아직 남아 있는지 살피는 중이고, 우리 엄마는 이웃에게 도움을 요청해서 주전자에 물을 가득 담아 끓이고 운동장에 있는 사람들이 차를 마실 수 있도록 돕고 있다. 로비는 유치원생들과 함께 말없이 동서남북 놀이를 하고, 세바스찬은 하얗게 질린 얼굴로 헬멧 쓴 남자들과 협상을 하고 있다. 세바스찬은 크윈을 보내지 않겠다고 말한다.

짙은 회색 담요 아래에 놓인 시신 세 구는 이미 영안실로 옮겨졌다. 시신이 공식적인 시신 수송차가 아니라 정육점 트럭에 실려 가는 걸 모두 보았지만, 그에 대해 뭐라 말하는 사람은 아무도 없었다.

생존자들이 있는 곳에서 한 블록 정도 떨어진 곳에 가족을 잃은 사람들이 앉아 있었다. 나이 든 백발 여자의 나이가 지긋한 남편, 머리를 땋은 여자아이의 삐쩍 마른 엄마, 그리고 작업용 신발을 신고 있는 남자의 아내와 다섯 아이들. 그들은 어딘가를 멍하니 바라보며 조금씩 훌쩍이고만 있을 뿐, 나의 마음속 내가 하고 싶은 대로 행동하지는 않았다. 분노하고 미친 듯이 소리를 지르다가 어느 순간 단념하기. 그들은 그렇게 하지 않았다.

더는 숨이 쉬어지지 않았다.

다들 무언가를 하고 또 계속하기만 했다. 아무도 소리를 지르지 않았다. 그녀가 이제 겨우 열다섯 살이라고, 그녀 없이는 세상이 바뀔 수 없을 거라고 소리치는 사람이 한 명도 없었다.

나는 앞으로 걸어갔다. 햇살이 내리쬐는 운동장 밖으로 나가 학교 건물 모퉁이를 돌고 그다음 모퉁이를 한 번 더 돌아가 어둡고 쓸쓸한 뒤뜰에 멈춰 섰다.

아무것도 하고 있지 않은데, 뱃속이 팽팽하게 당겼다. 비현실적인 소리가 목구멍에서 새어 나오고 어깨가 움찔대기 시작했다.

내게서 나오는 소리가 어떻든 여기에서는 아무 상관없었다. 나는 크윈을 생각하며 세상을 새롭게 정돈하려 노력했다.

그녀가 없는 세상.

비를 맞으며 갑자기 마구 웃는 일은 이제 없겠지. 내 머릿속의 창문이 활짝 열리는 것 같은 아주 신선한 아이디어도 없겠지. 내 편을 들어주는 사람도, 내가 책을 쓸 수 있을 거라며 나를 온전하게 믿어 주는 사람도 없겠지. 남자와 여자가 어떻게 사랑을 나누는지 설명해 줄 용기 있는 사람도 없겠지.

새로운 어휘도 이제 더는 없을 거다.

크윈의 오른쪽 얼굴을 떠올리자 속이 메슥거린다.

인생의 진정한 모습을 처음으로 마주하는 기분이다.

또다시 끝나는 어떤 것.

그런데 우리는 전부 엉망이 될 거란 걸 알면서 어떻게 살아가는 걸까? 다른 사람보다 조금 더 오랫동안 이를 꽉 깨물어야 한다는 걸 알면서, 결국 우리는 모두 정육점 트럭에 실리는 몸뚱이에 불과하다는 걸 알면서 어떻게 계속 살아가는 걸까?

나는 더 이상 울 수 없을 때까지 울었다.

떨리는 손으로 뺨 위로 흐른 눈물을 훔치고 코를 하늘을 향하게 했다.

그러고 돌아섰다. 제이가 저쪽에 앉아 있다.

그늘 아래 바닥에 철퍼덕 앉아 있다.

다 해진 셔츠가 그의 몸을 감싸고 있고 바지는 갈기갈기

찢겨 있다. 제이가 벽에 등을 기댄 채 나를 바라본다. 그러고는 아무 말 없이 이끼 낀 콘크리트 바닥을 톡톡 두드린다.

나는 어떻게 해야 할지 몰라 주춤하다가 소매로 코를 훔치고 제이 옆으로 가 앉았다.

한참이 지난 뒤에야 제이가 입을 열었다.

"공원 폭탄이 더 나아."

제이가 말하고는 목을 가다듬었다.

"둘 다 살아남았으니까 그게 훨씬 더 나았어."

제이의 뺨에 말라서 꾸덕해진 핏자국이 있고, 머리카락에는 석회석 가루가 뒤덮여 있고, 아랫입술은 퉁퉁 부어 있었다. 조금 전 학교 건물에서 나올 때 그가 다리를 절던 게 기억났다.

"검사 받았어? 병원에 가야 하는 거 아니야?"

내가 물었다.

"어? 뭐라고?"

제이가 내 쪽으로 고개를 홱 돌렸다.

"더 크게 말해야 해. 왼쪽은 하나도 안 들려. 오른쪽은 아까보다 나아졌지만……"

제이의 머리가 내 쪽으로 성큼 다가왔다. 나는 조금 전에 한 말을 다시 하려 했지만 생각처럼 되지 않았다. 내 눈앞에 조금 아까 그 양쪽으로 열리는 문이 다시 나타났다. 어두운 복도에 서 있는 세 사람이 문 밖으로 나왔다. 그 당시 나는 크윈이 누워 있는 들것을 가장 먼저 보았고, 그다음에 제이를 보았다.

제이가 살아남았다는 사실을 나는 단 일 초도 기뻐하지 않았다. 그런데 이제, 그 감정이 내게로 파도처럼 몰려왔다.

그는 아직 살아 있다.

아직 여기에 남아 있다.

나는 크윈과 제이, 둘 중 하나를 선택하는 것 같은 이 기분이 썩 좋지 않았기 때문에, 제이가 살아 있다는 사실에 안도하고 싶지 않았다. 그러나 내가 바꿀 수 있는 건 없었다. 짙은 회색 담요의 한쪽 모서리가 살짝 들춰져 있다.

나는 가만히 앉아 있었다. 이번에는 움직이지 않을 거다.

그런데 제이가 움직였다. 그가 팔로 나를 감쌌다. 전혀 망설이지 않고 아무렇지 않게 꽉 안았다. 마치 그래야만 하는 것처럼. 제이의 호흡이 빨라졌다. 내 볼이 제이의 목에 닿아 있어서 그의 심장이 쿵쿵 뛰는 게 느껴졌다.

어느새 그 순간도 지나갔다. 제이가 팔을 풀고 나를 바라봤다.

"크윈은 정말 너무 고집스러웠어!"

제이가 주먹을 꽉 움켜쥐었다.

"계단을 내려가야 하니까 내가 먼저 걸상을 갖고 내려가겠다고 했어. 그런데 크윈이 거절하더라고. 크윈이 그럴 줄은 정말 몰랐어. 크윈을 겁쟁이 취급하면 안 됐던 거야."

"그 누구도 크윈의 가방을 들어줄 수 없지."

제이는 내 말을 듣지 못했다. 그늘 아래 녀석의 눈이 더욱 짙어 보였다.

"계단에 갈라진 틈이 있거든……"

"나도 알아."

나는 목소리를 더 높였다.

"그 지하실 나도 잘 알아. 내가 다녔던 학교거든."

"너 이 학교에 다녔어?"

나는 고개를 끄떡였고, 제이는 이마를 닦았다. 녀석의 손에도 상처가 가득했다.

"누가 계단에 의자 하나를 세워 놨더라고."

제이는 여전히 나를 바라보지 않았다.

"어떤 비열한 멍청이가 그랬는지 모르겠지만…… 우리가 걸상을 끌고 계단을 내려가는데 그 의자가 계단에 있는 거야. 내가 무슨 말을 하기도 전에 크윈이 그 의자를 아주 세게 걷어찼고, 그 의자가 지하실 아래로 쿵 떨어졌어. 그리고 바로 펑!"

내가 제이의 팔에 손을 올렸다. 그러나 내 손가락이 피부에 닿자마자 제이가 팔을 뺐다.

"진짜 어이없는 폭발이었어."

제이의 목소리가 커졌다.

"건물 전체가 터질 수도 있었고, 수백 명이 잔해 속에 파묻힐 수도 있었다고……"

제이는 고개를 절레절레 저었다.

"정말 너무 어처구니가 없었어. 어떤 길 잃은 폭탄이 밤에 지하실 창문으로 들어왔다가 터지지 않고 있었던 거야."

나는 축축한 지하실 벽의 쿰쿰한 냄새를 다시 떠올렸다. 내 기억에도 지하실 창문은 항상 열려 있었다. 가끔 운동장 공이 경사진 울타리를 따라 구르다가 곧바로 지하실로 들어가기도 했다.

전부 다 망가질 거란 걸 아는데 앞으로 어떻게 살아야 할까?

"크윈이 또 무슨 말 했어?"

내가 속삭이듯 말했더니 제이가 또 잘 듣지 못했다.

"크윈이 또 무슨 말 했어?"

더 크게 물어봤다.

제이가 고개를 저었다.

"크윈은 그 자리에서 죽었어. 나는……"

그가 헛기침을 했다.

"으흠, 난 크윈의 눈을, 아직 살아 있는 두 눈을 감겨 주었어. 그런 다음 크윈 옆에 앉았지. 그리고 생각했어. 우리를 데리러 올 거라고. 크윈은 지금까지 충분히 혼자 있었잖아."

36

나는 터널에 서 있다. 앞으로 어떻게 해야 할지 모르겠다.

제이와 로비는 아무 말 없이 나란히 앉아서 맞은편의 빈 자리를 보고 있다.

나는 여기에 앉아 있을 수도 없고, 가만히 서 있을 수도 없다. 여기 이 터널에서 밤새 있어야 한다는 생각에 숨이 막힌다.

학교 운동장에 들어서자마자 마주했던 그 몇 분이 마지막 순간처럼 느껴졌다. 그때 그곳에는 펄럭이는 하얀 침대보와 구름 한 점 없는 파란 하늘이 있었다. 세상은 유리처럼 맑고 선명했다. 그리고 우리는 정확히 그 한가운데에 서 있었다. 크윈의 얼굴 반쪽에 벌어진 일보다 더 나쁜 일은 벌어질 수 없었다.

이제 저녁이다. 밤이 다 되어 가는 시각, 크윈은 여전히 죽어 있다.

내 남은 인생 동안 크윈은 죽어 있을 것이다. 그 사실을 도무지 견딜 수 없었다.

"그 일이 나한테 닥쳤어야 했어. 철의 폐에서 아니면 그날 밤 공원에서. 내가 죽었어야 했어."

내가 단호하게 말했다.

"누구의 눈에 흙이 들어가고 안 들어가고는 네가 결정하는 게 아니야."

제이가 침착하게 말했다.

"왜 아니야?"

내가 버럭 소리쳤다.

"이런 불공평한 일은 대체 어떻게 견뎌야 하는데?"

내 목소리가 터널을 가로지르며 울려 퍼졌다.

"나는 맨날 아플 거고 앞으로 평생을 부모님과 같이 살아야 해. 그러니까 나한테 폭탄이 떨어졌어야 했다고!"

"그런 허튼소리 집어치워."

제이는 화가 난 듯 이마에서 머리를 휙 쓸어 넘겼다.

"누가 너한테 크윈이 마지막까지 살아남았을 거라고 했냐? 당장 오늘 밤에 이 역에 폭탄이 떨어질 수도 있어. 네가 내일 아침에 버스에 치여 죽을 수도 있고, 내년에 내가 총에 맞아 죽을지도 몰라. 지금은 전쟁 중이야. 넌 정말로 다들 살아남을 줄 알았어? 어?"

"우아. 형, 진짜 맞는 말만 하네. 나 기분이 좀 나아졌어."

로비가 감탄했다.

나는 더 이상 말을 하지 않았다.

제이가 몸을 살짝 일으켰다. 다리를 옆으로 움직이면서 이를 꽉 무는 모습이 내 눈에 포착된다. 제이의 오른쪽 귀는 다시 잘 들리지만, 왼쪽 귀에서는 아직도 삐 소리가 난다.

우리가 같이 터널로 가기 전에 제이는 우리 집 부엌에서 씻었다. 나는 주전자에 물을 끓이고 제이에게 깨끗한 수건을 준 다음 위층으로 올라가 아빠의 셔츠를 찾았다. 그리고 침대 아래에 있는 크윈의 짐가방을 꺼냈다. 가방을 열지는 않고 가방 가죽에 손만 올리고 있었다. 그대로 앉아서 제이를 기다렸다.

그리고 지금 나는 터널에 서 있다.

"세바스찬 가족은 크윈의 가방이 아예 없어진 것처럼 행동했어."

내가 제이와 로비를 보지 않은 채 말을 이었다.

"그들은 크윈의 인생에서 그 가방을 지워 버렸어. 그래도 내일 아침에 가방을 다시 그 집에 돌려줄 거야."

오늘은 크윈의 시신이 런던에 있는 마지막 밤이다. 나는 터널 끝을 지그시 바라보았다. 벽이 보이고 그 뒤로 어두운 땅속이 끝없이 이어져 있다. 그것 말고는 아무것도 보이지 않았다.

"나는 늘 이런 상상을 해. 언젠가는 세바스찬이 저택의 거대한 문을 나가서 사자상이 올려진 기둥을 지나치고 부모님한테서 벗어날 거라고. 그러면 세바스찬의 부모님은 저택 앞 계단에 서서 아들을 바라보겠지. 그런 다음 세바스찬이 부모님한테 어쩔 수 없이 이렇게 됐다고 알려 주는 거야. 부모님이 테니스를 치고 차를 마시는 동안 세상이 변했다고. 그리고 부모님이 자기한테 해 주고 싶었던 말도 이젠 너무 늦었다고."

나는 여전히 터널 끝을, 사람들을 묻을 수 있는 그 땅속을 보고 있다. 제이가 한숨 쉬는 소리가 들렸다.

"후우, 나도 그럴 거라고 생각해. 그래도 다행이야. 세바스찬이 앞으로는 그 가운을 입지 않을 테니까."

제이가 말했다.

"넌 아직도 바보구나."

"나도 알아."

제이가 어깨를 으쓱했다.

"나는 죽은 사람 이야기를 하는 게 어색해. 우리 엄마가 저세상으로 떠났을 때 아빠는 엄마 얘기를 절대 단 한 번도 하지 않았어. 이미 예측한 일이었지. 쓸데없는 소리나 하고 있을 여유가 없었거든."

당장 내 팔로 제이를 휘감아서 따귀를 한 대 때리고 싶은 마음이 굴뚝같다. 아니면 따귀를 먼저 때리거나.

"크윈은 자기 부모님에게 여기에서의 삶에 대해 이야기하고 싶어 했어. 우리에 대해서도 알려 주고 싶어 했고."

내가 말했다.

제이가 눈썹을 올렸다.

"자기 부모님을 지긋지긋해했으면서 뭘?"

"크윈은 부모님의 의견을 참아 낼 수 없었던 거지. 너 크윈이 귀족인 거 알았어? 크윈 아빠가 백작이니까 크윈은 레이디 크윈타나고."

제이가 입으로 작게 휘파람을 불었다.

"아하, 그럼 여기 사람들이 크윈을 좋아했겠네. 자기들이 지금 런던에서 누구 집 딸이랑 같이 지내고 있는지 알았다면 말이야."

"도둑놈 하나랑."

내가 말했다.

"절름발이 하나. 그리고 말썽쟁이 소년 하나……"

나는 크윈을 처음 봤을 때를 떠올렸다. 길 위에 서 있던, 간호사가 되고 싶어 했던, 남성용 바지를 입고 있던 영화배우.

처음부터 크윈은 우리와 대화를 하는 게 평범한 일상인 것처럼 행동했다. 우리 집에 자기가 먹을 죽이 충분히 있는지 걱정하기도 했지만, 내 다리보다 그리고 짧아진 내 치마보다 더 많은 것을 보고 있었다.

크윈은 진정한 나를 오롯이 봐 주었다.

"크윈 누나 부모님이 관 뚜껑을 열어 보지 않았으면 좋겠어. 세바스찬 형이 부모님한테 크윈 누나를 보지 않는 게 좋을 거라고 말했겠지?"

로비가 말했다.

내 목덜미에서 피어난 소름이 척추를 타고 아래로 내려간다. 스웨터 위에 니트 재킷을 입었는데도 한기가 느껴졌다.

먼지가 굴러다니는 바닥을 제이가 닳고 닳은 신발 밑창으로 이리저리 문질렀다.

"드디어 내가 집으로 돌아갈 수 있게 된 날, 엄마는 이미 가고 없었어. 그때 진짜 화가 나더라."

"크윈 누나는 부모님과 싸우고 집에서 나온 거잖아."

로비가 계속 말했다.

"누나 부모님은 누나를 삼 주 동안이나 못 봤어. 아마 여기에서의 누나의 삶에 대해 모르겠지. 그런데 이제 죽은 거잖아."

"그만해!"

내가 소리쳤다. 서 있기가 정말 어려웠지만, 저쪽으로 가서 앉고 싶지는 않았다.

"조금 전에 제이가 한 말이 맞아. 죽은 사람 얘기 하는 게 무슨 의미가 있겠어? 넌 정말 백작과 백작부인이 딸이 바닥을 닦고 다녔다는 걸 알았으면 좋겠니? 손톱 아래에는 떼가 덕지덕지 껴 있었다는 것도? 그런데도 딸이 행복했다는 걸

294

믿고 싶겠어?"

"어. 난 그럴 거라고 생각해."

제이가 말했다.

"뭐?"

내가 어이없어하며 되물었다.

"나는 크윈 부모님이 크윈이 이야기하려 했던 것들을 듣고 싶어 할 거라고 생각해."

제이가 나를 빤히 쳐다보며 계속 말했다.

"우리도 같이 있었잖아. 크윈이 무슨 말을 하려 했는지 우린 알잖아."

내 심장이 요동치기 시작했다.

"우리는 크윈의 이야기를 알고 있어."

"나는 크윈의 부모님에게 가지 않을 거야."

나는 소리치고는 한 걸음 뒤로 물러섰다.

"그 사람들은 눈먼 장님이나 다름없어. 우리가 그 집 문 앞에 서 있으면 그 사람들이 우리를 어떻게 볼지 너도 잘 알잖아."

제이가 고개를 끄덕였다.

"도둑놈이랑 절름발이. 나도 그 집에 갈 생각이 없어. 그럴 필요가 없으니까. 그냥 네가 글로 쓰면 되지."

머리가 어질어질했다.

갑자기 예전 전쟁의 한 장면이 떠올랐다. 진흙투성이의 참호 구덩이 안에서 남자들 수천 명이 죽었던 일이. 그다음 봄에 그 참호가 있던 플랑드르의 전쟁터에 새빨간 양귀비꽃이 흐드러지게 피어 그 지역 전체를 뒤덮었다.

학교에서 우리는 참호가 셀 수 없이 많은 들판과 그 들판을 뒤덮은 핏빛 꽃에 관한 시를 읽었다. 시를 외우면서 나는 한 번도 이런 생각을 해 보지 않았다. 죽은 이들에 대해 이야기하는 걸 멈춰야 한다는 생각.

"크윈에 대한 글을 그렇게 쉽게 쓸 순 없어……"

"왜? 너 알파벳 다 알잖아!"

"알파벳 안다고 이야기를 쓸 수 있는 건 아니야."

"그건 이야기가 아니야. 크윈의 삶이지."

제이가 말했다.

원치 않았지만, 내 무릎 위에 올려진 공책이 느껴진다. 손가락 사이에 들려 있는 연필이 느껴진다. 종이 위에 쓸 단어들을 골똘히 고민하면 내 머리가 얼마나 맑아질지 나는 아주 잘 알고 있다.

나는 침을 꿀꺽 삼켰다.

"우리 셋에 대해서도?"

"응. 그 사람들한테 우리가 가난하고 불쌍한, 이름 없는 사람 그 이상이라는 걸 보여 줘."

"전부 기억하진 못해."

내가 목소리를 낮췄다.

"우리가 도와주면 되지."

로비가 거들었다.

37

우리는 승강장으로 향했다. 준비해 놓아야 할 것들이 좀 있다. 여분의 종이와, 밤새 깨어 있어야 할 테니 가능하면 음식도 더 있으면 좋겠다.

크윈의 부모님은 분명 다르게 생각하겠지만, 우리는 거지가 아니다. 나는 살면서 단 한 번도 우리 가족이 아닌 사람에게 구걸해 본 적이 없다. 제이도 마찬가지다. 제이는 스스로 해결하거나 자기가 원하는 걸 그냥 가져가곤 했으니까.

하지만 오늘 우리는 승강장으로 가서 사람들에게 도와 달라고 부탁할 거다. 그들도 가진 게 별로 없을 테고, 우리가 얼마나 더 대담한 척하며 부탁해야 할지 잘 모르겠지만. 그럼에도 사람들은 우리에게 많은 것을 제공해 주었다. 건포도한 줌과 뭐라도 쓸 수 있는 빈 종이봉투, 성냥 몇 개, 양초 한 뭉치.

사람들은 우리 계획을 듣고 저마다 산 사람이 죽은 이에 대해 이야기해 주어야 한다고 단언했다. 그게 몇 명이든, 앞으로 얼마나 더 걸리든, 우리가 피곤하든 말든 상관없이.

사람이 삶에 아무런 가치가 없는 것처럼 행동하면, 그 삶에는 정말 아무런 가치가 없는 법이다.

사람들이 나도 알지 못하는 경외심으로 나를 우러러보았다.

"어서 쓰렴."

그들은 이렇게 말했다.

"잊히지 않도록."

나는 답을 할 수 없었다. 그저 고개만 끄덕일 뿐. 그리고 내 가슴속 깊은 곳에서 불꽃이 꿈틀대기 시작했다.

준비물을 충분히 모은 뒤에 우리는 터널로 돌아갔다. 나의 회색 공책을 집어 들고 이전에 썼던 페이지를 모두 찢었다. 이제 남은 빈 페이지에 크윈의 삶이 기록될 거다. 나는 일단 메모를 하기 위해 종이봉투를 들었다.

"얘기해 봐."

내가 입을 열었다. 나는 제이와 로비 사이에 앉았다.

"너희가 아는 거 전부."

"내가 가장 먼저 크윈을 봤지."

제이가 치아가 몇 개 남지 않은 어떤 남자에게 받은 사과를 한입 베어 물었다. 그 남자를 보고 나는 이빨이 저렇게 적은데 사과를 어떻게 먹으려 했는지 궁금했다.

"이상한 바지를 입은 크윈이 열차에서 내리더니 주위를 둘러봤어."

"어때 보였어? 일단 그걸 알아야 해."

제이가 곰곰히 생각에 잠겼다.

"사과 타르트 전체를 한입에 먹어 치울 것 같았어."

"그래 보이는 사람이 어딨냐!"

"크윈은 그랬어."

나는 이렇게 적었다. 기차역 도착─사과 타르트 전체.

"나는 누나가 기절했을 때 크윈 누나를 처음 봤어."

로비가 말했다.

"처음에는 엘라 누나를 같이 들어 주더니 갑자기 도망갔어. 하마터면 크윈 누나가 엘라 누나를 승강장에 쿵 떨어뜨릴 뻔했다니까! 그런데 다행히 제이 형이 누나를 꽉 잡고 있었지……"

나는 아무 말 하지 않았다. 그러나 제이가 씨익 웃으며 말했다.

"그래서 내가 나의 앞날을 내다봤지. 나 혼자 이 절름발이 전체를 들어야 하는구나, 라고."

"너는 비유 표현이 뭔지도 모르니?"

내가 짧고 싸늘하게 툭 내뱉었다. 그러고는 연필 끝을 잘근잘근 씹으며 말했다.

"계속해."

"크윈을 두 번째 봤을 때, 너도 같이 있었어. 너희는 크윈의 가방을 윌리엄 할아버지가 지키고 있는 냄새 나는 창고에서 찾고 있었고, 크윈은 거기에서 자기 인생에서 특별한 순간을 경험했지. 그때 깨달았어. 크윈은 그 무엇도 두려워하지 않을 거란 걸. 크윈은 진짜 겁이 없었어."

"크윈 누나가 나한테 카드 게임을 세 개 알려 줬어."

로비가 말했다.

"누나 아빠가 카드 게임을 완전 잘한대. 그래서 누나가 어렸을 때 아빠가 이긴 적이 많았다고 했어. 누나는 아빠가 자기랑 더 이상 카드 게임을 같이 안 해 줘서 너무 좋았대."

"그리고 크윈은 엄격하지."

제이가 한숨을 내쉬었다.

"어리석은 행동을 하는 사람한테는 절대 참지 않지."

내가 고개를 끄덕이며 덧붙였다.

"사람들이 계속 이렇게 어리석게 행동하면, 세상은 변하지 않을 거야."

"크윈 누나는 내가 여기 터널에서 잘 수 있게 해 줬어. 그리고 누나는 나랑 얘기할 때 내가 진짜 중요한 사람인 것처럼 대해 줬어."

로비가 말했다.

종이봉투가 내 무릎 위에 놓여 있고, 양초 두 개에서 불꽃이 반짝였다. 연필이 뭉툭해지면 제이가 주머니칼로 연필심을 깎아 줬다. 우리는 얻어 온 차를 마시고, 내가 글을 쓰기를 바라는 마음으로 사람들이 우리에게 준 건포도를 먹었다. 그리고 지금, 나는 살면서 처음으로 도망치듯 글을 쓰지 않고 있다.

글이 내 곁에 머물러 있다.

마침내 로비와 제이가 기억하는 내용이 전부 다 나왔다. 종이봉투에 아주 긴 목록이 적혀 있지만, 내 머릿속의 목록은 이것보다 훨씬 더 길다.

이제 내 차례다.

공책을 열자마자 갑자기 무언가 나를 뒤덮었다. 내일 아침, 세바스찬이 크윈의 가방을 가지러 올 때 그에게 공책을 줄 거다. 백작과 백작 부인은 나중에 차디찬 저택에 앉아서 이 공책을 읽겠지. 딸의 마지막 주를 그들은 내 글을 통해 알게 될 것이다.

내가 크윈을 사과 타르트 전체를 한번에 먹어 치울 것 같아 보였던 아이라고 적으면, 크윈의 부모님은 딸이 눈앞에 있다고 생각할 거다. 그들은 굉장한 부자인 데다가 정복왕 윌리엄 1세의 후손이지만, 나는 그들 딸의 틀에 갇히지 않은 진짜 모습을 글로 적기로 결정했다. 연필과 종이는 이만하면 충분했다.

나는 글을 쓰기 시작했다.

그들은 전부 다 알아야 한다. 크윈과 함께 길을 걸을 때면 크윈은 바닥에 고무가 깔려 있는 듯 통통 튀어다니며 걸었다는 것을. 매우 활발한 소녀였다는 것을. 크윈의 그런 점을 간혹 내가 보지 못했다는 것을. 지하철역을 호텔로 착각했다는 것을. 그리고 그녀가 있었기에 모든 순간이 소중했다는 것을.

38

새벽 세 시다. 아직도 마무리 짓지 못했다. 글쓰기를 잠시 멈췄더니 손목이 욱신대고 팔이 뒤틀렸다. 손가락도 덜덜 떨렸다. 차라리 계속 글을 쓰는 게 나았다.

로비는 이미 잠들었다. 나는 제이에게 오늘 불발탄이 터지는 일을 겪었으니 엄청 피곤할 거라며 눈 좀 붙이라고 권했다. 그러나 제이는 잠에 들지 않았다. 내 옆에 앉아서 차를 따라 주고 연필을 깎아 주었다.

"이제 어디쯤이야?"

제이가 내게 건포도 빵 한 조각을 건네며 물었다.

나는 한입 크게 베어 물었다.

"크윈이 나한테 부모님이 보고 싶다고 했던 날."

"읽어 줘."

"이 글은 읽어 주는 글이 아니야."

제이가 주머니칼을 접어 넣더니 다시 밖으로 꺼냈다. 촛불이 반사되어 칼날이 반짝였다.

"그래도 듣고 싶어."

"놀리려고 그러지?"

"당연하지."

제이가 곧바로 받아쳤다. 그러고는 어깨를 으쓱했다.

"너는 언제나 다른 사람 이야기에 귀 기울이잖아. 네가 어떻게 그럴 수 있는지 모르지만, 사람들은 너한테 전부 털어놔. 그래서 이제는 내가 네 이야기를 듣고 싶어."

제이가 나를 빤히 바라봤다. 제이를 처음 본 그날이 내 머릿속을 문득 스쳐 지나갔다. 나는 지하철역 앞에 줄 서 있었고, 녀석이 그런 날 쳐다보던 그때. 그 당시 나는 아주 잠깐이지만, 그가 다른 사람보다 더 많은 걸 보고 있다고 생각했다.

나는 목을 가다듬고 소리 내어 읽기 시작했다. 그리고 두 단락을 읽고 멈추었다.

제이가 주머니칼을 다시 접어 넣었다.

"이제 그날 밤 공원 차례네."

손가락이 간질대기 시작했다.

"그 얘기는 안 써."

나는 제이를 보지 않고 말했다.

"나는 크윈에 대해서만 쓸 거야. 크윈은 그날 밤 공원에 없었어."

잠시 침묵이 내려앉았다. 마침내 제이가 진지하게 입을
열었다.

"그날 내 얼굴은 팔뚝만 한 소시지 전체를 그냥 받게 된
사람 표정이었어."

"뭐라고?"

나는 제이를 뚫어지게 바라봤다.

"넌 다른 사람 표정이 어떤지 궁금하지 않아? 그렇다고 내
말은, 네가 나한테 입을 맞췄을 때, 내 표정이 팔뚝만 한 소
시지 전체를 공짜로 받는 그런 얼굴이었다고."

나는 고개를 절레절레 저었다.

"넌 비유 표현이 뭔지 여전히 모르는구나! 네가 정말 팔뚝
만 한 소시지를 공짜로 받았다면, 행복한 표정을 지었겠지."

"맞아. 내 말이 그 말이야."

제이가 말을 멈추었고, 우리가 함께 있는 터널 속 공간은
불꽃으로 가득 찼다.

나는 헛기침을 했다.

"으흠, 네 비유 표현은 늘 음식과 관련되어 있구나?"

제이가 씨익 웃었다.

"잘 생각해 봐!"

그러더니 내 무릎 위의 공책을 가리켰다.

"이 이야기의 배경은 전쟁이야. 그렇다면 사람들이 어떤
것에 미친 듯이 기뻐하겠냐? 줄 서서 기다릴 필요도 없고,

돈이나 식료품 지원 카드도 내지 않아도 된다면, 당연히 팔뚝만 한 소시지 전체를 공짜로 받는 거에 환장하겠지."

제이는 여전히 나를 바라보고 있었다. 그런데 문득 이 세상에 팔뚝만 한 소시지보다 로맨틱한 건 없을 거란 생각이 들었다.

"나는 다리를 절룩이잖아."

제이가 이마를 찌푸렸다.

"아니 그건 비유 표현이 아니잖아, 안 그래?"

"그건 사실이야. 절대 사라지지 않지."

"다리를 절룩이는 사람은 뭐, 소시지도 못 먹냐?"

제이가 목소리를 확 낮추고 물었다.

"그 소시지 타령 좀 그만해."

내가 소리쳤다. 그러고는 침을 꿀꺽 삼켰다.

"다른 사람들이…… 다리를 절룩이는 사람이랑 소시지를 먹고 싶어 하지 않을 수도 있지."

"알겠다 알겠어. 이만하면 됐다. 그 소시지 타령 좀 그만하라고!"

제이가 말했다.

나는 입을 꾹 다물었다. 우리 둘 사이의 철근 위에 올려진 양초가 다 타 버렸다.

"우리, 각자 가진 카드를 전부 내놓자."

제이가 불쑥 말했다.

"무슨 소리야?"

내가 놀라서 물었다.

"나는 진짜 거지야. 너한테 아무것도 약속할 수 없어. 우리가 지금 입을 맞추면, 나는 다시 비열한 놈이 되는 거고, 너는……"

활활 불타는 불꽃이 낙하산을 타고 아래로 떨어지고, 내 뱃속 깊은 곳으로 폭격기가 돌진하는 기분이 들었다.

"상관없어."

내가 말했다.

제이가 고개를 가로저었다.

"너는 이해 못해! 넌 열네 살이고, 반듯한 여자애야. 그건 나도 알아. 그러니까 사람들이 너에 대해 수군대는 걸 넌 바라지 않을 거야, 맞지?"

나는 어둑어둑한 공간에 우두커니 앉아 있다.

오늘 아침 동물원에서 세바스찬과 했던 대화를 떠올렸다. 어떤 사람에게 늘 이래라저래라 명령하며 그 사람의 인생을 결정한다면 어떤 기분일까? 도저히 상상이 되지 않았다.

나는 세바스찬에게 맞서 싸우라고 했었다. 그랬더니 세바스찬이 나를 바라보며 이렇게 물었다. 너처럼?

"크윈은 우리와 함께 있을 때처럼 살지 않았어."

내가 말했다.

"강요에 의해서, 살아야만 하는 대로 살았지. 크윈은 세상의 나머지가 변하길 기다리지 않았어. 직접 발 벗고 나섰지."

나는 제이의 목덜미에 손가락을 대고 그의 얼굴을 내 쪽으로 당겨 입을 맞추었다.

이번에는 멈추지 않았다. 제이도 함께 입을 맞추었다.

믿기지가 않는다. 나를 감싸는 제이의 팔과 얼굴에 닿는 그의 숨결, 입속으로 들어온 그의 혀가 느껴진다. 나는 생각하지 않는다. 내 남은 인생을 세상과 격리되어 살아가야 한다고 생각하지 않는다.

우리는 말을 멈추었고, 제이도 더는 농담을 하지 않았다. 우리 둘은 진지하면서도 동시에 즐거운 일을 했다. 서로의 코가 부딪히자 킥킥 웃었다. 숨소리가 점점 가빠졌다. 정신이 아찔하고 현기증이 나는 복합적인 감정의 소용돌이로 나 자신을 밀어 넣으며 나도 원하고 제이도 원하는 대로 서로를 어루만지고 또 어루만졌다.

굶주리고 목말라 있는 기분이었다. 우리의 인생이 지금 이 순간을 위해 존재하는 것 같았다. 그동안, 우리가 함께 있던 몇 주 동안 너무나 많은 시간을 그냥 흘려보냈다는 것이 믿기지 않았다.

우리는 입을 떼고 숨을 몰아쉬며 서로를 바라보았다.

제이가 내 얼굴을 구석구석 뜯어 보았고, 나는 눈을 피하지 않았다. 이젠 그대로 바라봤다. 내가 존재한다는 게 제이에게는 중요한 문제이니까.

39

역무원 목소리가 터널을 뚫고 밀려들었다.

"공습경보 해제! 역에서 나가 주세요!"

새로운 하루가 시작되었다.

로비가 몸을 일으키고 눈을 비비며 나와 제이를 바라봤다.
우리는 로비의 맞은편 철근 사이에 앉아 있었다. 로비를 깨
우고 싶지 않았다.

"다 했어? 다 쓴 거야?"

내 남동생이 물었다.

"응."

내 목소리가 어제와 다르게 들렸다.

"그런데 잘 시간이 있었어?"

"아니."

제이가 진지하게 말했다.

"잠잘 시간은 없었어."

우리가 아직도 서로를 느끼고 있는 기분이 들었다. 나는 그 감정이 없어질 거란 걸 안다. 그리고 제이가 또다시 하루 종일 코빼기도 보이지 않으며 장사를 하고 돌아다닐 거란 것과 나와 어떤 약속도 하지 않을 거란 것도 안다.

하지만 한 가지는 약속했다. 오늘 밤에 다시 터널로 돌아오겠다고.

"그래서? 어떻게 끝나는데?"

로비가 회색 공책을 가리켰다.

제이가 눈썹을 올렸다.

"크윈이 죽어. 몰랐어?"

"내 말은, 우리 말이야."

로비가 작게 속삭였다.

나는 침을 꿀꺽 삼켰다. 이제 겨우 열 살이 된 로비는 크윈의 망가진 얼굴을 보고 싶어 하지 않았다. 그러나 크윈은 학교 운동장에 누워 있었기에 그 모습을 보지 않는다는 건 사실 불가능했다.

폭격이 시작된 지 얼마 되지 않았지만, 학교들은 벌써 일 년 넘게 닫혀 있다. 그러면 로비는 어떻게 될까? 로비는 앞으로 얼마나 더 글을 읽지 못할까?

전쟁이 끝나 갈 때도 여전히 로비는 엉망이 된 시신을 보면 고개를 획 돌릴까?

나는 공책을 바라보며 지난밤을 생각했다. 제이와 함께했던 몇 시간이 아니라 지난밤의 시작을 떠올렸다. 글을 쓰는 동안 나를 휘감았던 그 감정을. 아주 잠깐이지만 크윈이 다시 살아난 것 같았던 그 기분을.

지난밤에 있었던 일들을 나는 단 하나도 잊지 않을 거다.

평생 동안.

나는 신중히 말을 꺼냈다.

"로비. 넌 동물원장이 될 거야."

그러고는 숨을 깊게 들이마셨다.

"원숭이를 관리하는 보조 업무부터 시작하게 되겠지. 한 몇 년 동안은 동물 우리 안을 청소하고 울타리를 손보는 일만 할 수 있을 거야. 그러다 보면 윗사람들이 네가 뭘 잘하는지 볼 거고, 언젠가는 동물원장이 되는 거지."

로비가 진지하게 고개를 끄덕였다.

"좋다, 누나."

그러더니 씨익 웃었다.

"제이 형은 결국 감옥에 가게 되고."

"정확해."

제이가 곧바로 받아쳤다. 그리고 나를 바라봤다.

"너는 미국으로 가서 책을 쓸 거야."

내가 숨을 멈추고 되물었다.

"뭐에 대한 책?"

"새로운 세상에 대한 책."

제이가 나를 보고 웃었고, 나는 지난밤 우리 둘의 굶주림을 다시 느꼈다.

"네가 어디 감옥으로 들어가는지 꼭 알려 줘. 그러면 내가 거기로 책 보내 줄게."

내가 말했다.

"그때면 읽을 수 있으려나?"

내가 고개를 끄덕였다.

"전쟁이 끝나지 않는 한 내가 계속 가르쳐 주겠지."

우리는 서로를 바라보았고, 나는 우리 둘 다 알파벳 b와 d의 차이 같은 문제가 아닌 다른 어떤 것을 생각하고 있다는 걸 알았다.

"그러면 세바스찬 형은? 내년 여름에 군대에 가겠지……"

로비가 말했다.

나는 두 손을 꽉 맞잡았다.

한 시간이 지난 뒤, 세바스찬이 크원의 짐가방을 가지러 우리 집에 와 문 앞에 서 있었다. 나는 세바스찬에게 회색 공책을 건넸고, 세바스찬은 돌아갔다. 그는 백작의 아들이다. 어마어마한 부자다. 이제 크원은 없다. 우리가 세바스찬을 다시 만날 수 있을지는 모르겠다.

"세바스찬은 유럽이 자유로워지면 다시 나타날 거야."

내가 차분하게 말을 이었다.

"그때, 전쟁이 끝나고 나면, 사람들이 다들 밖으로 뛰쳐나갈 거야. 모두들 길에서 춤을 추고, 세바스찬은 유니폼을 입고 춤추는 사람들 사이를 유유히 걸어 다니겠지. 그리고 누군가와 사랑에 빠질 거야."

로비가 킥킥댔다.

"누구랑?"

"춤추는 사람 중 하나랑. 그러면 세바스찬은 그곳에 머물 거야. 어떤 나라가 될 수도 있고, 도시일 수도 있지. 아니면 새장이 없는 어느 집이거나."

제이가 자리에서 일어났다.

"이제 가자."

나는 꽃무늬 담요를 개고, 제이는 윌리엄 할아버지 창고에서 찾은 스웨터를 입었다. 로비는 새 재킷에 묻은 먼지를 탁탁 털어 냈다.

어제는 로비의 생일이었다. 크윈은 그날 죽었다.

우리는 터널을 나서기 전, 셋이서 철근 사이 크윈의 자리에 아주 잠시 머물렀다. 그리고 발걸음을 내디뎠다.

우리가 승강장으로 천천히 가고 있는데, 내 머릿속에서 세바스찬이 일주일 전에 불렀던 그 노래가 흐른다.

우리는 다시 만날 거예요.
어디인지 모르지만

언제인지 모르지만

언젠가 화창한 날 우리가 다시 만날 거란 걸 난 알아요.

수많은 사람들이 말없이 겉옷과 신발을 신고, 손수레를 꽉꽉 채운다. 지하에서 이불을 털면 벼룩이 떨어지기 때문에 이불 털기가 엄격하게 금지된다는 내용의 포스터가 여기저기에 붙어 있는데도 사람들은 선로에 각자의 이불을 탁탁 흔들면서 승강장을 따라 걸었다.

또다시 밤이 지나갔다. 역은 아직 사람들로 가득하고, 우리는 서둘러 에스컬레이터로 이동했다. 수천 명이 또다시 전쟁의 작은 조각에서 살아남았다. 그들은 마지막 계단을 디뎌 지상으로, 차와 커피, 수프를 판매하는 버스가 주차되어 있는 잿빛 하늘의 지상으로 향했다. 매일 밤 대피할 곳을 찾아야 한다는 것에 이제 다들 익숙해졌다.

나는 모든 것이 시작되었던 길 위에 서 있다. 그리고 위를 바라본다. 가장 높이 있는 창문에서 햇빛이 반짝인다.

그리고 그 후……

6년 후……

나는 난간에 서 있다. 이번에는 진짜다. 거대한 배가 파도 위에서 슬프게 흔들리고, 잿빛 바다가 끝없이 펼쳐져 있다. 저 수평선 너머에 새로운 삶이 기다리고 있다.

나는 스무 살이다.

여전히 다리를 절룩이고 살이 조금 더 빠졌고 머리색은 지금도 감자 자루 색이지만, 이젠 상관없다.

전쟁은 끝났다.

우리는 꽤 오랜 시간, 예상했던 것보다 더 오랫동안 땅속 아래에 숨어 있었다. 영국은 여덟 달 동안 끊임없이 폭격을 받았다.

1941년 5월, 드디어 섬광이 멈추었다. 전쟁이 끝난 것이 아니라 히틀러가 다른 곳에 폭격기를 필요로 했기 때문이었다. 전쟁은 계속되었지만, 영국에는 폭탄이 터지지 않았다.

쌀쌀하고 축축한 봄이었다. 우리는 밖으로 나가 주위를 둘러보았고, 그제야 완전히 깨닫게 되었다. 여덟 달 하고 닷새가 지나는 동안 숨죽이고 있었다는 걸. 그 여덟 달 동안 우리는 단 하룻밤도 각자의 침대에서 잠들지 못했다. 아침이면 적막이 내려앉은 거리를 서둘러 걸어가며 밤새 우리 집이 무사했는지 확인하곤 했다.

우리는 땅속 아래의 승강장에서, 색색의 나무들로 장식된 승강장에서 노래를 부르고 들으며 크리스마스를 보냈다. 그리고 정부는 피난민들의 정신 건강을 위해 지하철역에 이층침대와 이동식 화장실을 설치했다.

끔찍했던 시간 내내 우리는 무조건 기다리고 맹목적으로 희망하며 지냈다. 마침내 전쟁이 멈추었을 때는 집 수십만 채가 무너졌고 수만 명이 목숨을 잃었다.

나는 난간을 붙잡고 짭짤한 공기를 들이마셨다. 어디에도 땅이 보이지 않는다. 바다가 울부짖고 있다. 바다 위에 있는 나는 아주 작은 점일 뿐이다.

우리는 이겨 냈다.

세바스찬이 회색 공책을 갖고 돌아가고 난 뒤 두 달이 다되어 가도록 아무 소식도 들리지 않았다. 그러던 어느 날 납덩이처럼 묵직한 소포 하나가 배송되었다. 나한테 온 거였다. 갈색 포장지에 싸인 소포 위에 내 이름이 적힌 편지 봉투가 하나 붙어 있었다. 봉투 안의 카드에 딱 세 글자가 쓰여 있었다.

고마워.

나는 끈을 풀고 소포 포장지를 뜯었다. 그 순간 나는 백작과 백작 부인이 바위 같은 사람이 아니란 걸 알았다. 그들을 한 번도 만난 적이 없고 그 이후에도 찾아가지 않았다. 그러나 그것은, 크윈의 어휘 사전은, 저 파도 아래 깊은 곳 어딘가에, 선실 안 어딘가 내 가방 안에 들어 있을 것이다. 크윈의 부모님이 보내 준 어휘 사전은 열두 권으로 이루어진 짙은 파란색 책이었다.

크윈의 부모님은 내게 크윈의 말을 보내 준 것이다.

내 옆 난간에 남자와 여자가 아기와 함께 서 있다. 손수건이 폴폴 날리고, 아이들은 꺄르르 웃는다. 나는 거품이 이는 바다를 말없이 지켜보면서 나를 두고 떠난 사람들을 생각했다.

그 순간 내 허리로 스며드는 손길이 느껴졌다. 나는 돌아보지 않고 슬며시 미소 지었다. 이제 나는 내 팔보다 그의 팔을, 내 눈보다 그의 눈을, 방공 기구와 같은 색인 그 눈을 더 잘 안다.

"들어갈래?"

제이가 물었다.

제이는 열여덟 살에 군대의 부름을 받았다. 그는 군대로 갔고 나는 남겨졌다. 그는 아무 약속도 하지 않았다. 전쟁이 완전히 끝나기까지 삼 년이 더 걸렸다. 그 뒤 그는 다시 돌아왔고 나에게 모든 걸 약속했다. 새로운 세상을. 새로운 삶을.

그래서 우리는 지금 그곳으로, 새로운 땅으로 가는 길이다.

바다 바람이 폐를 가득 채우고 나는 내 몸에 둘러진 제이의 팔과 내 귓가에 닿아 있는 그의 입술을 감각한다.

"이리 와. 안으로 들어가자."

"그래."

이제부터 무슨 일이 생길지 무척 알고 싶다.

그다음도. 그리고 내일도.

옮긴이의 말

『터널의 밤』은 1940년 가을에 영국 런던에서 실제로 벌어진 일을 배경으로 쓴 소설입니다. 1939년 9월, 독일이 폴란드를 침략하자 영국과 프랑스가 독일에 전쟁을 선포하면서 제2차 세계 대전이 시작되었어요. 영국과 프랑스가 연합하여 독일에 대항했지만, 힘이 아주 막강했던 독일을 꺾기엔 역부족이었고 결국 독일은 유럽의 많은 나라들을 함락시킨 뒤 1940년 가을에 영국까지 공격하기에 이르렀어요.

독일은 전투기나 폭격기 같은 비행기로 영국을 폭격했고, 영국 사람들은 하루아침에 집도 잃고 가족도 잃었어요. 밤마다 계속된 폭격을 피하기 위해 영국인들은 매일 밤 대피소로 이동해 다 같이 모여서 잠을 자고 다음 날 출근하며 하루하루를 버텼어요. 그 당시 영국인들은 전쟁에 대한 두려움보다도 밤새 울리는 공습경보와 폭발음으로 인해 잠을 자지 못해 무척 피로하고 괴로웠다고 해요.

날이 갈수록 폭격이 심해지자 런던 사람들은 주로 지하
철역으로 대피했어요. 폭탄이 대부분 지상에서 터졌으니 땅
속 아래가 안전했을 테니까요. 매일 아침 공습경보가 해제
된 후 지하철역 밖으로 나올 때마다 사람들은 간신히 비껴
간 길거리의 폭탄을 보며 오늘도 무사히 살아남았다고 안
도하곤 했어요.

『터널의 밤』의 등장인물인 엘라와 제이, 크윈, 로비도 아
침마다 그러한 안도감을 느끼며 각자의 사연을 지닌 채 하
루하루를 견뎌 내고 있죠. 전쟁 중이라는 것만으로도 불안
하고 두려울 텐데, 이 네 사람은 전쟁이라는 상황에 주저앉
지 않고 같이 또 따로 서로에게 힘이 되어 주며, 때로는 상
처를 주기도 하면서 삶의 가치를 찾아가요. 지하철역 저 깊
은 곳 터널에 숨어서 폭탄을 피하면서 말이죠.

주인공 엘라는 어느 날 갑자기 소아마비에 걸리게 되어
평생을 절름발이로 살아야 하는 처지에 놓여요. 남자 친구도
사귀고 싶고 어서 빨리 커서 어여쁜 아가씨가 되고 싶었던
엘라에게는 하늘이 무너지는 것 같은 일이었죠. 게다가 '철
의 폐'라 불리는 의학 장치에서 치료를 받다가 터널처럼 밀
폐된 공간에 대한 트라우마가 생겨요. 하지만 엘라는 폭탄을
피하기 위해, 남동생을 찾기 위해, 그리고 자기 인생의 가치

를 찾기 위해 지하철역의 터널에 꼭 들어가야만 하죠. 자신이 절름발이라는 사실 때문에 열등감에 사로잡혀 있던 엘라는 제이와 크윈을 만나 여러 가지 일을 겪으면서 끔찍했던 트라우마를 극복하고 자신만의 인생을 살아가게 됩니다.

이 소설에는 엘라뿐만 아니라 제이와 크윈, 세바스찬의 안타까운 사연도 함께 소개되어 있어요. 제이의 폭군 같은 아버지와 일찍 돌아가신 엄마, 입양 가서 제대로 밥도 못 얻어먹는 동생들 이야기. 그리고 숨 막히는 저택에서 살다가 도망친 백작의 딸 크윈과, 파시스트로 몰려 가족에게 버림받은 세바스찬의 이야기까지.

여러분은 이 책을 읽으면서 전쟁이라는 극한 상황에서도 희망을 잃지 않고 꿈을 꿀 수 있다는 걸 경험할 수 있을 거예요. 낡은 선입견 그리고 계급이나 신분에 따라 정해진 새장을 부수고 나오는 용기 또한 배울 수 있을 거고요. 나 자신과 세상을 변화시키기 위해 노력한 등장인물들처럼 여러분의 마음속에도 그런 대담함과 용기가 깃들기를 바랍니다.

나현진